古典詩歌研究彙刊

第十七輯

龔鵬程 主編

第 4 冊

南唐詩史（上）

孫 華 娟 著

國家圖書館出版品預行編目資料

南唐詩史（上）／孫華娟 著 -- 初版 -- 新北市：花木蘭文化出
版社，2015〔民 104〕
目 2+172 面：17×24 公分
（古典詩歌研究彙刊 第十七輯；第 4 冊）
ISBN 978-986-404-072-8（精裝）
1.詩歌 2.詩評
820.91   103027249

ISBN-978-986-404-072-8

9 789864 040728

古典詩歌研究彙刊
第十七輯 第 四 冊   ISBN：978-986-404-072-8

南唐詩史（上）

作　　者　孫華娟
主　　編　龔鵬程
總 編 輯　杜潔祥
副總編輯　楊嘉樂
編　　輯　許郁翎
出　　版　花木蘭文化出版社
社　　長　高小娟
聯絡地址　235 新北市中和區中安街七二號十三樓
　　　　　電話：02-2923-1455 ／傳眞：02-2923-1452
網　　址　http://www.huamulan.tw 信箱 hml810518@gmail.com
印　　刷　普羅文化出版廣告事業
初　　版　2015 年 3 月
定　　價　第十七輯 14 冊（精裝）台幣 22,000 元

南唐詩史（上）

孫華娟　著

作者簡介

孫華娟，女，1977 年出生於湖北建始縣，2003 年畢業於北京師範大學中文系，獲文學碩士學位，2006 年畢業於北京大學中文系，獲文學博士學位，現就職於中南民族大學文學與新聞傳播學院。主要研究中國古代詩學。發表過《隋唐曲〈楊柳枝〉源流的再探索》、《古典主義的階段性演進——王國維的古雅說、天才論及文體觀》等論文，出版有《心香寄遠——書信選注》、《中國古代詩歌研究論辯》等著作。

提　　要

　　南唐詩是由唐詩向宋詩轉型過程中的一個重要環節，本文從歷時的角度考察了南唐詩前後的發展演變過程，同時將南唐文化作爲其詩歌的整體背景來觀照，此外，也探討了南唐詩和南唐文化在宋初的影響。

　　第一章考察了楊吳時期以及南唐先主李昇時代的詩壇及其文化背景。李昇任昇州刺史期間開始的延攬文士、彙聚圖籍，以及在南唐國建立後設立廬山國學等措施，對於金陵和廬山兩個詩壇的形成起到了重要作用。金陵詩壇在此時奠定初基，李建勳成爲南唐早期詩人的代表，同時以成彥雄爲代表的新一批詩人開始嶄露頭角。作爲本章相關內容的延伸，附錄了《唐末及五代初期九華地區詩人群體考察》及《隋唐曲〈楊柳枝〉源流的再探討》兩文，放在全書之末。

　　第二章考察的是中主李璟時代的詩歌及其文化背景。由於李璟的文治政策，南唐的文化特質在此期初步形成，此時也是南唐詩最爲繁榮的時期。金陵詩壇走向壯大與成熟，不僅詩壇的成員增加，詩歌的表現內容也擴大了，黨爭、貶謫、戰亂等內容進入了南唐詩人的筆下，徐鉉也在此時達到其創作的高峰。廬山詩壇在此時也十分興盛，其成員主要是僧道、處士和士子三類人，他們彼此之間的交往酬唱構成了廬山詩壇的重要活動內容，李中是廬山詩壇中成就較高的詩人，他從廬山國學到踏上仕途的經歷代表了廬山國學士子普遍期望的道路。

　　第三章主要考察後主李煜時代的南唐文化及詩歌。李煜即位以後，有一個較重視儒學的時期，並且他本人便有儒學方面立言明道的著述，這引起了南唐文士普遍的著述之風以及博學的好尚。另一方面，南唐此時普遍的清貴趣味，成爲南唐文化特質的一部分。但是，此時無論金陵詩壇還是廬山詩壇都在逐漸走向沉寂，只有李煜本人以及李中、孟賓於、潘祐、劉洞等人還有較多詩作，但李中、孟賓於皆流落於地方，金陵的失陷，使得南唐詩壇宣告終結。

入宋以後，南唐詩歌的影響仍舊不可低估，這正是本文第四章重點考察的內容。由於五代時北方的文化長期落後於南方，以至於宋初基本統一以後，南方文化尤其是南唐文化成為宋初可以汲取的重要資源。宋廷對南唐文化的態度是矛盾的，一方面以軍事勝利相驕，另一方面又流露出對南唐文化的歆羨。詩歌同樣是南唐留給宋代的重要文化成果，南唐詩在宋初詩壇的地位，不僅指南唐入宋的徐鉉、鄭文寶等人以創作實績居於宋初三十年中影響最大的詩人之列，而且他們先後對白居易、李商隱、杜甫等詩學典範的關注和師法也輻射到當時的詩壇，王禹偁、楊億等人對當時詩風的扭轉都有得自他們的影響。另外，南唐文學、文化也以家族傳承的方式繼續對宋代的文學、文化產生影響。

　　本文通過詩史的鈎沈，部分恢復了作為五代十國時期詩歌重鎮的南唐詩壇的原貌，並對南唐重要詩人李建勳、李中、徐鉉、鄭文寶等人的詩歌進行了新的全面觀照，南唐詩對宋初詩壇的影響也是本文關注的重點，通過分析楊億等人對當時詩壇的認識，以及還原宋初原南唐詩人的創作實績和詩學觀、詩學典範，本文最後認為：原南唐詩人不僅在宋初三十年的詩壇舉足輕重，並且對宋初詩風由白體向西崑體的轉變具有不可忽視的意義。

目

次

緒論：研究對象及研究現狀

一

　　作爲從唐音到宋調的過渡，五代十國的詩歌得到了一些研究者的關注，而五代十國詩壇中最重要和最不可忽視的組成部分則是南唐詩。有學者根據《崇文總目》、《直齋書錄解題》等書統計，唐末五代作家的詩文集總數爲 879 卷，其中北方地區爲 234 卷，南方各地總數爲 645 卷，幾占總數的四分之三，而吳和南唐詩文共計 297 卷，幾占南方詩文總數的一半，其中詩歌有兩千多首，比整個北方地區多出八百多首，在五代十國中爲第一位。〔註1〕單從數量看，南唐詩已經不可忽視，從詩歌水準上看，南唐詩更是五代十國詩壇的翹楚。目前的研究雖然承認南唐詩超出於五代一般水準之上，值得關注，且注意到部分南唐詩人如徐鉉、李中等人無論在五代十國詩壇還是宋初都有一定的影響，但這些研究基本還只是將南唐詩作爲五代詩歌的一部分來看待，沒有將南唐詩作爲一個完整和獨立的對象進行歷時性的考察。同時，由於大多數研究者傾向於認爲五代十國時期詩歌本身的成就並不很高，因此主要是將其視爲從唐詩向宋詩轉型的一個中間形態來看待，連帶地也對南唐詩的獨立價值不夠重視。實際上，南唐詩乃至整

〔註 1〕統計數字據張興武《五代作家的人格與詩格》，北京：人民文學出版社，2000 年版，頁 72～75。

個南唐文化的成就不僅有作獨立研究的價值和必要，而且從其在宋代的影響來看也不可忽視。

以宋代文化的地域結構而言，南方文化在其中扮演了重要角色，這一特點在宋初已經顯現出來。《容齋四筆》卷五「饒州風俗」條記載宋仁宗時已經有人指出：「古者江南不能與中土等。宋受天命，然後七閩、二浙與江之西東，冠帶讀書，翕然大肆，人才之盛，遂甲於天下。」〔註2〕看到了唐宋之際南方文化崛起並佔據了主導地位，尤其是南唐腹地江西，在宋代文化中佔有突出地位，如果把這一變化僅僅歸功於宋朝是不公正的，實際上江南文化的迅速發展和超過北方主要得益於楊吳、南唐對這一地區的統治和開發，宋代起初文化的發展其實是一定程度上的「南方化」或者稱「南唐化」。

不過，南唐文化在宋初文化中的地位很特殊：既受到壓抑，同時又被懷念和追慕。宋初文化很大程度上得力於南唐：無論是從其三館藏書大部分來自南唐來說，還是從南唐入宋的文士成為宋初學術保存、以及詩歌創作的中堅來說都是如此。原南唐入宋的文人也一直保留著一種文化上的優越感，如張洎出使中朝時將洛陽風景蔑稱為「一堆灰」，而徐鉉到北地卻不肯御皮毛衣服，以至於得冷疾而死。宋初的統治者卻往往對南唐文化表現出一種貶斥的態度：如宋太祖稱李煜為好一個翰林學士，太宗讓李煜去參觀三館藏書，並告訴他其中多是南唐舊物等，其中表現出來的意味就值得仔細琢磨。其實這是一種文化相對後進地區靠武力征服了文化較先進地區以後表現出來的複雜心態。不過，在顯現出貶斥和炫耀姿態的同時，宋朝也追慕和繼承著南唐的文化。這印證了精緻文化的吸引力終究是不可阻擋的，即使它不得不暫時屈服在武力之下。宋初文化中南唐影響的重要性不僅體現在金陵圖籍入汴、大批原南唐文士被朝廷任用，也體現在宋人審美趣味上的逐漸走向於南唐化——注重博學，多藝能，講求精緻清雅的文

〔註2〕（宋）洪邁《容齋隨筆》，上海：上海古籍出版社，1978 年版。頁665～666。

人趣味等，這些也正是後來宋代文人文化的重要組成部分，並且宋代文人漸趨一致表現出的對南唐文化的傾慕，也很大程度上是出於這種趣味上與南唐的相合甚至認同。

因此，要深入理解宋代文化的形成、尤其理解宋初文學的面貌，就需要追溯到南唐文化的形成和發展，這個起點甚至應該一直上推到中唐以後，當時北方文士大量南遷並進入南方的幕府，這促進了南方尤其是江淮一帶文化的發展，當然這也與當時南方經濟地位的增長、城市的發展分不開；唐末的戰亂再次使得許多文人退隱到南方相對僻靜和安定的地區，此時江淮一帶聚集起數個規模較大的詩人群體：宜春、九華地區和廬山都是如此，與此同時，以揚州爲代表的城市中的文學卻因爲戰亂幾近消失，因此宜春、廬山等地退隱之士的文學就成爲楊吳文學最初的起點。當楊吳基本穩定了江淮、江西一帶，後來開創了南唐的李昇此時逐漸走上政治舞臺，包括他的聚集圖書、招延文士等措施，以及他本人對文藝的喜好，都對楊吳和南唐的文學產生了重要影響。此外，他對金陵城的建設和經營，使得東南地區的文學再次具有一個可以表現的舞臺，金陵詩壇開始發展，新詩風的因素開始出現。

儘管李昇號稱喜愛文藝，本人也有一些文藝才能，但他基本還是一種嚴正務實的政治家性格，他看重的文士也基本屬於謀略型、實幹型，如宋齊丘，而韓熙載、史虛白等具有縱橫之氣的文士並未得到其重用。李昇很可能是出於保據江淮這一立國策略的務實考慮，不贊同韓熙載等人立即北伐的主張；因此，韓熙載等人的浪漫縱橫家氣質最終被擯棄，而其長子李璟因耽於文藝也一直並非李昇心目中最理想的儲位繼承人。終李昇掌權時代，儘管其文治政策爲後來南唐文化的發展奠定了基礎，但文化措施主要限於招徠文士儒俊、設立學校、以及保存圖籍等，尚未有獨創的、建設性的文化成果。南唐文化獨特的精神儘管此時已經開始涵養，卻要到南唐中主李璟時代才眞正形成。

中主李璟即位後，注重文才，從前李昇時代對經義法律之士的重

視不再被奉爲圭臬。韓熙載在李璟即位之初就得到重用，來到國都金陵，儘管李璟並未採納他北伐中原的政治主張，但李璟後來南征閩楚，至少表明他在對「天下一統」的浪漫想像上跟韓熙載如出一轍，其中不能說沒有後者的影響。其他如史虛白、喬匡舜、徐鍇等典型文士也在李璟時期或被召見、或者授官，以作詞著稱的馮延巳更一度成爲宰輔，更顯示了李璟由於個性中極富文藝氣質，因而更容易欣賞這些博學而多藝能的文士。李璟對人材的選擇與李昪有很大差異，以文雅而不是以務實爲先。雖然這一點間接導致了南唐的國基不穩，卻也直接帶來了南唐文藝的繁榮。

　　李璟在位時期，由於重用文士，後期又開科舉，南唐的文治顯露出相當的成效。好文的風氣所及，甚至武將也好作詩，如刁彥能；而北方的武人一直相當跋扈，好文的風氣不能得到很好的發展，如後唐秦王從榮之禍便起於從榮的好與文士詩文唱和、不禮重武人，而從北方投奔到南唐的武將卻都收斂起跋扈之氣，這也說明南唐文治的成效。李璟時代，與北方相比，江南文化的優越已經十分明顯：保大末年，後周派使者到南唐窺覘，假借的名義就是鈔書；李璟本人對江南文化也十分自負，甚至於認爲自古江南文士就多於北方。這無不說明南唐對自己的文化富有自信，而這種文化優越感並非沒有實力的根基。

　　此時南唐的文化可以說有一種南朝化的趨勢，即使李璟表現出的對功業——主要體現爲對大領土的嚮往，表面看來是因爲以唐朝後裔自居、以中興自任，實際卻是對東晉那種名教自然合一人格模式的追慕。《釣磯立談》記載：「保大中，查文徽、馮延魯、陳覺等爭爲討閩之役，馮延巳因侍宴爲嫚言曰：先帝齷齪無大略，每日戢兵自喜。邊疆偶殺一二百人則必齋咨動色，竟日不怡，此殆田舍翁所爲，不足以集大事也。今陛下暴師數萬，流血於野，而俳優燕樂，不輟於前，眞天下英雄主也。元宗頗頷其語。」〔註3〕尤其典型地體現了李璟、馮

〔註3〕 （宋）史□《釣磯立談》，朱易安、傅璇琮等主編《全宋筆記》第一編（四），鄭州：大象出版社，2003年版，第226頁。

延巳等人對以謝安爲代表、兼具事功和風流的人格審美模式的傾慕。在外表風度上李璟也體現出南朝遺風：「元宗神彩精粹，詞旨清暢，臨朝之際，曲盡姿致。湖南嘗遣廖法正將聘，既還，語人曰：『汝未識東朝官家，其爲人粹若琢玉，南嶽眞君恐未如也。』」〔註4〕此外，在物質文化和精神生活中，南唐都漸漸發展出一種清雅精緻的趣味，這種趣味也體現在南唐的詩歌中，如辭采溫麗，很少中朝、西蜀、楚地詩歌中常見的淺俗、諧謔風氣等。

中主時代南唐內部的黨爭和對閩楚的戰爭也在一些詩歌中有表現，這部分地改變了李昪時代的詩人主要限於表現一己窮通的狹小氣局。同時，以金陵朝廷文士爲中心的詩壇也對廬山詩人群產生了影響，使其對賈島詩風的追慕漸漸淡化，苦寒詩風不再是主流；金陵成爲南唐詩壇的重心。

李璟在位其間先是由於攻伐閩楚元氣大傷，後來又在與後周的戰事中節節敗退，終至盡失江北之地，國勢日蹙，南唐都城甚至一度遷到南昌以避北地之鋒。終李璟一生，他對南唐國力的衰弱都無能爲力，這種頹勢在後主李煜時期自然更加不可遏制。史稱後主李煜「嗣位之初，屬保大軍興之後，國削勢弱，帑藏空竭」，不過由於其「專以愛民爲急，蠲賦息役，以裕民力，尊事中原，不憚卑屈，境內賴以少安者十有五年」。〔註5〕儘管處於這樣蹙迫的境地，南唐的文化卻在這十五年間因爲境內暫時的安定仍然繼續發展。後主前期，曾力求致治，因而留心儒家文化，並曾著有《雜說》百篇，親自闡述爲政之要，但他在位的後期南唐文化潮流主要是朝著南朝化的傾向繼續發展。李煜本人一方面醉心於生活的精緻化、藝術化、審美化，一方面又試圖從佛教尋求解脫，這在他的詩詞創作中也多有體現。我們看到，李煜的這些表現顯然並非個例，而是南唐士風的集中體現。

〔註4〕《釣磯立談》，《全宋筆記》第一編（四），第228頁。
〔註5〕（宋）陸游《南唐書》卷3，《四部叢刊》本。

到中主末年，淮南、江西等地先後在楊吳、南唐的統治下已有半個多世紀，南唐文化已走向成熟，這種成熟又帶來了對自身文化加以總結的要求，因此出現了不少鴻篇巨製。其中尤著者，如朱遵度所撰類書《群書麗藻》、《鴻漸學記》竟各達一千卷之多；徐鍇則編有《賦苑》二百卷，又撰有《古今國典》、《方輿記》、《歲時廣記》等大型專書或類書，還有《說文解字韻譜》、《說文解字繫傳》等數種小學類著作。這些文化學術成果對南唐文學尤其是南唐詩歌究竟有怎樣的影響，還需要深入研究。單就狹義的詩而言，徐鉉、徐鍇都發表過自己對詩歌的看法，張泊也追溯了從張籍到唐末詩歌發展的線索。可以說，至此南唐詩人對自身詩學傳統有了比較明確的認識和表述，這一點也值得我們注意和加以研究。

後主李煜在位末年，南唐在與宋的戰爭中處於明顯劣勢，並最終不可避免地徹底失敗，這一過程中當時文士的心態和立場也發生了分化：一部分憂憤國是，甚至為此付出生命代價，如徐鍇、潘祐；一部分因無能為力而選擇安於隨波逐流，並且，一些身為高級官僚的文士最終隨後主一同出降，徐鉉、張佖、張泊等人便是如此。他們或許不甘屈服，卻又不得不屈服，但他們的屈服並非沒有成果——南唐文化便主要憑藉著他們而進入宋朝，在宋代一直影響不絕。

二

在相當長的時期裏，南唐詩是放在五代十國詩壇的整體背景下、被作為五代十國詩最重要的部分來研究的，這始於二十世紀二三十年代：

鄭振鐸在《五代文學》〔註6〕、《插圖本中國文學史》〔註7〕中論及五代十國詩壇，認為與詞相比，詩的創作在這一階段十分衰落，作者雖多，卻沒有產生偉大的詩人，但晚唐諸派競鳴的盛況此時仍舊繼續了下來。

〔註 6〕鄭振鐸《五代文學》，《小說月報》第 20 卷第 5 號，1929 年 4 月。
〔註 7〕鄭振鐸《插圖本中國文學史》，上海：上海人民出版社，2005 年。

　　楊蔭深《五代文學》〔註8〕則首次較爲系統地探討了五代詩歌。
該書分國別臚述五代十國文學，認爲五代文學衰落，十國文學則不乏
燦爛，但這燦爛只是在詞，詩壇雖然仍比較活躍，但詩格不高，已經
不能與詞爭雄強。對於吳和南唐文學，主要採取列舉重要詩人的方
式。吳國列出的詩人主要有殷文圭、沈顏二人。對南唐文學，除了標
舉元宗父子及馮延巳的詞作以外，指出南唐詞人很少，仍以作詩的爲
多，較著名的詩人有韓熙載、李建勳、沈彬、孫魴、廖凝、陳陶、
陳貺、劉洞、江爲、伍喬、左偃、李中、孟賓于、成彥雄、徐鉉等
人。對具體詩人詩作的評價多簡潔概略，如認爲韓熙載「其詩描寫
直率、無蘊藉之處」、沈彬詩「多悲憤慷慨之詞」、廖凝詩「雋永耐
味」。〔註9〕該書主要延續的還是以往詩話及史料中對各個五代作家
的評價，不過，作者對五代文學也有不少新見，比如在南唐詞之外，
也對南唐詩壇很重視。但就五代文學的研究來說，此書畢竟還處於草
創階段，對各國文學的論列都還比較粗淺，對具體作家的論述筆墨就
更少，還談不上對詩風、流派的辨析，因此，儘管南唐文學在書中所
佔相對比重不少，但深入的研究可以說尚未開始。

　　在沉寂了五十多年以後，到二十世紀九十年代，涉及到南唐文學
的論文和專著則逐漸增多。首先，就五代十國詩壇總體研究而言，重
要的論文如：賀中復以《五代十國的溫李、賈姚詩風》、《論五代十國
的宗白詩風》、《五代十國詩壇概說》三篇文章較完整地勾勒了五代十
國詩壇的主要面貌以及前後期詩風的演變，〔註10〕其主要觀點是五代
分別存在著學溫庭筠李商隱、學賈島姚合與學白居易的三種詩風，其
中，學溫李者重在學溫，並走向清麗、通淺詩風；學賈姚者由賈島走

〔註 8〕楊蔭深《五代文學》，上海：商務印書館，1935 年版。

〔註 9〕楊蔭深《五代文學》，頁 37、39、41。

〔註10〕賀中復《五代十國的溫李、賈姚詩風》，《陰山學刊》（社會科學版）
　　　　1996 年第 1 期；賀中復《論五代十國的宗白詩風》，《中國社會科學》
　　　　1996 年第 5 期；賀中復《五代十國詩壇概說》，《北京社會科學》1996
　　　　年第 4 期。

向姚合，三種詩風中以宗白之風勢力最大，學溫李與學賈姚者最後都向其趨近。其中，《五代十國詩壇概說》一文側重在對五代十國詩壇的整體研究，認爲五代十國詩壇的特點之一是詩歌創作的群眾性、普遍性，這導致了它的「俗」的特點；各種不同規模、不同組合方式的詩人群體也紛紛出現，使整個五代十國詩壇形成多中心狀態。在這個總體背景之下，該文進一步探討了吳國和南唐詩壇，指出吳國詩壇形成較早，以杜荀鶴、鄭谷爲中心，其主體是迫於唐末喪亂退居鄉里的吳地人，大多遵循先學姚、賈轉爲宗白的道路，以至於這兩種詩風的融合，總體而言，復古傾向較重，另外，樂府創作較盛。南唐詩壇並非吳國詩壇的自然延續，而是由於南唐興復儒學、重用儒士等一系列措施之後在文化界的必然產物，形成了李建勳、馮延巳、徐鉉等爲首的一批政界詩人群。之後，攻滅閩、楚的戰爭使得南唐詩壇勢力範圍有所擴大，孟賓于、廖凝等人加入其中。政界詩人群之外，南唐還以廬山國學爲中心，形成了一個隱逸詩人群，包括陳貺、江爲、夏寶松等人，李中則是隱逸詩人群與政界詩人群的中介。南唐詩壇主師古、祖風騷，雖也有學姚、賈一派，但主要是宗白並進而學習「元和體」，集中吟詠情性、表現憂患意識和吏隱情懷。具體創作中以俗爲雅、緣情入妙、多理趣而少直斥，風格雅淡。

　　《論五代十國的宗白詩風》一文則集中探討了五代十國普遍流行、超過學溫李和效賈姚者而成爲當時主導傾向的宗白詩風，其中多有對南唐詩的論述。該文以後唐滅亡、南唐開國爲界，將五代十國的宗白詩風分爲兩期：前期承唐而後期啓宋，前期宗白詩人倡導學習白居易詩的諷諫精神以反對唐末以來的浮靡詩風，並集中抒發亂離時代有志無時、懷才不遇的痛苦，進一步演繹白居易的平易作風和比興傳統。在詩體的創新上，以吳國詩人的貢獻最大，嘗試融合古今、改造詩體，提高古體和近體的表現力。以南唐開國爲限斷，後期宗白詩風發生了轉型，力圖糾正前期學溫庭筠詩導致的輕豔以及學賈島導致的僻澀等問題；南唐重文右儒的政治舉措使得南唐形成了一個以上層重

臣爲核心的龐大宗白詩人群，其創作追求較之前期更多新變：(1)由主學白居易詩進而發展爲師法整個「元和體」，尤其是元和古風，以求變革唐末以來風雅道喪的狀況；(2)由前期宗白的學習其諷諭詩轉爲集中學習其閒適、感傷、雜律詩，但在閒適詩中也交織著對政事的關心；(3)由前期的宗白兼學杜甫轉變爲宗白而兼學李白。在這些新變的基礎上，後期宗白詩風形成了幾個重要特點：吟詠情性，集中揭示上層官僚的生活情趣；次韻唱酬之風流行，但仍以抒懷爲主；率意而成，不刻意苦吟，近體暢達、古體也流易自然，寓說理於描繪；清淡典雅，以俗爲雅、雅俗融合，思深理精。

　　賀中復的這三篇論文較細緻地勾勒了五代十國詩壇的主要面貌以及前後期詩風的演變線索，將吳國和南唐詩壇的概況和流變也梳理得比較清楚，尤其是用政界詩人群和廬山詩人群兩個詩人群體來劃分南唐詩壇，顯得結構明晰。在具體結論上，如認爲南唐並非對吳詩壇的自然承續、南唐宗白詩風的前後變化等方面，也很有啓發意義。

　　劉寧的《唐宋之際詩歌演變研究》〔註11〕一書關注的重點在於唐宋詩歌的轉型過程及其成因，而以元白的「元和體」的影響爲中心線索，在精神意趣以及藝術上貫串了從唐末到宋初詩歌轉型過程的始終。就時段劃分而言，該書將五代與唐末劃爲唐宋詩轉型中的同一個大的階段；按照不同地域特點，五代十國詩人被分成中朝、南唐、西蜀、楚國、閩地和吳越六個群體。具體到吳和南唐詩人群，該書首先指出就士人身份而言，與進入蜀國和閩國的多爲中朝顯貴相比，在唐末亂離中，進入吳國的士人則多爲寒素出身，因此在詩歌風氣上較多地繼承了唐末寒素、隱逸及干謁詩人群的創作取向，詩人成分複雜、詩風也十分多樣。南唐詩歌藝術的繁榮又與它的詩人群體的構成方式有密切關係，它有一個龐大的朝士詩人群，同時還存在一個在野詩人群，廬山國學則成爲二者間的紐帶，並使得二者之間的詩風走向融

〔註11〕劉寧《唐宋之際詩歌演變研究——以元白之元和體的創作影響爲中心》，北京：北京師範大學出版社，2002年版。

合。南唐詩風對宋初詩風的影響主要體現在宋初詩人對南唐詩藝的汲取，尤其是取其秀麗的語言風格，使「元和體」的閒適意趣獲得更有藝術魅力的表現，即使後來崑體的興起，也是對南唐麗句的一種發展而不是否定。

另外，張興武《五代作家的人格與詩格》〔註12〕一書則主要從時代亂離對作家人格的影響上看待五代詩歌的主題、審美情趣等方面的特點。

從較微觀角度對南唐詩人群體的構成和詩風演變做出勾稽辨析的有賈晉華《唐代集會總集與詩人群體研究》〔註13〕附編四《唐末五代廬山詩人群考論》，她將唐末五代先後聚集在廬山的二十多位詩人分爲前後兩個詩人群：唐末至五代前期的廬山詩人群包括修睦、齊己、李咸用、處默、棲隱、張凝、孫晟、陳沆、盧中、黃損和熊皦十一人，他們的五律主要學習賈島，圓整凝練，對偶工整，文字省淨，立意新穎，寫景多清僻冷雋的佳句；並受到鄭谷的直接影響，七律風格與之接近，雜糅大曆諸子與白居易、許渾等人的詩風，以清麗字眼與淺切語言交織，形成清婉明白、淺切有致的詩風。後期廬山詩人群約當南唐時，包括陳貺、江爲、劉洞、夏寶松、楊徽之、孟貫、伍喬、李中、劉鈞、左偃、孟歸唐、相里宗、史虛白、譚峭、許堅等人，其中大多數人曾入廬山國學學習，彼此因師生關係、同學關係和詩友關係相互聯繫在一起。在詩歌觀念上他們較多地承襲廬山前輩詩人，將詩歌作爲垂名工具，但他們更講求師承；在創作上後期廬山詩人仍以賈島爲宗，詩歌內容多寫山林之景，此外也出現了一些關注時事的詩；詩風上仍然承續了前期五言學賈島、七言學鄭谷的路子。這些詩人不少生活至宋初，直接導致了宋初晚唐體的盛行。賈晉華此文在對唐末以來廬山詩人群成員的史實考辨上用功頗多，其中相當一部分屬

〔註12〕張興武《五代作家的人格與詩格》，北京：人民文學出版社，2000年版。
〔註13〕賈晉華《唐代集會總集與詩人群體研究》，北京：北京大學出版社，2001年版。

於南唐詩人，這爲釐清南唐詩壇成員的情況提供了較爲可靠的材料。該文將廬山詩人群主要按時間區分爲先後兩個相承續的群體，也爲南唐詩風演變提供了參照。不過此文還只是對南唐廬山詩人群詩歌創作中的某些現象進行了描述，譬如注意到後期廬山詩人群講求師傳、部分作品較關注時事等現象，但對其背後的原因則尚未作更多追溯，另外，由於沒有結合所附麗的整個南唐文化背景、只是孤立地看待廬山詩人群這個現象，該文的個別結論也仍有值得商榷之處，例如，該文認爲後期廬山詩人群與前期詩人一樣，主要將詩歌作爲垂名的工具、單純的癖好而不是出於抒情言志的感動或消遣娛樂的需要，也主要不是作爲入仕的資格或社交的工具，這實際上是沒有注意到廬山國學在南唐選拔人才方面的特殊地位和它對士子出仕的特殊作用。

涉及南唐有關詩人生平的考察則以胡適爲早，他在 1927 年出版的《詞選》的小傳中有「張泌」條，指出《花間集》結集於 940 年、當時南唐剛建國，因此《花間集》中作者之一的張泌並非南唐後主時的張泌。〔註 14〕

朱玉龍《南唐張原泌、張泌、張佖實爲一人考》〔註 15〕一文則找到新的材料，繼續考索南唐詩人張佖的身世、籍貫問題。該文引用了《蔡襄集》卷 40《光祿卿致仕張公（溫之）墓誌銘》，其中敘明：溫之始祖諱簡，廣陵人。簡生昇，仕唐爲滁州清流令，因家焉。昇生約，官金吾衛。約生訓，以勇謀事楊行密，爲黃州刺史。訓生璆、鑄，鑄字希顏，仍居清流；璆移居常州，生佖，右內史學士，太祖平金陵，從後主歸京師，授贊善大夫，太宗朝，建言時務，評讞法令，多所施行，終給事中。佖子即墓主張溫之。又引用《咸淳毗陵志》卷 1「張訓孫佖撰訓行狀」、卷 18《張訓傳》「守常州刺史，今子孫皆家焉」，

〔註 14〕 胡適《〈詞選〉小傳》張泌條，載《胡適文集》（5），北京：人民文學出版社，1998 年版。頁 140。

〔註 15〕 朱玉龍《南唐張原泌、張泌、張佖實爲一人考》，《安徽史學》2001 年第 1 期，頁 69～70。

作爲《墓誌》的佐證。綜合這些材料，該文指出：張佖祖籍廣陵，中徙清流，自父輩移家常州。淮南爲其祖籍；常州則是其今貫。而吳任臣《十國春秋》卷5中《張訓傳》中所云「訓孫原佖」則可能出於傳聞異詞導致的誤書。另外，該文還利用《續資治通鑒長編》對張佖入宋以後的行實有較詳細的勾稽：開寶九年（976）八月知榮州；雍熙三年（986）判刑部，上言應斷奏失入死刑者，不得以官減贖；淳化五年（994）以右諫議大夫史館修撰編修國史；至道二年（997）李昉卒時張泌尚在世。

其他涉及到南唐詩人生平研究的還有夏承燾《馮正中年譜》、《南唐二主年譜》〔註16〕，傅璇琮、賈晉華主編《唐五代文學編年史‧五代卷》〔註17〕，以及張興武《南唐詩人李中和他的〈碧雲集〉》〔註18〕等。

以上對本文研究對象及前人的研究成果進行了簡要闡述。就研究方法而言，本文以歷時性的觀照爲主，對楊吳和南唐詩進行分時段研究，其中又以南唐時期和宋初爲重點；就研究對象的文學品種言，側重於詩，詞在這一階段的興起並非本文的主要研究對象、但將作爲背景來考慮。雖然本文以南唐詩爲主要研究對象，但也對南唐士風及文學藝術作了一定整體考察，主要動機是爲了釐清當時詩歌所生發的完整文化背景，因爲南唐詩歌和這個背景密不可分。

〔註16〕夏承燾《馮正中年譜》、《南唐二主年譜》，並載《夏承燾集》第1冊，杭州：浙江古籍、浙江教育出版社，1998年版。
〔註17〕賈晉華、傅璇琮《唐五代文學編年史‧五代卷》，瀋陽：遼海出版社，1998年版。
〔註18〕張興武《南唐詩人李中和他的〈碧雲集〉》，載《漳州師院學報》1998年第2期，13〜20頁。

第一章　李昇時代楊吳及南唐的
　　　　詩歌與文化

　　五代十國中，由於楊氏治下的吳國與李氏南唐政權前後人事交織，兩者間詩壇的界限也難以截然劃分，總的來說，楊吳的詩人在組成上主要承唐末而來，新變的因素不多，但自吳天祐九年（912）李昇任昇州刺史開始，隨著招攬人才、聚集圖書等舉措的實行，詩壇也隨之開始出現一些新的氣象。因此，本文將以這一年作為起點，之後稱為「李昇時代的詩壇」，而不以楊吳、南唐政權的交替作為詩壇的分界點。本章考察的便是吳天祐九年（912）到南唐昇元六年（942約三十年裏楊吳和南唐的詩壇情況。大體而言，這三十年間，由於李昇逐步將金陵建成政治和文化中心，文士紛紛彙聚與文獻的搜集保存，為金陵的詩歌創作走向繁榮提供了條件；而盧山國學的建立則對後期盧山詩壇的形成起到了重要推動作用。金陵與盧山的詩歌創作此後取得的成就都與李昇在這一階段奠定的基礎分不開。

第一節　李昇與金陵、盧山兩個詩壇的形成

　　中唐以後，南方的文學取得明顯進步，這一方面是和大量文士避亂南遷有關，另一方面也和文士大量進入南方方鎮幕府有關。肅宗至

德以後，淮南、江西、宣歙三地在各方鎮幕府中網羅的文士人數名列前茅：據戴偉華《唐代使府與文學》〔註1〕中所列《唐文士進入方鎮人次統計》一表，至德以後各方鎮入幕100人次以上的分別爲：西川214、淮南164、河東137、山南東道122、荊南120、江西120、浙西117、浙東111。其中淮南高居第二、僅次於西川，江西也居第五位。根據同書《文學家入幕地點簡表》對495名文學家的抽樣統計分析，文人首次入幕所選方鎮前10名依次爲西川19、江西19、山南東道16、淮南14、河東11、河中10、宣歙10、浙東10、浙西10、湖南9。其中江西與西川並列第一，淮南居第四，宣歙居第六。

　　楊吳及之後的南唐政權主要控制區域正爲淮南、宣歙、江西三地，不少原本在這三地節度使府的唐末文士也隨著楊吳政權控制這些地區進入楊吳。徐鉉的父親徐延休本爲會稽人，唐乾符中進士，因在長安不得任用而南奔，依鎮南節度使鍾傳於洪州。〔註2〕鍾傳雖出身商賈間，卻尊愛文士，史稱「廣明後，州縣不鄉貢，惟傳歲薦士，行鄉飲酒禮，率官屬臨觀，資以裝齎，故士不遠千里走傳府」〔註3〕。已中進士、在朝廷不得志者如徐延休也爲鍾傳好士的名聲吸引。楊吳取江西以後，徐延休隨之入吳，授義興縣令，官至光祿卿、江都少尹。宣州對唐末文士也有很大的吸引力，這與田頵的善遇士密不可分。田頵本爲楊行密手下大將，後爲寧國軍節度使，鎮宣州，「頵善爲治，資寬厚，通利商賈，民愛之。善遇士，若楊夔、康軿、夏侯淑、殷文圭、王希羽等皆爲上客。文圭有美名，全忠、鏐交辟不應。頵置田宅，迎其母，以甥事之，故文圭爲盡力」〔註4〕。田頵在宣州時，杜荀鶴

〔註1〕戴偉華《唐代使府與文學研究》，桂林：廣西師範大學出版社，1998年版。

〔註2〕（清）吳任臣《十國春秋》卷11徐延休傳，北京：中華書局1983年校點本，頁152～153。

〔註3〕（宋）歐陽修、宋祁《新唐書》卷190鍾傳傳。北京：中華書局1975年校點本，頁5486。

〔註4〕《新唐書》卷189田頵傳，頁5478。

正退歸九華，〔註 5〕頗爲田頵所重，也入田頵幕爲賓客。〔註 6〕田頵敗死後，杜荀鶴留在朱全忠幕中；殷文圭則侍楊行密父子，爲淮南節度掌書記，吳武義元年，任翰林學士；〔註 7〕此外湖州人沈文昌，也是先入田頵幕府，沈文昌爲文精工敏速，後被楊行密用爲節度牙推。〔註 8〕唐翰林學士沈傳師之孫、湖州人沈顏天復初舉進士，亂離時先奔湖南馬氏，不久也奔淮南田頵，後入楊吳，任過禮儀使等官職，與殷文圭同爲吳翰林學士。〔註 9〕江西、宣歙使府以外，還有從鄂州節度杜洪來歸楊行密的游恭。〔註 10〕這些人的後代後來不少成爲南唐知名的文士，如徐延休之子徐鉉、徐鍇，殷文圭之子殷崇義，游恭之子游簡言等。

儘管帳下陸續得到這些文士，但楊行密的精力主要還是投入到在江淮攻城略地、平息叛亂等軍事行動中，在廬州、宣州、揚州數地間來回奔波不暇，他所到之處，往往也是戰爭烽火所向。這一時期，除了從別的使府中接收來的文士以外，楊行密先後擔任的寧國軍和淮南節度使幕府中很少主動招攬著名的文士；而他的後繼者楊渥、楊隆演則都被權臣徐溫、李昇等先後挾制，只是名義上的傀儡君主，更談不上去主動延攬人材。正因如此，要到江淮戰事大體平息、統治者喘息稍定之際，方能致力於較長遠的治平之策，楊吳境內的經濟文化此時才得以有所發展，文學方面也才開始出現新的氣象。不過，開拓這種局面的並非傀儡君主楊氏兄弟，而是徐知誥。

〔註 5〕唐末及五代初年，以九華山爲中心、周邊地區曾形成一個詩人群落，他們主要往來於江淮，對後來楊吳和南唐的詩風產生過影響。詳見本書附錄一《唐末及五代初期九華地區詩人群體考察》一文。
〔註 6〕《十國春秋》卷 11 杜荀鶴傳，頁 149。
〔註 7〕田頵幕中多文士，與唐末宣州地區以九華山爲中心形成了一個詩歌創作較爲活躍的地區的便利地理條件也很有關係。
〔註 8〕《十國春秋》卷 11 沈文昌傳，第 151 頁。
〔註 9〕《十國春秋》卷 11 沈顏傳，第 151、152 頁。傳中未明言其入田頵幕中，但據其乾寧二年《宣州重建小廳記》，則當時爲田頵闢在幕中。
〔註 10〕《十國春秋》卷 11 游恭傳，第 153 頁。

　　徐知誥即後來開創南唐基業的烈祖李昪（889～943），海州人，幼孤，流落濠州，爲楊行密所擄。由於楊氏兄弟不能相容，被送給徐溫，成爲其養子，取名知誥。李昪本來的家世已經難於確考，各種史籍的記載也互相矛盾，比較可信的說法是：由於少孤而遭遇世亂，莫知其祖系，所謂唐宗室後裔的說法當是他即位以後的編造。〔註11〕李昪天資聰穎，甚有才幹，儘管也並不見容於徐氏諸子，〔註12〕但很爲養父徐溫賞識。吳天祐七年(910)，李昪由昇州防遏使升任昇州副使，開始在楊吳政權中嶄露頭角；昇州後改稱金陵，〔註13〕即今江蘇南京，無論軍事、政治、經濟方面皆是楊吳重鎮，向來爲專權者首爭之地。李昪在昇州職務的逐步升高，正是他在由徐溫主政的楊吳政權中獲得實權的體現。吳天祐九年（912），李昪以軍功昇任昇州刺史，這也是李昪爲日後的南唐開創基業之始。儘管南唐正式建國後李昪實際稱帝在位時間較短（937～943），但由於他的地位自楊吳政權的中後期就開始逐步上升，很多對楊吳和後繼的南唐政治經濟文化具有重要意義的舉措實際由他開創，因此他對楊吳、南唐兩國來說都是舉足輕重的人物。楊吳和南唐詩歌詩壇同樣受到了李昪施政的影響，其中，影響最大的莫過於其招攬文士、聚集圖書、對昇州城的建設和創立廬山國學等舉動。

一、延士與賦詩

　　對人才尤其是儒士、文士的積極延攬貫穿了李昪一生。從任昇州刺史開始，李昪就十分重視招攬文士：「……以軍功牧昇州，初以文藝自好，招徠儒俊，共論政體，總督廉吏，勤恤民隱。」〔註14〕此時

〔註11〕關於李昪的身世，任爽《南唐史》有較詳細的辯證，本文採用其說法。
　　　　任爽《南唐史》，長春：東北師範大學出版社，1995年版，3～12頁。
〔註12〕《十國春秋》卷2高祖世家載徐知訓嘗召嘗李昪飲酒，李昪遲到，徐知訓怒曰：「乞子不欲酒，欲劍乎！」（第49頁）
〔註13〕昇州在吳睿帝楊溥即位以後改名金陵，見《新五代史》卷61楊溥傳，北京：中華書局1974年校點本，第757頁。
〔註14〕《釣磯立談》，《全宋筆記》第一編（四），第216頁。

的「招徠儒俊」一方面出於實際政治需要的考慮，當其初任昇州刺史，「時江淮初定，守令皆武夫，專事軍旅」〔註15〕，如果繼續用治理軍隊的方式來管理地方，顯然不適合當時楊吳政權要從戰爭狀態過渡到和平狀態的需要。此前，李昇的義父徐溫在掌握了楊吳的大權以後，已經告誡手下：「大事已定，吾與公輩當力行善政，使人解衣而寢耳。」〔註16〕並於天祐六年（909）在境內開選舉。〔註17〕不能不說徐溫的這些觀點和作為影響了李昇在昇州的舉措。與只注重軍旅之事的武夫不同，「帝（李昇）獨襃廉吏，課農桑，求遺書，招延四方士大夫，傾身下之，雖以節儉自勵，而輕財好施，無所愛吝」〔註18〕。另一方面，李昇此舉也有為自己獲取可靠政治資本的目的：新招攬來的人才或是僑寓於江淮地區的北來人士，或是當地的寒素之士，都比較容易加以培植，成為自己的勢力和羽翼。這比從徐溫原有的部下中爭取支持要更為省力，也不易引起徐家的戒備。

人才的延攬不僅使李昇獲得了謀士、官吏的人選，而且這些被吸引來的文士中有不少本身就很有文學才能，如宋齊丘本有詩名，這一時期投到李昇門下、後來成為其重要謀士，而曾經從鄭谷學詩的袁州人孫魴也在此時進入李昇幕中。以此為開端，昇州刺史府便成為日後金陵詩壇的初基。

天祐十四年（917）徐溫將鎮海軍的治所移至昇州，李昇則被調任潤州團練副使。次年，徐溫長子徐知訓被殺，李昇立即從潤州渡江搶先進入揚州。徐溫無奈，只能讓他留鎮揚州，自己「還鎮金陵，總吳朝大綱」，「自餘庶政，皆決於知誥」。〔註19〕武義元年（919），「（李昇）拜左僕射，知政事，漸復朝廷紀綱，修典禮，舉法律，以抑強暴。

〔註15〕陸游《南唐書》卷1烈祖本紀。
〔註16〕（宋）司馬光《資治通鑒》卷 266 後梁開平二年五月，北京：中華書局 1956 年校點本，第 8700 頁。
〔註17〕《資治通鑒》卷 267 後梁開平三年四月，第 8709 頁。
〔註18〕陸游《南唐書》卷1烈祖本紀。
〔註19〕《資治通鑒》卷 270 後梁貞明三年七月，第 8831 頁。

中外謂之政事僕射。」﹝註20﹞李昇初步掌握了楊吳的政權。在吳乾貞元年（927），徐溫卒後，李昇奉楊溥稱帝，最終獨攬了楊吳大權，從此在政治、經濟、文化方面皆可舉措自專。從918年開始，李昇在揚州輔政長達十二年，在此期間，李昇延續了在昇州任上積極網羅人才的做法：

> 武義元年，拜左僕射、參知政事，國人謂之政事僕射。知誥於府署內立亭，號延賓，以待多士，命齊丘爲之記，由是豪傑翕然歸之。間因退休之暇，親與宴飲，咨訪缺失，問民疾苦，夜央而罷。是時中原多故，名賢耆舊皆拔身南來，知誥預使人於淮上資以厚幣。既至，縻以爵祿，故北土士人聞風至者無虛日。﹝註21﹞

如果說前一階段李昇爲昇州刺史時所吸引的主要還是江淮一帶的本土人士，此時則吸引了眾多北方慕名而來的文士：當時北方正值梁、晉兩國鏖戰，同時契丹也與中原有軍事衝突，後唐同光三年（925），後唐滅前蜀，又有一些士人流向楊吳境內。此期北來士人著名者如高密孫晟、北海韓熙載、山東史虛白、扶風常夢錫、河北高越、高遠。另外，江南當地文士也繼續前來投奔，如廣陵喬匡舜、馮延巳、歙州查文徽等人。此時李昇不再只是一任地方官，而是成爲事實上的一方霸主，因此對各方士人的吸引力也更大。

　　吳大和三年（931），李昇又自請出鎮金陵，次年，他在府舍內營建了一座禮賢院，繼續延攬才傑，史稱「先主移鎮金陵，旁羅隱逸，名儒老宿，命郡縣起之」﹝註22﹞。李昇重新經營金陵，廣聚人材，深固根本，已經在爲之後的建政打算。李昇這一時期「延賓」、「禮賢」，不但需要實幹豪傑，也需要文士詞臣：

﹝註20﹞　（宋）馬令《南唐書》卷1先主書，《四部叢刊》本。
﹝註21﹞　《十國春秋》卷15烈祖本紀，北京：中華書局，1983年版。第186頁。
﹝註22﹞　（宋）龍袞《江南野史》卷6，《全宋筆記》第一編（三），196～197頁。

　　　　齊臺之建，擢宋齊丘、徐玠爲左右丞相。於其所居第
　　旁創爲延賓亭，以待四方之士，遣人司守關徼，物色北來
　　衣冠，凡形狀奇偉者必使引見，語有可採隨即陞用。聽政
　　稍暇，則又延見士類，談宴賦詩，必盡歡而罷，了無上下
　　貴賤之隔。〔註23〕

此時來歸金陵的文士包括著名詩人沈彬，江文蔚、高越等人大約也
在這一時期來到江南。〔註24〕沈彬不僅在廣陵輔佐楊吳世子，並且
往來金陵，參與李建勳、孫魴等人的唱和、論詩，成爲金陵詩壇早
期的重要成員。江文蔚則與高越俱以辭賦知名，是當時著名詞臣。
〔註25〕

　　李昪延攬文士頗多，也因爲他本人不乏對文藝的愛好。《釣磯立
談》稱李昪「以文藝自好」〔註26〕，《資治通鑒》也記載徐知誥（李
昪）「喜書善射，識度英偉」〔註27〕，可見李昪不僅號稱喜愛文藝，
且的確具有一定文藝才能。李昪對詩歌和書法的愛好和才能也遺傳給
了他的後代，尤其典型地體現在中主李璟和後主李煜身上。不過，李
昪詩現僅存《詠燈》一首：

　　　　一點分明値萬金，開時惟怕冷風侵。主人若也勤挑撥，
　　敢向尊前不盡心。〔註28〕

《全唐詩》題下注引《詩史》稱此詩爲「（昪）九歲在溫家作，溫閲
之歡賞，遂不以常兒遇之」。這首絕句託物言懷，將自己寄人籬下、
感激知恩卻又如臨如履的心情表達得十分貼切。若幼年即能作此詩，
則其能「賦詩」一說應該並非虛言粉飾。當然，作爲一個九歲孩子的
習作，此詩的藝術水準不可能太高；成年後作爲開創一代基業的霸
主，李昪也不可能在詩歌方面繼續用力、展現更多創作實績。九歲時

〔註23〕《釣磯立談》，《全宋筆記》第一編（四），218～219頁。
〔註24〕徐鉉《徐公文集》卷15《唐故左諫議大夫翰林學士江君墓誌銘》。
〔註25〕馬令《南唐書》卷13高越傳，《四部叢刊》本。
〔註26〕《全宋筆記》第一編（四），第216頁。
〔註27〕《資治通鑒》卷260乾寧二年三月，第8467頁。
〔註28〕《全唐詩》卷8原注，第70頁。

的這首習作，體現的是李昪幼年在蒙學中對詩歌抒情性和比興寄託就有敏銳領悟，這顆種子即便後來未能獲得最適宜的土壤，但已經足以使他對詩歌具備不錯的鑑賞力，可以在延見文士時與之「談宴賦詩」。李昪表現出的對詩歌的興趣，鼓勵和推動了其幕中、乃至江淮地方詩歌風氣的造成。淮南自中唐以後蔚爲大鎮，揚州的繁華聲名蓋過西川，號稱「揚一益二」，韋元甫、陳少游、杜佑、李吉甫等人都曾爲淮南節度使，幕下聚集過如李翰、劉禹錫、杜牧等許多著名的文士，府主、幕僚間還有過唱和。〔註29〕但到唐末，許多大鎮被武將控制，從前主要由文人擔任府主時文士薈萃的盛事難以重見。當然，揚州作爲東南人文淵藪地位的消失，也與其在唐末戰亂爭奪中處於漩渦中心被數度圍城、焚毀、劫掠因而毀壞無遺有很大關係。因此，東南文壇在當時若要恢復，不僅需要戰事的平息，也需要一個能維持東南地區平靜的強有力的地方政權，以及一個較懂得文藝的府主或霸主。前一點在楊行密後期已經逐步實現，後一點則要等到喜好文藝的李昪來擔當。並且，我們會看到，楊吳和南唐詩壇能夠呈現出不同於其他霸府政權下的風貌，與李昪本人的文學才能包括詩歌創作才能和鑑賞力是分不開的。

二、圖籍的彙聚及其對詩壇的影響

要評價李昪對文化保存之功，需要先看宋初的一段史料：

> 太平興國三年二月，新建三館成，六庫書籍正副本八萬卷入藏。建隆初，三館所藏書僅一萬二千餘卷。及平諸國，盡收其圖籍，惟蜀、江南最多，凡得蜀書一萬三千卷，**江南書二萬餘卷**。又下詔開獻書之路，於是天下書復集三館，篇帙稍備。〔註30〕

關於宋從南唐所獲書籍的具體數目還有六萬卷、十萬卷的不同說法。

〔註29〕參前揭戴偉華《唐代使府與文學研究》，117～118、171～175 頁。

〔註30〕（宋）李燾《續資治通鑑長編》卷 19，北京：中華書局，1979，第422 頁。

〔註31〕不論準確數目如何，即便取最少的說法二萬卷，也已經佔了宋初全部藏書八萬卷的四之一。考慮到後周顯德四年（957）周世宗柴榮大敗南唐殘軍於紫金山，城將破時，中主李璟曾下令盡焚宮中萬卷藏書，以及開寶八年（975）宋軍攻破金陵時後主李煜又下令焚毀圖籍這兩次劫難，南唐本來的藏書數量應該更大，遠不止二萬冊，且「其書多讎校精審，編秩完具，與諸國本不類」〔註32〕，是精心校勘的善本。達到這樣的藏書規模和水準，南唐三代君主前後用了約六十年時間，這一聚書活動最早便始於李昇任昇州刺史期間。

　　陸游《南唐書・烈祖本紀》載李昇任昇州刺史期間的文化舉措除了招攬士大夫以外，還有「求遺書」一條。聚書不僅本身就具有標榜文治、吸引文士的巨大作用，也爲後來南唐文化的發達奠定了初基。劉崇遠在《金華子雜編》中追憶到：「始天祐間，江表多故，洎及寧貼，人尚苟安。稽古之談，幾乎絕侶，橫經之席，蔑耳無聞。及高皇初收金陵，首興遺教，懸金爲購墳典，職吏而寫史籍。聞有藏書者，雖寒賤必優詞以假之。或有贄獻者，雖淺近必豐厚以答之。時有以學王右軍書一軸來獻，因償十餘萬，繒帛副焉。由是六經臻備，諸史條集，古書名畫輻湊絳帷，俊傑通儒，不遠千里，而家至戶到，咸慕置書，經籍道開，文武並駕。」〔註33〕劉崇遠先後出仕於吳和南唐，《金華子雜編》約成書於中主李璟保大十年（952），上距先主李昇在位還爲時不久，其記載應當是較爲可靠的。按照這段記載，李昇早期搜購圖籍的重點在於經史和書畫，尤其是前者，體現了李昇在昇州興復儒

〔註31〕十萬卷之説見馬令《南唐書》卷 23 朱弼傳：「皇朝初離五代之後，詔學官訓校九經，而祭酒孔維、檢討杜鎬苦於詭舛。及得金陵藏書十餘萬卷，分佈三館及學士舍人院。」六萬卷之説見（清）周在濬《南唐書注》卷 16 後主保儀黃氏傳注引《宋小史》：「太祖命呂龜祥籍煜圖書赴闕，得六萬餘卷，皆焚餘也。」（民國四年吳興劉氏《嘉業堂叢書》本）
〔註32〕馬令《南唐書》卷 23 朱弼傳。
〔註33〕（南唐）劉崇遠《金華子雜編》卷上，《叢書集成初編》本，上海：商務印書館，1936，第 1 頁。

學的意願，並且這一舉措的確產生了一定影響，不僅集聚了圖籍實物，更樹立起尊儒右文的形象，贏得文士的好感，也激起了民間恢復文化的熱情。

吳大和三年（931），李昪出鎮金陵，再次大規模集聚圖書：

> 吳徐知誥作禮賢院於府舍，聚圖書，延士大夫。〔註34〕

> 烈祖以東海王輔吳，作禮賢院，聚圖書萬卷及琴奕遊戲之具，以延四方賢士。〔註35〕

由於李昪此次出鎮金陵是為篡位作準備，有意將金陵建設為日後的都城，此時李昪所聚集圖書的規模應當遠超過其二十年前任昇州刺史時，種類上應當也不再限於經書和史籍，並且圖書之外，還有「琴奕遊戲之具」等其它文娛設施，這一舉措當然更成為他用以吸引士人的重要手段。值得注意的是，為了招攬士人，所聚集的圖書及文娛用具是放置在禮賢院中的，雖然仍屬官府所藏，而在一定程度上具有了半開放性質，便於文人閱覽使用，這對於古典詩文的寫作當然具有很大助益。文獻上沒有詳細記載這批置於禮賢院的圖籍後來命運如何，但推測起來，可能作為後來南唐金陵的官府藏書繼續供士人使用，也有可能進入南唐宮廷，成為宮廷藏書的一部分。不論是何種命運，它們顯然對後來南唐文士博通淵雅的學風和文風的形成起到了重要作用。

相形之下，儘管單就書籍的搜求而言，五代中原政權以及十國中的其他霸府也有不少曾下令訪購，但實效並不理想：後唐莊宗時曾派人到蜀地訪求圖書，才得九朝實錄及雜書千餘卷而已；後漢乾祐間禮部侍郎司徒詡請開獻書之路，但令下罕有應者。〔註36〕這一方面是由於中原地區歷經戰火導致圖籍斁滅，另一方面其購求的力度也難以和李昪的「聞有藏書者，雖寒賤必優詞以假之。或有贄獻者，雖淺近必

〔註34〕《資治通鑒》卷277後唐明宗長興三年，第9065頁。

〔註35〕陸游《南唐書》卷9陳覺傳。

〔註36〕參（元）馬端臨《文獻通考》卷174經籍考，北京：中華書局1986年影印本，第1507～1508頁。

豐厚以答之」相比。更爲重要的是，李昪搜求所得圖籍並非束之高閣作爲私家財產秘不示人，而是置之禮賢院以吸引士人，使得這些大量的藏書能夠爲文士觀閱。李昉《徐公墓誌銘》稱徐鉉「年十六，遇李氏先主霸有南土，辟命累至，釋褐連任書府，由是經史百家爛然於胸中矣」〔註37〕，可見，在李昪的主持下，金陵富有圖籍並得到了良好使用。南唐本土成長起來的文士如鍾謨、馮延巳、殷崇義、徐鉉、徐鍇、張佖、張洎等人後來皆以博洽著稱，直到宋初楊億還感歎「江東士人深於學問」〔註38〕，南唐文士這種普遍的博學正與圖籍的豐富與觀閱的容易密不可分。與之形成對照的是，當時中朝文士學識大多貧乏空疏，如馮道在後唐以辭翰筆墨受到莊宗的賞識，做過翰林學士，卻被同時人譏諷爲學問僅止於《兔園冊》，一般的士子更是只看文場秀句以取功名，不僅爲江南文士所輕，中朝文士彼此之間也互相輕視。〔註39〕直到宋初立國以後較長時間內，北方的學術仍無改觀：乾德四年（966）六月「庚寅，上親試制科舉人姜涉等於紫雲樓下，……涉等所試文理疏略，不應策問，並賜酒食而遣之」。開寶九年（976）正月「癸未，命翰林學士李昉、知制誥扈蒙、李穆等，於禮部貢院同閱諸道所解孝悌力田及有文武才幹者凡四百七十八人。及試，問所習之業，皆無可採」〔註40〕。不能不說，這種學識的貧乏與當時中原地區圖書的荒瘠是有關係的。

　　南唐文士博學的養成，從李昪的聚集圖書開始，到中主李璟時蔚爲風氣，當時不僅文臣沒有學術會爲同列所輕視，甚至連武將也好作

〔註37〕見《徐公文集・墓誌銘》，《四部叢刊》本。

〔註38〕楊億《楊文公談苑》，《宋元筆記小說大觀》（一），李裕民輯校，上海：上海古籍出版社，2001年。第492頁。

〔註39〕《舊五代史》卷126馮道傳：「有工部侍郎任贊，因班退，與同列戲道於後曰：『若急行，必遺下《兔園策》。』道知之，召贊謂曰：『《兔園冊》皆名儒所集，道能諷之，中朝士子止看文場秀句，便爲舉業，皆竊取公卿，何淺狹之甚耶。」（中華書局1976年校點本，第1657頁）

〔註40〕分見《續資治通鑑長編》卷7乾德四年六月庚寅條、第172頁，開寶九年正月癸未條、第363頁。

詩〔註41〕。博學的風氣並直接浸潤到詩壇，使得南唐詩避免了中朝詩的淺俗，形成自己「學深而不僻」的獨特面目；另外，富有圖籍以及這種搜輯文獻的風氣，也使得後來的南唐詩人留心於唐代詩歌典籍的搜輯保存：張泊從十三歲開始搜集張籍的詩歌、後來又搜集項斯的詩歌，爲之作序結集；〔註42〕鄭文寶則曾經搜輯整理過杜甫的詩集。〔註43〕留心詩藝和詩學發達的前提必定是整個文化的發達與繁榮，詩學詩藝的傳承也須以物質載體尤其是圖書典籍的保存爲前提，正是在這個意義上，從李昇開始的彙集、保存圖籍並使之方便利用，對南唐文化和南唐詩的繁榮具有不可低估的意義。

三、廬山國學的設立及其對後期廬山詩壇的影響

李昇代吳以後，軍事政治策略都以保境安民爲主。馬令《南唐書・先主書》記載昇元六年（942）南唐群臣論議開疆拓土，李昇不允，回答說：「吾少長軍旅，見干戈之爲民患甚矣，吾不忍復言兵革。使彼民安，則吾民亦安矣。」李昇崇文抑武，任用文臣，昇元六年（942）又下詔大規模弭兵息民、舉用儒者。〔註44〕就文化措施而言，學校的設立尤其是廬山國學的設立對南唐學術及詩壇具有重要影響。

昇元二年（938），李昇在淮水之濱選址，「冬十月丙子立太學，命刪定禮樂」〔註45〕。昇元四年（940），李昇又在廬山白鹿洞建學館，置田供給諸生，以李善道爲洞主掌教，號爲「廬山國學」。〔註46〕太

〔註41〕嚴續因爲「少貴倦學，見輕同列」（《十國春秋》卷23，第321頁）；武將刁彥能好讀書、并曾經與李建勳詩歌唱和（《十國春秋》卷20，第306頁）。

〔註42〕張泊《張司業詩集序》，（清）董誥等編《全唐文》卷872，北京：中華書局，1983年版；張泊《項斯詩集序》，《全唐文》附清陸心源輯《唐文拾遺》卷47。

〔註43〕（宋）蔡居厚《蔡寬夫詩話》卷4，郭紹虞輯《宋詩話輯佚》，北京：中華書局，1980年版，第402頁。

〔註44〕李昇《舉用儒吏詔》，《全唐文》卷128，第1279頁。

〔註45〕陸游《南唐書》卷1烈祖本紀。

〔註46〕《十國春秋》卷15烈祖本紀，第197頁。

學及盧山國學「其徒各不下數百」〔註47〕，盛極一時。

　　作為學校的經濟保障，學田的設置尤顯重要，因為它相當於一勞永逸地解決了學校資金來源的問題。置田供給諸生的舉動在當時各個割據政權中也僅見於南唐。中朝的國子監不僅時斷時續，而且據馬端臨在《文獻通考・學校・太學》中的考證，後唐國子監生還需要自己繳納所謂的「光學錢」。馬端臨認為這是「五代弊法」，「至於監生亦令其出光學錢，則貧士何所從出？既徵其錢，復不蠲其役，待士之意，亦太薄矣」，容易導致貧寒士子交不起費用，而富有者卻可以「未曾授業輒取解送」，出現國子監的在學者多苟賤冒濫的情況。〔註48〕李昇在南唐則置田供給諸生，保證了貧寒士子的學習，終南唐之世這一舉措都沒有改變。因此，南唐直至宋初，盧山國學的生徒一直為數眾多：「知江州周述言白鹿洞學徒常數百千人，乞賜《九經》，使之肄習。詔國子監給本，仍傳送之。」〔註49〕據顧吉辰《宋初盧山白鹿洞書院生徒考》一文的考辨，此時白鹿洞書院剛被宋朝接管不久，周述所言的書院生徒數目當為五代、即南唐時期盧山國學的生徒數目。〔註50〕置田供給諸生一舉的重要性，還可以從後來白鹿洞書院即盧山國學的衰落得到反面的說明：太平興國五年（980）「己亥，以江州白鹿洞主明起為蔡州褒信縣主簿。白鹿洞在盧山之陽，常聚生徒數百人。李煜僭竊時，割善田數十頃，歲取其租廩給之，選太學之通經者，授以他官，俾領洞事，日為諸生講誦。至是，起建議以其田入官，故爵命之。白鹿洞由是漸廢矣」〔註51〕。宋初白鹿洞書院的衰落，一個重要原因就是中止了學田制度，使書院失去了自南唐以來的經濟保障。

〔註47〕馬令《南唐書》卷23歸明傳下。

〔註48〕《文獻通考》卷41，第394頁。

〔註49〕《續資治通鑒長編》卷18太宗太平興國二年三月，第402頁。

〔註50〕顧吉辰《宋初盧山白鹿洞書院生徒考》，《江西社會科學》1991年第1期，第114頁。

〔註51〕《續資治通鑒長編》卷21太宗太平興國五年六月，第476頁。

此外，廬山的寺院至少自唐以來就擁有比較豐富的藏書。唐人有讀書山林寺廟的風尚，「士子習業大抵以名山為中心，北方以嵩山、終南山、中條山為盛……南方以廬山為最盛」，「唐中葉以後，習業廬山之風甚盛，宰相揚收、李逢吉、朱樸，名士如符載、劉軻、竇群、李渤、李端、杜牧、杜荀鶴皆出其中。大抵皆數人同處，或結茅，或居書院，且有直從寺僧肄業者。唐末五代此風尤盛」。〔註52〕文士讀書多選擇山林寺廟，一方面因為山林大多僻靜清幽，適宜於專心攻讀，同時也由於寺廟的文化條件往往不錯，有的寺廟本來就有較豐富的藏書。白居易《東林寺白氏文集序》提到：「昔余為江州司馬時，常與廬山長老於東林寺經藏中，披閱遠大師與諸文士唱和集卷，時諸長老請予文集亦置經藏，唯然心許。」看來白居易本人就頗得益於東林寺的藏書，且由於這份前緣，白居易果然在唐文宗大和九年（835）將自己的《白氏文集》六十卷抄送一部納於廬山東林寺經藏中。除開其他因素，這一選擇恐怕仔細考慮過東林寺本來的文化條件和聲望。儘管《東林寺白氏文集序》申明自己的文集「仍請本寺長老及主藏僧依遠公文集例，不借外客，不出寺門」，推測起來，既然白居易可以看到前人文集，後來文士要看到白居易本人的文集及其他寺中所藏詩文集應該也並不難。況且，白居易本人「不得外借」的初衷並非要人不讀其書，而是希望保存完好、傳之久遠，讓更多人讀到，他在開成元年（836）的《聖善寺白氏文集序》中提到，要將自己送納於善聖寺的文集「納於律疏庫樓，仍請不出院門，不借官客，有好事者任就觀之」，東林寺的文集情況應該與之類似，是可以由一般文士在寺中觀閱的。東林寺這部《白氏文集》後來散佚了，但並非失於觀覽的文士之手，而是為軍閥強力奪走。〔註53〕不過，吳大和六年（934）吳德化王楊泖在東林寺又重置了《白氏文集》七十卷，「品流所好，玩

〔註52〕嚴耕望《唐人習業山林寺院之風尚》，載氏著《嚴耕望史學論文選集》，臺北：聯經出版事業公司，1991年版。第308、291頁。

〔註53〕據宋敏求《春明退朝錄》卷下（北京：中華書局1980年版，第43頁），廬山東林寺所藏《白氏文集》後為高駢鎮淮南時取去。

閱於茲」，〔註54〕可見這部文集仍然是可以供喜好者在寺內閱覽的。至少對廬山東林寺而言，寺中所藏其他世俗圖書的對待，應該與《白氏文集》相似，就讀於寺廟附近、或特地來借觀的文士，是可以有機會閱讀到的。廬山就讀的文士對廬山寺廟藏書的藉重，與金陵文士對當初禮賢院圖籍的藉重是一樣的。

廬山國學作爲與太學平齊的官方學校，本身藏書也爲數不少。在廬山國學設立之時，李昇就曾爲之廣求書籍：「烈祖初建學校，丁亂世，典籍多闕，旁求諸郡」，廬陵人魯崇範九經、子、史世藏於家，此時無償獻出。〔註55〕另外，隱居廬山的文士中有的隨身就攜有大量藏書，有的甚至到廬山後仍繼續收集圖書，前者如鄭玄素：

> 鄭玄素，京兆華原人也。少習詩禮，避亂南遊，隱居於廬山青牛谷，高臥四十餘年……構椽剪茅於舍後，會集古書殆至千餘卷。玄素，溫韜之甥也。自言韜發昭陵，從埏道下，見宮室制度閎麗，不異人間。中爲正寢，東西廂列石床，床上石函中有鐵匣，悉藏前世圖書、鍾王墨迹，紙墨如新。韜悉取之。韜死，玄素得之爲多。〔註56〕

儘管鄭玄素得到昭陵陪葬的密笈珍本實屬亂世僥倖，但廬山文士的藏書之富也許並非罕見之事：南唐有名的詩人陳貺，史稱其「少孤貧好學，遊廬山，刻苦進修，詩書蓄數千卷。有詩名，聞於四方」〔註57〕。作爲一介孤貧處士，陳貺尚且能夠積聚大量的藏書，而且是偏重在詩學方面的專門藏書，客觀說明廬山當時的圖籍是頗豐富的，並且個人也不難得到。公私藏書結合，更爲廬山國學生徒的學習提供了良好的條件。另外，陸游《南唐書・元宗本紀》稱李璟「少喜樓隱，築館於廬山瀑布前，蓋將終焉，迫於紹襲而止」，鄭文寶《江表志》卷中也說李璟「嘗於廬山構書堂，有物外之意」，雖然這是李璟在李昇諸子

〔註54〕匡白《江州德化東林寺白氏文集記》，《全唐文》卷919，第9577頁。
〔註55〕馬令《南唐書》卷18魯崇範傳。
〔註56〕馬令《南唐書》卷15鄭玄素傳。
〔註57〕《江南野史》卷6，《全宋筆記》第一編（三），第196頁。

立嗣風波中的退讓之舉，但也從側面表現了廬山當時的文化條件較好、很宜於作爲避世讀書之所。

就修習對象而言，廬山國學的文士們所學不僅包括儒家九經，也包括詩歌文賦等文學內容。當時廬山國學的生徒間流傳著「彭生說賦茶三斤，毛氏傳經酒半升」〔註58〕的嘲謔之詞，說明在傳經以外，文學類的賦也在講說傳授之列。雖然史無明證詩歌創作也被列入學校的正式課程，但廬山原本一直是文士隱居讀書的勝地，唐末五代以來多有詩人聚集，並形成了規模較大、持續很久的詩人群體。〔註59〕處在這樣一個詩歌創作氛圍濃厚的環境中，廬山國學也成爲一個詩藝傳授和學習、交流與傳播的場所。在學校規定的九經等課程之外，詩學的考較也成爲生徒們的重要學習內容，甚至有士子將其作爲主要的功課，如伍喬就曾經「居廬山國學數年，力學於詩」〔註60〕；江爲入白鹿洞學習，而「師事處士陳貺，酷於詩句二十餘年」〔註61〕；劉洞同樣早年就游學廬山，「師事陳貺，學詩精究其術」〔註62〕，也將相當的精力用在學習詩歌創作上。

可以說，廬山國學的設立直接催生了後期廬山詩壇的形成，並爲廬山詩壇帶來新的因素：儘管還與同在廬山的隱士、僧道多有交往，但後期廬山詩人的身份不再限於僧道和隱士，而主要是在廬山國學的生徒；他們的詩歌內容也逐漸擴大，新的風格因素開始在他們的詩中

〔註58〕馬令《南唐書》卷15毛炳傳。

〔註59〕貫晉華《唐末五代廬山詩人群考論》一文（載氏著《唐代集會總集與詩人群體研究》，528～529頁）詳細勾稽了唐末五代時期曾經聚集在廬山的詩人情況，指出這一時期廬山前後形成了兩個詩人群：唐末至五代前期的廬山詩人群包括修睦、齊己、李咸用、處默、棲隱、張凝、孫晟、陳沆、虛中、黃損和熊皦十一人；後期廬山詩人群約當南唐時，包括陳貺、江爲、劉洞、夏寶松、楊徽之、孟貫、伍喬、李中、劉鈞、左偃、孟歸唐、相里宗、史虛白、譚峭、許堅等人，他們彼此因師生關係、同學關係和詩友關係相互聯繫在一起。

〔註60〕陸游《南唐書》卷15伍喬傳。

〔註61〕《江南野史》卷8，《全宋筆記》第一編（三），第211頁。

〔註62〕《江南野史》卷9，《全宋筆記》第一編（三），第214頁。

出現。同時，由於新的廬山詩壇成員大部分是求取功名的士子，他們雖然身處廬山但也同時關注著金陵，並往往從廬山走向金陵，給南唐詩歌帶來了新的內容，廬山因此不單是一個超脫政治和時代的隱士文學淵藪，也是南唐文化整體中的重要一環。

　　綜上，李昪本人因對文藝的愛好，兼具詩歌創作的才能，從任昇州刺史，到掌握楊吳大權，再到代吳自立成為南方重要的霸主，其地位和權力又足以在文化方面有所作為，他所實施的延攬文士、聚集圖書、設立廬山國學等舉措，對金陵和廬山兩個詩壇的形成起到了重要作用。

第二節　金陵詩壇的初建及其重要詩人

　　金陵在歷史上雖為孫吳、東晉及宋、齊、梁、陳六朝文物之所，但隋滅陳以後，為防止有人再度割據江南，對其採取壓抑政策，建康城三百多年的經營規制、城邑宮殿、園囿廬舍被毀蕩盡淨，只留下城西小小的石頭城改作蔣州的州治，轄江寧、溧水、當塗縣。建康古都衰敗了，進入了一個不被重視、甚至強加壓抑的低谷時期。唐滅隋後，繼續貶低金陵的地位，一個時期甚至取消其州一級編制。〔註63〕隋唐兩朝，東南一帶以揚州最為繁華阜盛，金陵的地位較之昔日卻一落千丈。但在唐末戰亂中，從唐僖宗光啓三年（887）至昭宗景福二年（892）之間，揚州被兵六年，先後遭到畢師鐸、楊行密、孫儒等軍隊的數度圍城和焚略，殘破之甚。儘管揚州此後仍然作為楊吳的都城，但昔日淮南使府中曾經出現過的詩酒文會、酬唱頻繁的盛況自然也不可能在短期內復現。雖然中國古典詩文中反覆歌詠鄉村，但歷史上文學的興盛卻往往與都市繁榮有著密切聯繫，楊吳與南唐詩歌的發展也亟待新的經濟文化中心的形成。李昪精心營構的金陵，逐漸承擔起江淮文化

〔註63〕相關細節參宋周應合《景定建康志》卷 12（清嘉慶六年刻本）及高樹森、邵建光編《金陵十朝帝王州‧南京卷》（北京：人民大學出版社，1991 年版）。

中心這一職能，同時也逐漸成爲詩人聚集之所。不過，儘管在楊吳後期隨著李昇實際掌控大權，金陵的實際政治經濟文化地位超過揚州，但由於揚州仍爲楊吳都城，還有一批文士在此爲官，如王轂、殷文圭、沈顏、沈彬、孫晟等人〔註64〕；南唐建立以後，揚州又被立爲東都，因此本文所說的「金陵詩壇」並不限於金陵一地，而是以金陵爲中心、也還包括揚州等附近地區的詩歌創作。

一、金陵詩壇的形成與發展

1、金陵詩壇初基的奠定

吳天祐九年（912），二十四歲的李昇以軍功擢升昇州刺史，經過他的精心治理，昇州呈現出「城隍濬整，樓堞完固，府屬中外肅肅，咸有條理」〔註65〕的面貌。他招徠儒俊，吸引了不少文士，其中就包括能詩之士宋齊丘、孫魴等人。

宋齊丘（887～959），世爲吉州人，生長於南昌，少孤。鍾傳割據洪州時，宋齊丘曾爲其節度副使。鍾傳死，吳平江西，宋齊丘約於此時東下，先往廬陵、再至昇州謁見李昇。〔註66〕

> 烈祖時爲昇州刺史，延四方之士，齊邱依焉，因以《鳳
> 皇臺》詩見志曰……烈祖奇其才，以國士待之。〔註67〕

《鳳凰臺》一詩體現了宋齊丘的詩才，對其獲知於李昇起了重要作用，不能不引起我們的興趣：

> 嵯峨壓洪泉，峇峇撐碧落。宜哉秦始皇，不驅亦不鑿。
> 上有布政臺，八顧背城郭。山蹙龍虎健，水黑螭蜃作。

〔註64〕王轂，字虛中，宜春人，乾寧五年（898）及第。貫休有《送王轂及第後歸江西》詩（《禪月集》卷23）。歷國子博士，後以郎官致仕。《永樂大典》卷6851引《清源志》云其約在梁初奔淮南，吳國建，爲右補闕。其餘殷文圭、沈顏、沈彬、孫晟等詩人，詳見下文。

〔註65〕《釣磯立談》，《全宋筆記》第一編（四），第216頁。

〔註66〕參馬令《南唐書》卷20本傳、陸游《南唐書》卷3本傳、《資治通鑑》卷268後梁乾化二年五月條及《江南野史》卷4、《江表志》卷下。

〔註67〕馬令《南唐書》卷20宋齊丘傳。

白虹欲吞人，赤驥相燁爍。畫棟泥金碧，石路盤磽碻。
倒掛哭月猿，危立思天鶴。鑿池養蛟龍，栽松棲鸑鷟。
梁間燕教雛，石蟀蚰懸殼。養花如養賢，去草如去惡。
日晚嚴城鼓，風來蕭寺鐸。掃地驅塵埃，剪蒿除鳥雀。
金桃帶葉摘，綠李和衣嚼。貞竹無盛衰，媚柳先搖落。
塵飛景陽井，草合臨春閣。芙蓉如佳人，回首似調謔。
當軒有直道，無人肯駐腳。夜半鼠窸窣，天陰鬼敲啄。
松孤不易立，石醜難安著。自憐啄木鳥，去蠹終不錯。
曉風吹梧桐，樹頭鳴嗼嗼。峨峨江令石，青苔何淡薄。
不話興亡事，舉首思眇邈。吁哉未到此，褊劣同尺蠖。
籠鶴羨黿毛，猛虎愛蝸角。一日賢太守，與我觀橐籥。
往往獨自語，天帝相唯諾。風雲偶不來，寰宇銷一略。
我欲烹長鯨，四海爲鼎鑊。我欲取大鵬（後三字《湘山野
錄》卷下作羅鳳凰），天地爲矰繳。安得生羽翰，雄飛上寥
廓。〔註68〕

宋齊丘主要以謀略縱橫見長，並非專業於詩，他今存的三首詩中其它
兩首一爲五律、一爲七律，詩風皆淺熟平滑。《鳳凰臺》一詩是他現
存最早的作品，也最鮮明地體現出他「爲文有天才而寡學」、「詞尚詭
誕」〔註69〕的特點。

　　鳳凰臺爲金陵名勝，今已不存，王琦注李白《登金陵鳳凰臺》一
詩曰：「《江南通志》：鳳凰臺，在江寧府城內之西南隅，猶有陂陀，
尚可登覽。宋元嘉十六年，有三鳥翔集山間，文采五色，狀如孔雀，
音聲諧和，眾鳥群附，時人謂之鳳凰。起臺於山，謂之鳳凰臺。山曰
鳳臺山，里曰鳳凰里。」李白有兩首關於鳳凰臺的詩，讀者往往更熟
悉的《登金陵鳳凰臺》爲律詩，另一首五古《金陵鳳凰臺置酒》知名
度稍遜，卻可能更直接地影響了宋齊丘：

　　　　置酒延落景，金陵鳳凰臺。長波寫萬古，心與雲俱開。

〔註68〕《全唐詩》卷738題爲《陪遊鳳凰臺獻詩》（第8414頁），與馬令《南
　　　　唐書》所載稍異。
〔註69〕馬令《南唐書》卷20宋齊丘傳。

借問往昔時，鳳凰爲誰來。鳳凰去已久，正當今日回。明
君越義軒，天老坐三臺。豪士無所用，彈弦醉金罍。東風
吹山花，安可不盡杯。六帝沒幽草，深宮冥綠苔。置酒勿
復道，歌鐘但相催。

兩相比較，李白此詩仍是其一貫的明快之風，宋齊丘詩則多取怪奇意
象、甚至不避醜陋，整體詩風呈現出一種誇張的陰鬱。這既是晚唐以
來部分詩人受到李賀影響的表現，也與唐末以來存在的投贈干謁作品
往往好奇過甚、以求動人視聽的風氣有關。〔註70〕宋齊丘此詩雖然題
材、體式皆與李白相同，但詩中寫實的成分卻較李白大爲增加。從其
詩中，我們至少可以知道，楊吳時代的金陵鳳凰臺傍水倚山，其勢巍
峨，與附近的寺廟相去不遠，臺側開鑿有池塘，周遭所植花木無算，
松、竹、柳、桃、李、梧桐、芙蓉皆有。這些如此具體的物象，是我
們在李白詩中看不到的，它體現了中唐以後寫實之風對詩歌的巨大影
響。另外，宋齊丘詩前半描繪臺觀景致，刻意逞才，而後半頌美時宰，
表達干謁之意，儘管以鳳凰來寄興，表達自己冀求遇合的心情，取意
路徑與李白相似，但與前半部分的關合顯得牽強。末尾「我欲烹長鯨，
四海爲鼎鑊」尚可稱不錯的比喻，而「我欲取大鵬，天地爲矰繳」則
明顯於理不通，篇末語言的粗糙顯示出詩思趨於枯竭。

　　此時在昇州李昇幕中的還有詩人孫魴，其生卒年不詳，據龍袞《江
南野史》記載，只知其世爲南昌人，家貧好學，孫魴成年時，正是唐
末喪亂之際，詩人鄭谷亦避亂歸宜春，孫魴曾師事之，頗得其誘掖。
又曾與桑門齊己、虛中等人爲唱和儔侶。吳王楊行密據有江淮時，遂
歸射策，授州郡從事，與沈彬嘗遊於李建勳爲詩社。當時有集百篇。
〔註71〕陸游《南唐書》也詳細記載了李昇初任昇州刺史時座中賓客之
盛，其中就有孫魴：

〔註70〕唐末遊於江淮一地的詩人本有一種奇崛詩風，如顧雲、王轂、殷文
　　　圭皆其代表。詳見本書附錄一《唐末及五代初期九華地區詩人群體
　　　考察》。
〔註71〕《江南野史》卷7，《全宋筆記》第一編（三），第202頁。

　　（天祐）九年……帝（按：指李昪）獨襃廉吏，課農
桑，求遺書，招延四方士大夫，傾身下之，雖以節儉自勵，
而輕財好施，無所愛吝。以宋齊丘、王令謀、王翃主議論，
曾禹、張洽、孫魴、徐融爲賓客，馬仁裕、周宗、曹悰爲
親吏。〔註72〕

馬令《南唐書》本傳也稱孫魴因向鄭谷學詩，故所吟詩頗有鄭體。考
其時間，孫魴從鄭谷學詩，當在昭宗天復二、三年間（902、903）鄭
谷歸隱宜春時。鄭谷詩不都是晚唐卑淺詩風，而是也時見風調骨力，
受其影響的孫魴詩同樣有此特點。孫魴現存詩 36 首，大多爲詠物、
唱和詩，但其五言排律《題梅嶺泉》長達四十韻，最能顯示其詩力。
此詩首先渲染梅嶺地勢雄峻，如「飛閣橫空去，征帆落面前。南雄雉
堞峻，北壯鳳臺連」兩句，將梅嶺上有高閣、前臨江水、南北分望城
牆與鳳凰臺的形勝之勢以整練的對句道出，頗精警壯偉。然後備列梅
嶺四時美景，雖不無想像之詞，而描寫入實，風格秀雅；詩後半頌美
當地太守勤政與風雅兼能：「謳成白雪曲，吟是早梅篇。創制誰人解，
根基太守賢。或時留皁蓋，盡日簇華筵。雅詠憂黎庶，狂遊泥管絃……
孤賤今何幸，躋攀奈有緣。展眉驚豁達，徐步喜周旋。」〔註73〕由於
詩中同時提到了吳江、鳳臺等地名，所以此梅嶺並非指大庾嶺，而是
指昇州的梅嶺崗。又明言爲獻給當地太守之作，應當作於孫魴在李昪
昇州刺史幕中時。據《江南野史》，此後孫魴可能一直在金陵，直到
李昪代吳，累遷正郎而卒。

　　儘管李昪在天祐十四年（917）被迫離開昇州改鎮潤州，但徐溫
隨即將鎮海軍治所移到昇州，昇州作爲吳國政治中心城市的地位並未
改變，反而因爲徐溫的親自坐鎮更加提升。金陵逐漸聚集起一批謀求
出仕的文士，詩人李建勳也約在吳武義二年（920）前後，起家爲金
陵巡官，〔註74〕他與孫魴的結識可能便始於這一時期。不過，仍然要

〔註72〕陸游《南唐書》卷 1 烈祖本紀。
〔註73〕《全唐詩》卷 886，第 10014 頁。
〔註74〕馬令《南唐書》卷 10 李建勳傳。

到十多年後李昪將其作為自己將來代吳立國的都城來經營時，更多的文士才聚集於此，昪州也才有了更多的詩歌活動。

2、金陵詩壇的發展

徐溫卒後，其子徐知詢、徐知諤又先後鎮守昇州。吳大和三年（931）十一月，李昪親自出鎮昇州，次年即在此設立禮賢院、彙聚圖書，並搜羅隱逸、宿儒、文士。

> 先主移鎮金陵，旁羅隱逸，名儒老宿，命郡縣起之。彬赴辟命，知其欲取楊氏，因獻《觀畫山水圖》詩，有云：須知手筆安排定，不怕山河整頓難。先主凤聞其名，覽之而喜，遂授秘書郎，入贊世子。〔註75〕

沈彬（864？～961？）為唐末五代初詩人，曾與韋莊、杜光庭有唱和，可惜簡編散佚，沒有全集存世，今僅存詩 28 首。陶岳《五代史補》稱其「能為歌詩，格高逸」〔註76〕，陸游《南唐書》本傳則稱其「浪迹湖湘，隱雲臺山，好神仙，喜賦詩，句法清美」。馬令《南唐書》本傳記載較詳：

> 沈彬，筠陽高安人，讀書能詩。屬唐末亂離，南遊湘湖，隱於雲陽山十餘年，與僧虛中、齊已為詩侶。迄不遇世，乃歷名山、治方術。烈祖鎮金陵，命所屬郡縣辟致之。彬知其欲取吳國，因獻《畫山水》詩云：「尺素隱清輝，一毫分險阻。」授校書郎，入輔吳世子璉於東宮，未幾乞罷。以尚書郎致仕。禪代之後絕不求進，高安士人多為給其粟帛。元宗南遷，彬年逾八十詣南昌求見。曰臣自處山野，世事不預，臣妻謂臣曰，汝主人郎君，今為天子，冀接清光，死且不朽。元宗優禮待之，賜粟帛遣還，署其子元為秘書省正字。彬尤工詩而未嘗喜名，如《再過金陵》詩云：「玉樹歌終王氣收，雁行高送石城秋。江山不管興亡事，一任斜陽伴客愁。」又《都門送客》詩云：「岸柳蕭疏野荻

〔註75〕《江南野史》卷 6，《全宋筆記》第一編（三），第 196～197 頁。

〔註76〕（宋）陶岳《五代史補》卷 4，傅璇琮等主編《五代史書彙編》第 5 冊，杭州：杭州出版社 2003 年版，第 2519 頁。

秋，都門行客莫回頭。一條灞水清如劍，不爲離人割斷愁。」

皆盛稱於士大夫。〔註77〕

看來，沈彬屬於唐末艱難於科場的寒素詩人，他們浪遊各地，往往有學仙求道的經歷，間或也干謁方國霸主，以求取官職或生活之資。受李昇徵召時，沈彬已經年近七十，他的干謁之具並非方術，而是其詩歌。關於沈彬所獻《觀畫山水圖》詩，前引馬令《南唐書》與《江南野史》的記載稍有不同，一爲五言，一爲七言，詩題一作《畫山水》，一作《觀畫山水圖》，所引詩句可能分別出自兩首同題而不同體的詩作，當然也有可能出自同一首詩，只是馬令和龍袞在作傳時各自選取了不同的詩句。如果是後者，那麼沈彬此詩較可能是一首七古或歌行。

吳大和四、五年（932、933），李昇正在擴建昇州、營造宮城，其代楊吳而有之的意圖已經昭然無疑。此時沈彬赴金陵所獻《畫山水》一詩，即對李昇暗寓諛頌之意。不過，儘管沈彬被授予校書郎的官職，卻隨即去到吳都廣陵，成爲楊吳世子楊璉的官屬。對於想要邀寵於新朝的沈彬來說，成爲氣數將盡的楊吳世子的屬官，當然不是他的本意，他在楊璉的身邊恐怕未必自在。這大概也是沈彬不久即辭去官職、自請還山的原因。〔註78〕不過，沈彬仍不時前往金陵，與李建勳、孫魴等人結社談詩：

〔註77〕馬令《南唐書》卷15沈彬傳。

〔註78〕沈彬所輔佐世子究竟是當時的楊吳世子楊璉，還是李昇的長子李璟（當時尚名李景通），馬令《南唐書》與陸游《南唐書》的記載不一，馬書以爲世子指楊璉，陸書則云其「表授秘書郎，與元宗遊。俄懇求還山，以吏部郎中致仕。」當以馬令的記載爲是，一者李璟直至937年李昇受禪前才被立爲世子，一者如果沈彬當時輔佐的是李昇的長子李璟，是不至於失意還山而去的。龍袞《江南野史》僅言世子，從後文看是指李璟。後人沿襲多誤，包括陸書也如此，但馬令雖多沿龍袞，此處卻明指世子爲楊璉，是糾龍書之誤。馬令書雖成於北宋末，但據其自序（《直齋書錄解題》載），其祖元康世家金陵，多知江南舊事，未及撰次，馬令因而成書，則馬書的材料應當更爲可靠。但馬書後文又載沈彬在元宗遷都南昌時曾以八十多高齡參謁，並說「臣妻謂臣曰，汝主人郎君今爲天子」，應爲傳聞之誤，馬令偶然失察。

> 沈彬嘗遊於李建勳爲詩社。彬爲人口辯，每好較人詩
> 句。時魴有《夜坐》句美於時輩，建勳因試之。先匿魴於
> 齋中，候彬至，乃問魴之爲詩何如。彬答曰：人言魴非有
> 國風雅頌之體，實得田舍翁火爐頭之作，何足稱哉。魴聞
> 之大怒，突然而出，乃讓彬曰：君何誹謗之甚，而比之田
> 舍翁言，無乃太過乎？彬答曰：子《夜坐》句云「劃多灰
> 漸冷，坐久席成痕」，此非田舍翁爐上作而何？闔座大笑，
> 善彬能近取譬也。〔註79〕

由於沈彬此前不久才赴李昇辟命出仕，至公元937年南唐禪代前已致
仕歸江西，孫魴大約也在李昇受禪後幾年內去世，因此三人聚爲詩會
只能在吳大和四年至天祚三年、即公元932至937年間。沈彬因在這
批詩人中最爲年長，故李建勳特地詢問他對孫魴詩的看法。沈彬評孫
魴詩句條表明他的評價標準是「風雅」與否，這與他本人「清美」的
詩風是一致的，以這樣的標準來看，孫魴的《夜坐》詩——至少所引
其「劃多」兩句，雖然不無刻畫之功，卻的確難脫淺俗之譏。

那麼，沈彬本人的詩風如何呢？從現存作品看，沈彬詩不乏沉
痛，也不乏麗句。楊蔭深《五代文學》曾評價沈彬詩：「天才狂逸，
下筆成章，幼經喪亂，又舉進士不第，故頗抑鬱。他的詩多悲憤慷慨
之詞，這也是必然的趨勢。」〔註80〕他雖與李建勳爲詩友，但兩人風
格並不相同。沈彬詩雖有悲慨，卻不粗豪，相反頗有溫麗之風。其《萍
鄉春晚寓居》四首約作於四十歲左右，屬於壯年的成熟作品，哀而能
麗，在其水準最高的作品之列，且由於正值唐末亂離，感時傷懷，情

〔註79〕《江南野史》卷7，《全宋筆記》第一編（三），第201頁。馬令《南
　　　　唐書》卷13也載沈彬評論孫魴《夜坐》詩，但所列爲七言而言五言：
　　　　「孫魴……遂與沈彬李建勳爲詩社，彬好評詩。建勳嘗與彬議，時
　　　　魴不在席，以魴詩詰之。彬曰，此非有風雅製度，但得人間煙火氣
　　　　多爾。魴遽出讓彬曰，非有風雅固然，而謂得人間煙火氣耶？彬
　　　　笑曰，子《夜坐》句云『劃多灰雜蒼蚓迹，坐久煙消寶鴨香』，非爐
　　　　上作而而何？闔座大笑。」不論何者爲是，兩處記載都表明沈彬論
　　　　詩強調「風雅」。
〔註80〕楊蔭深《五代文學》，第39頁。

意眞切，能很好體現沈彬對詩歌風雅的要求：

> 嚮隅書劍坐銷魂，心計艱難有淚痕。三月不尋花下路，
> 一春常閉雨中門。閒時易得開書帙，貧手難求傍酒樽。三
> 十無成今四十，翊周安漢意空存。

> 花替殘紅草綠深，江頭閒事豈堪尋。雲山憶後思藏迹，
> 家國話來長痛心。戰地血流猶未服，侯門心熱更相歆。求
> 歸閒處無閒處，三紀兵戈猶至今。

> 黃鳥垂楊一兩聲，流年流去不勝情。已傷野徑鎖春色，
> 空睡山窗愁月明。金山眞堪沽酒散，山河到了爲誰爭。古
> 人盡入平蕪去，虛對馮唐誇後生。

> 葉老遊蜂不更忙，春殘去去好思量。倚根託蒂花猶落，
> 損力耗心誰可常。江樹不能留野水，晚煙多共恨斜陽。感
> 時傷事皆頭白，幾個漁竿遇帝王。〔註81〕

沈彬其他詩如「暮潮聲落草光沈，賈客來帆宿岸陰。一笛月明何處酒，
滿城秋色幾家砧。時淸曾惡桓溫盛，山翠長牽謝傅心。今日到來何物
在，碧煙和雨鎖寒林」（《金陵雜題二首》之二），又如斷句「半身落
日離秦樹，一路平蕪入楚煙」、「淸占月中三峽水，麗偷雲外十洲春」
（並見《全唐詩》卷 743），在風格上都與前引《萍鄉春晚寓居》相
近，寄託、感懷，而能以麗句出之。

　　由於沈彬現存詩作較少，能確指爲後期的作品更少，雖然較難據
以分析他個人的詩風沿革軌迹，不過整體來看，沈彬留存下來的作品
以七律居多，風格整麗，又往往能有比興寄託，的確屬楊吳及南唐早
期詩壇上較優秀的詩人，無怪當時得到了孫魴和李建勳等人的推崇。
另外，陳尙君據《廬山記》輯出的沈彬詩還有《簡寂觀》、《再到東林
寺》、《瀑布》、《望廬山》等，多寫廬山景致，雖然具體作年難以確定，
可見他也常常往來廬山，與廬山僧道及國學生徒可能有過直接或間接
的交往。其他南唐詩人如廖匡圖、李中等人的詩中也有與沈彬酬贈唱

〔註81〕《全唐詩補編·全唐詩續拾》卷 44，第 1384 頁。

和之作。沈彬雖然在南唐建國後已致仕歸鄉，但他往來於金陵和江西，詩風也介於金陵詩人和廬山詩人之間，或說他既有金陵文士、官僚較爲整練華麗的作品，也有如在野詩人樸拙淺俗的作品。整體而言，沈彬作爲成名於唐末的詩人，其哀而不傷、整練典麗有來自晚唐麗情詩風的影響，但又融入了寒素詩人相對清新樸素、常有比興寄託的風格，從而形成「麗而清」的特點，而這對南唐清麗詩風的形成是有明顯影響的。

李建勳、沈彬和孫魴三人構成了此時金陵詩壇比較固定的和核心成員，而以李建勳爲中心，因其詩歌創作原本用力，當時又正任李昇的副使，容易集聚起一批詩人，製作切磋，研討詩藝。關於李建勳的詩歌，下文還有專節探討，這裡我們關注的是這些詩人間的互動。正因有共同的詩歌活動，才有「詩社」之名，儘管規模也許不大。除了相聚昇州評論詩歌，沈彬、李建勳等人平日也有詩簡往來，李建勳有寄孫魴的《惜花寄孫員外》、《闕下偶書寄孫員外》，還有寄沈彬的《中春寫懷寄沈彬員外》、《重戲和春雪寄沈員外》等詩，〔註82〕其中後一詩的末二句云「和來瓊什雖無敵，且是儂家比興殘」，可見他們寄和春雪詩已經不是第一次了。沈彬這次唱和的春雪詩今雖不存，但李建勳顯然認爲沈彬的和詩並未脫出自己詩中「比興」的窠臼而寫出新意來。這兩句詩不無戲謔之意，但也透出李建勳對自己詩藝的自負以及對沈彬的期許。李建勳曾自述有詩癖，「省從騎竹學謳吟，便殫光陰役此心。寓目不能閒一日，閉門長勝得千金」（《《中春寫懷寄沈彬員外》》），在此時的唱和切磋中，爲了比興的新穎、在詩藝上超過別人，他們的確在這些酬唱之作上花費了不少心力。

另外，孫魴今存 36 首詩中有 8 首爲詠牡丹之作，且這 8 首中有 4首標明是與「司空」酬贈唱和：《主人司空後亭牡丹》、《題未開牡丹》、《主人司空見和未開牡丹輒卻奉和》、《又題牡丹上主人司空》。〔註83〕

〔註82〕以下所引李建勳詩並見《全唐詩》卷739。
〔註83〕《全唐詩》卷886，第 10015～10016 頁。

此司空應爲宋齊丘，因其在吳大和六年（934）至天祚二年（936）間爲李昪都統判官、司空。從孫魴其它 4 首牡丹詩的措詞來看，應該也是與宋齊丘的酬贈詩。看來，有一定詩才、并因《鳳凰臺》一詩得到李昪欣賞的宋齊丘，也時常參與孫魴等人的詩歌唱和活動。宋齊丘關於牡丹的這些詩歌已不存，但從孫魴詩中說司空在牡丹時節「首徵章句促妖期」（《主人司空見和未開牡丹輒卻奉和》）來看，這些唱和是由宋齊丘發起的。牡丹從未開、到盛開、再到落後，他們皆有詩作唱和，也可見金陵當時的昇平氣氛和文官的閑適之風，此時金陵詩人的唱和正是在這一前提下才有可能產生。不過，此時的唱和之詩在藝術上總體乏善可陳。孫魴的 8 首牡丹詩中，2 首爲五言，其中一爲五律，一爲五排；其它 6 首皆七律。其五言尙不顯淺俗，七律則難掩卑淺之氣。從現存作品看，相對於沈彬以清美溫麗的七律見長，孫魴原本就以五言爲優。這與五言、七言各自的體式有關：五言因爲距離當時口語較遠、字句又精悍，稍加留意，往往能不失古樸之感；七言的句式節奏與口語的距離較小，原本就跟民歌民謠有天然的聯繫，如果不精心琢磨提煉、使其與日常語言有較大的區別，更易落入過於滑易、淺俗的窠臼。但是，五言近體如果不加推敲、語言淺滑，似乎更與其體調相違，反不如七言即便失之淺滑、也還不至與其本來的體調太不諧調。孫魴的牡丹詩多用七律，恐怕就與七言詩句一般較易寫作（當然不等於更易寫好）、比較適宜於酬贈唱和這種需要捷才的場合有關。

3、年輕詩人在金陵的彙聚

　　宋齊丘、沈彬、李建勳、孫魴等年輩較長的詩人以外，金陵也逐漸聚集起一批年輕的詩人。

　　大和六年（934）十一月，李昪將在揚州輔政的李璟召還金陵，〔註84〕李璟的東宮官屬馮延巳等人應當也是在此時一併隨其歸金

〔註84〕《資治通鑑》卷 279 後唐清泰元年十一月，第 9126 頁。

陵；吳睿帝天祚元年（935）十月，李昪加大元帥，進封齊王，天祚
二年（936）建大元帥府，以幕職分判六部及鹽鐵；十一月吳睿帝又
下詔齊王李昪置百官，並以金陵爲西都。〔註85〕次年十月，吳唐禪代。
在此前後數年中，由於李昪大規模地委任官職，許多原本仕於廣陵的
文士先後彙集到金陵：馮延巳、馮延魯兄弟同事李昪元帥府，隨後馮
延巳又任吳王李璟元帥府掌書記；〔註86〕殷崇義（湯悅）本爲吳校書
郎，後爲齊國內史舍人、中書舍人；〔註87〕江文蔚先爲李昪齊國比部
員外郎、南唐開國後又遷主客郎中、知制誥；〔註88〕燕人高越原投奔
至廣陵，後來又歸金陵李昪幕下，「烈祖愛其詞學，時齊國立制，凡
禱祠燕餞之文，越多爲撰之」；〔註89〕原本仕吳爲校書郎的徐鉉也在
南唐開國後仕於金陵，任校書郎、直門下省；〔註90〕奔吳十年、由於
主張北伐不爲李昪禮重的韓熙載，此時也被徵爲秘書郎，掌東宮文
翰。〔註91〕

　　此時金陵文士駢集，其中不乏以詩名家者，馮延巳雖以詞名、今
無詩留存，但史載其「工詩，雖貴且老不廢」〔註92〕；高越雖以辭賦
知名，但也能詩，馬令《南唐書》本傳載其早年的《鷹》詩〔註93〕。
擅詩者還有成彥雄，他在昇元二年（938）便將其數百篇詩結成《成
氏詩集》，徐鉉爲之作序。成彥雄今所存詩皆爲七言絕句，以清詞麗
句見長，成爲這一時期金陵詩壇中的翹楚。

〔註85〕《資治通鑒》卷 279 清泰二年十月條、卷 280 天福元年正月條及十
　　　　一月條，第 9136、9138、9153 頁。
〔註86〕陸游《南唐書》卷 11 馮延巳傳。
〔註87〕《十國春秋》卷 21 游簡言傳，第 307～308 頁。
〔註88〕《徐公文集》卷 15《唐故左諫議大夫翰林學士江君墓誌銘》、馬令《南
　　　　唐書》卷 13 江文蔚傳。
〔註89〕馬令《南唐書》卷 13 高越傳。
〔註90〕《徐公文集·徐公行狀》。
〔註91〕《徐公文集》卷 16《唐故中書侍郎光政殿學士承旨昌黎韓公墓誌
　　　　銘》、馬令《南唐書》卷 13 韓熙載傳。
〔註92〕陸游《南唐書》卷 11 馮延巳傳。
〔註93〕馬令《南唐書》卷 13 高越傳。

　　彙集到金陵的這些年輕詩人之間也有較為頻繁的唱和，實際上他們宴集賦詩的風氣在廣陵已經頗為盛行。《玉壺清話》曾記載了徐鉉之弟徐鍇（920～974）在一次宴集中的嶄露頭角：「弟鍇詞藻尤瞻，年十歲，群從燕集，令賦秋聲詩，頃刻而就，略云：井梧分墮砌，塞雁遠橫空。雨滴苔莓紫，風歸薜荔紅。盡見秋聲之意。」〔註 94〕這次宴集賦詩很可能發生在廣陵，因為徐鉉父輩已經家於廣陵，徐鉉十五六歲時已經出仕於吳、任校書郎，也是在廣陵。既然是家族間昆弟子侄宴集，徐氏兄弟很可能同時參加了這次賦詩，且二人都幼負才名，此時類似的宴集賦詩應當為數不少，不過一般早年的作品較少能夠傳世，只有這首秋詞因體現了徐鍇幼年即有敏捷的詩才得以廣泛傳頌而保存下來。徐鍇現存詩完整的只有 4 首，並且都是宴集贈和、分題賦詩的產物，其中 3 首五律、1 首七律。〔註 95〕這大體顯示出徐鍇較擅長五律，當時宴集賦詩較多選用的詩型也是五律。至少從其秋詞僅存的四句來看，這次宴集賦詩限定的體裁應該是五律。徐鍇這兩聯詩形象與想像互補，設色妍麗，句法靈活，在其所存全部五律中也是最富表現力的詩句。這也說明，在楊吳時代的廣陵，在一些詩禮科第世家，其子弟輩中也有新的詩風正在醞釀，他們所擅長的詩型往往是五律，這很可能是由於它與唐代以來作為科舉考試科目的五言六韻或八韻的試帖詩形式上最為接近、因而曾經產生過進士的家族較有可能將五律的技藝作為一種家學教授和傳承下來，廣陵徐氏家族顯然正是如此。

　　當吳唐禪代、政治文化中心正式移到金陵，文士也紛紛彙集到金陵以後，青年文人宴集賦詩的風氣也隨之擴展到金陵。由於江文蔚、蕭儼、殷崇義等人詩作留存極少，當時金陵唱和的詳細情況已難以勾稽，不過徐鉉的文集中還保留了幾篇昇元年間與他們酬唱之作：

〔註94〕（宋）文瑩《玉壺清話》卷 8，《宋元筆記小說大觀》（二），第 1511頁。（宋）阮閱編《詩話總龜》前集卷 2 引蔡寬夫《詩史》載此詩為徐鍇十餘歲時作，名《秋詞》，「風歸」作「霜濃」。《全唐詩》卷 757同。

〔註95〕見《全唐詩》卷 757。

省署皆歸沐，西垣公事稀。詠詩前砌立，聽漏向申歸。遠思風醒酒，餘寒雨濕衣。春光已堪探，芝蓋共誰飛。(《早春旬假獨直寄江舍人》)

憐君庭下木芙蓉，嫋嫋纖枝淡淡紅。曉吐芳心零宿露，晚搖嬌影媚清風。似含情態愁秋雨，暗減馨香借菊叢。默飲數杯應未稱，不知歌管與誰同。(《題殷舍人宅木芙蓉》)

萬里春陰乍履端，廣庭風起玉塵乾。梅花嶺上連天白，蕙草階前特地寒。晴去便爲經歲別，興來何惜徹宵看。此時駕侶皆閒暇，贈答詩成禁漏殘。(《和殷舍人蕭員外春雪》)

征西府裏日西斜，獨試新爐自煮茶。籬菊盡來低覆水，塞鴻飛去遠連霞。寂寥小雪閒中過，斑駁輕霜鬢上加。算得流年無奈處，莫將詩句祝蒼華。(《和蕭郎中小雪日作》)〔註96〕

從徐鉉這幾首詩看，當時的贈答唱和以詠物爲題的居多，與廣陵期間的分題賦詩有類似之處。內容方面主要以文官生活中的細節爲表現對象，互相唱和，而不再像更早一些的金陵詩人往往有干謁頌美的動機。詩型方面，七律的比重在增加。

此時，金陵彙聚起新老兩輩詩人，他們之間彼此也有一些交往過從，徐鉉就有與李建勳宴飲唱和之作：

雨霽秋光晚，亭虛野興回。沙鷗掠岸去，溪水上階來。客傲風欹幘，筵香菊在杯。東山長許醉，何事憶天台。(《中書相公溪亭閒宴依韻（原注：李建勳)》)〔註97〕

李建勳此時的生活內容大體與徐鉉相似，二人在詩歌上有著相通的趣味，所以儘管年輩相差較大而仍能有過從酬唱。但總體來看，金陵詩壇的這兩個詩人群在時間上大致是一前一後出現，從現存的材料來看，他們彼此之間的交往較少，詩風也有區別。徐鉉等人組成的新的金陵詩人群逐漸成爲整個南唐詩壇的中心，其重要性甚至超過廬山國

〔註96〕《早春旬假獨直寄江舍人》、《題殷舍人宅木芙蓉》，見《徐公文集》卷1；《和殷舍人蕭員外春雪》、《和蕭郎中小雪日作》，見《徐公文集》卷2。江舍人爲江文蔚，蕭郎中爲蕭儼，殷舍人爲殷崇義。

〔註97〕《徐公文集》卷2。

學所聚集的詩人群，並且對廬山詩壇發生影響。這些特點主要在中主李璟保大後期才顯著地體現出來，此時，他們的意義才剛剛顯露。

4、新詩風的出現及金陵詩壇的意義

在這批新成長的詩人中，徐鉉留存的作品最多，後來詩名也最著，他在這一時期的詩作儘管不多，卻能夠體現出他本人的美學趣味和後來南唐詩的重要發展趨向。

徐鉉（917～992），字鼎臣，其先本爲會稽人，父延休爲吳江都少尹，遂家廣陵。徐鉉生於廣陵，少孤，長於舅家。〔註98〕徐鉉與弟鍇皆苦節自立，徐鉉十歲能屬文，十六歲時，被李昪辟爲吳校書郎，直宣徽北院，掌文翰。南唐開國，直門下省，試知制誥。〔註99〕今存徐鉉這一階段的詩作不多，除前引數首唱和詩外，其它大致可以推定作於昇元年間或者稍前的只有《早春左省寓直》、《寒食宿陳公塘上》、《將去廣陵別史員外南齋》、《將過江題白沙館》、《登甘露寺北望》、《山路花》、《京口江際弄水》、《從駕東幸呈諸公》、《重遊木蘭亭》等數首。〔註100〕從這些詩作來看，徐鉉日後最典型的清麗詩風此時已經展露，如：

> 垂楊界官道，茅屋倚高坡。月下春塘水，風中牧豎歌。折花閒立久，對酒遠情多。今夜孤亭夢，悠揚奈爾何。（《寒食宿陳公塘上》）

> 京口潮來曲岸平，海門風起浪花生。人行沙上見日影，舟過江中聞櫓聲。芳草遠迷揚子渡，宿煙深映廣陵城。遊人鄉思應如橘，相望須含兩地情。（《登甘露寺北望》）

> 退公求靜獨臨川，揚子江南二月天。百尺翠屏甘露閣，數帆晴日海門船。波澄瀨石寒如玉，草接汀萍綠似煙。安得乘槎更東去，十洲風外弄潺湲。（《京口江際弄水》）

〔註98〕徐鉉《前虔州雩都縣令包府君墓誌》，《徐公文集》卷16。
〔註99〕（元）脫脫《宋史》卷441徐鉉傳，北京：中華書局1977年校點本，第13044頁；《徐公墓誌銘》、《徐公行狀》，並見《徐公文集》。
〔註100〕並見《徐公文集》卷1。

　　　　　繚繞長堤帶碧潯，昔年遊此尚青衿。蘭橈破浪城陰直，
　　　玉勒穿花苑樹深。宦路塵埃成久別，仙家風景有誰尋。那
　　　知年長多情後，重憑欄干一獨吟。（《重遊木蘭亭》）

這些詩不論五言還是七言，詩風都很秀美，也已經很注重意境的塑
造，首先在寫景的對仗句中意象的挑選和錘鍊就頗爲精心，像「月下
春塘水，風中牧豎歌」一聯明顯就繼承了中唐大曆以後詩人對景聯的
雕琢趣味。徐鉉之前，「春塘」一詞在唐詩中凡十六見，主要出自中
唐以後的詩作中，其中三見於韋應物詩，李嘉祐、白居易詩中皆兩見，
其他則分別見於張籍、儲光羲、劉長卿、劉禹錫、許渾、溫庭筠、崔
珏、鄭谷和韋莊詩中。〔註101〕這十六句「春塘」詩中又以李嘉祐「野
渡花爭發，春塘水亂流」（《常州韋郎中泛舟見餞》）一聯最爲有名。
李嘉祐詩被高仲武評價爲「往往涉於齊梁，綺靡婉麗，蓋吳均、何遜
之敵也」〔註102〕，此聯很典型地印證了這一評價，尤其「春塘」讓
人聯想起謝靈運的名句「池塘生春草」，而更加濃縮淨靜。徐鉉「月
下」一聯婉麗秀美頗似李嘉祐，但李嘉祐詩寫行船江南所見畫景，動
態強烈，徐鉉則寫月下之夜景，純寫靜態，更加寧謐，也更符合他當
時獨對佳景的心境。「芳草遠迷揚子渡，宿煙深映廣陵城」、「波澄瀨
石寒如玉，草接汀蘋綠似煙」兩聯在寫法上還是較爲典型地將同類景

〔註101〕分見韋應物《池上懷王卿》（《全唐詩》卷 191）、《春遊南亭》（《全
　　　唐詩》卷 192）、《對春雪》（《全唐詩》卷 193），李嘉祐《常州韋郎
　　　中泛舟見餞》、《送王牧往吉州謁王使君叔》（二詩並見《全唐詩》
　　　卷 206），白居易《洛中春遊呈諸親友》（《全唐詩》卷 454）、《池上
　　　早夏》（《全唐詩》卷 458），張籍《朱鷺》（《全唐詩》卷 17），儲光
　　　羲《閑居》（《全唐詩》卷 138），劉長卿《送賈侍御克復後入京》（《全
　　　唐詩》卷 149），劉禹錫《浙西李大夫述夢四十韻並浙東元相公酬和
　　　斐然繼聲》（《全唐詩》卷 363），許渾《廣陵送剡縣薛明府赴任》（《全
　　　唐詩》卷 531），溫庭筠《照影曲》（《全唐詩》卷 575），崔珏《和
　　　友人鴛鴦之什》二（《全唐詩》卷 591），鄭谷《鷺鷥》（《全唐詩》
　　　卷 675），韋莊《題姑蘇凌處士莊》（《全唐詩》卷 697）。此結果根
　　　據北京大學李鐸《全唐詩》電子檢索系統統計。
〔註102〕高仲武《中興間氣集》卷上，見傅璇琮編《唐人選唐詩新編》，西
　　　安：陝西人民教育出版社，1996 年。第 472 頁。

物並列疊加；「京口潮來曲岸平，海門風起浪花生」、「百尺翠屏甘露閣，數帆晴日海門船」兩聯則逐漸在上下兩句之間拉開距離、造成跌宕的效果，顯露出較爲闊大的視域和氣象；到「蘭橈破浪城陰直，玉勒穿花苑樹深」，已經將人的活動化入風景，「直」與「深」已不單是對景物特點的描摹，也描繪出人在風景中的感官印象和直覺體驗。《重遊木蘭亭》應作於徐鉉已爲官金陵數年以後又重到廣陵之時，是這幾首詩中寫作時間最晚、景物描寫以及情景的結合也是最成功的。雖然徐鉉此時的詩歌在題材內容上還比較單薄，風格尚未完全成熟，但從這些詩中已經可見他偏重婉麗秀雅風格的詩學趣味。

另外，五律《寒食宿陳公塘上》和七律《登甘露寺北望》有一個共同特點，即首聯都是直接敘景之句，並且都採用對仗：「垂楊界官道，茅屋倚高坡」，「京口潮來曲岸平，海門風起浪花生」。這就打破了律詩首末聯以偏於邏輯的推論語句爲多、且通常都不用對仗的常見格式，使詩中的意象語句增加到三聯，當然也就加重了詩歌的敘景成分，使物象包括山水景象更突出，而更泯去詩歌的邏輯線索之迹。當全詩推論語言僅餘末一聯，相當於將作者的主觀意志置於更不顯眼的地位，也就更近於所謂的「無我之境」。同時，開篇即用敘景的對句，打破讀者心理預期的定式，也帶來清新的閱讀感受。

由於推論語言減少，意象語言增多，〔註103〕這兩首詩顯得雅潔凝煉，這與徐鉉詩較少用虛詞斡旋的整體傾向是相合的。從根本上說，古典詩歌中虛詞尤其是關聯詞語的出現是基於詩人的邏輯判斷、而不是基於對形象的直接捕捉和描繪，它天然是散文式的，所起作用主要是語法手段，詩中過多使用關聯詞語等虛詞，會減弱形象性和抒情性，沖淡和稀釋「詩味」。唐詩中是由杜甫才開始較多使用虛詞，也正是杜甫開啓了中唐以後的詩歌不同於盛唐詩的審美範型，這二者

〔註103〕關於在律詩中將首末聯視爲「推論語言」、將中二聯視爲「意象語言」的說法，參考（美）高友工、梅祖麟著《唐詩的句法、用字與意象》，載氏著《唐詩三論》，李世躍譯，北京：商務印書館，2013年版。

之間是有關聯的。但是經過中晚唐百餘年演變，尤其到唐末五代初，詩中的虛詞有越來越泛濫之勢，這也是唐末五代詩容易給人以淺俗凡庸的原因之一。此時徐鉉正是試圖減少非必要虛詞的直接出現，而將意義的關聯多付之句法本身——在律詩通常不要求對仗的首聯位置採用對仗，就是爲了彌補由於少用虛詞以及推論語句的減少所導致的全詩內在推進和流動之勢的不足。徐鉉的嘗試，至少在語言藝術上使部分詩歌一定程度回歸於盛唐詩的興象渾涵。不過，這種技法，較易施之於那些自發性的寫景詩歌，因其一般不需要太多明確的敘述成分；而在敘述性要求較多的詩歌譬如酬唱贈和詩中，就比較難以實行，因爲贈和酬唱詩往往需要對酬贈緣由有所交待，而這通常就是由首聯或末聯的推論語言來完成的，推論語言的減少將不利於酬贈詩的敘述展開。

應該說，徐鉉在近體詩尤其是律詩中的革新嘗試是有成果的，這些詩歌雅潔秀麗，成爲南唐新詩風的典範。

當新詩風在徐鉉等人的詩中表現出不俗的實績後，金陵詩壇的特點也愈發彰顯：

首先是江南風物開始在徐鉉等人的詩中得到更多細膩的表現。當然，他們婉麗秀雅的詩風原本就有得自江山之助的成分。江南（也包括部分江北地區）風土作爲詩歌素材，其特性首先來自它優美的自然景色，還有它作爲歷史舞臺所經歷的六朝風雲，這成爲其基本的心象構造。〔註104〕前文所引徐鉉「月下春塘水，風中牧豎歌」、「芳草遠迷揚子渡，宿煙深映廣陵城」、「波澄瀨石寒如玉，草接汀萍綠似煙」、「蘭橈破浪城陰直，玉勒穿花苑樹深」等詩句，都是典型的江南景色，雖然其中有的是寫廣陵，但位於江北的廣陵，論風景卻與江南並無二致。這些詩句表明，徐鉉等詩人，此時向當地風土擷取的主要是自然

〔註104〕 （日）松浦友久《一水中分白鷺洲——作爲詩歌素材的山川風土》，載氏著《唐詩語彙意象論》，陳植鍔、王曉平譯，北京：中華書局1992年版。

山川這一方面，以秀麗的風光組織成詩歌的秀句，形成純淨祥和的意境，呈現出接續王維、孟浩然詩風的傾向。

其次，金陵作爲曾經的六朝舊都，可供興詠的古迹眾多，集合了江南風土在歷史方面的重要屬性，它作爲都城的盛衰興亡本身就是懷古詠史的最好題材，這成爲有關江南風土的歌詠中另一個向度。當南唐開國再次定都金陵，政治形勢與東晉南朝格外相似，更易引起詩人的慨今傷古之情。尤其對於剛經歷過唐末戰亂的詩人來說，當他們身處金陵，生發出這種思古之幽情顯得更加自然。前文中我們提到沈彬往來金陵期間作有數首懷古之作，正是一個明證，「江山不管興亡事，一任斜陽伴客愁」（《再過金陵》）成爲其格外眞切、令人悚然心驚的切身體認，而不單單是一條有關歷史的空洞結論。從古典詩歌的承襲性來說，這又是沿續了晚唐以來懷古詠史詩的傳統，也是順理成章的選擇。以金陵爲主要題材的這種懷古詠史詩，在之後的南唐詩歌中得到了進一步的發展。

再次，繁華都市生活顯示出對詩歌題材和風格的影響：如成彥雄的詩就典型地體現了城市文學的特點（詳後文）。較多的詩作也開始產生於宴飲集會、即席唱和的情境中，唐末以來曾長期流行的苦吟在金陵詩壇不再佔據主導地位，詩風也變得偏於流易。這種都市生活作爲創作背景或描寫對象爲詩引入了風華流麗之氣，部分改變了唐末以來往往山林蔬筍氣過重、詩風偏於單調枯澀的情形。對於詩風的交流來說，集聚的文人多，不同詩風在都市的碰撞機會也比其它地方要多，如沈彬對孫魴詩的批評、李建勳對沈彬詩的批評。通過這種詩藝的較量，不同詩風彼此影響和吸納的可能性也會增加。金陵作爲南唐的政治文化中心，吸納了越來越多的詩人，文人間互相推轂，同時詩歌的受眾也大大增加，傳播的機會更多、速度更快，也就更便於詩風的選擇、主流詩風的形成和產生影響；反過來，傳播加速對詩人創作的積極性也會產生相當的推力。

二、早期金陵詩壇的代表詩人李建勳

前文中我們提到李建勳是早期金陵詩壇的代表詩人,這裡我們要對其詩風形成作較詳細的分析。首先,我們還是不免要知人論世,從他的家世與個性、成長歷程等方面去作瞭解。

1、夾縫中的政治生涯

李建勳(873?~952),字致堯,廣陵人,楊吳舊將李德誠之子。李建勳爲徐溫之婿,並起家爲徐溫金陵巡官。徐溫死後不久,李昇親自出鎮金陵,李建勳任金陵副使。南唐立國,拜中書侍郎、同平章事,自開國直至昇元五年一直爲相。保大元年(943)四月,中主李璟即位之初,李建勳因故出爲撫州節度使。後召拜司空,稱疾辭,以司徒致仕,賜號鍾山公。致仕後,營別墅於鍾山,放意泉石,卒於中主保大十年(952)。

李建勳一生位高望重、看似平穩順遂,實際上他的政治生涯一直處在夾縫中。先是早年其父李德誠就與楊吳當時的權臣徐溫之間有種種矛盾和猜忌:李德誠本爲楊行密麾下武將,後因平定安仁義之亂有功拜潤州留後,但在潤州曾因「秉燭夜出,候者以聞,而徐溫疑其有變,徙鎮江州。德誠猶不自安,乃遣建勳入謁溫。溫見之,歎曰:『有子如是,非惡人也。』即以女妻建勳」〔註105〕。儘管徐溫招李建勳爲婿,但這更多是出於一種籠絡羈縻,而不是從此眞正解除了對李氏家族的疑慮。加之李德誠還曾與徐溫之子徐知訓不睦,〔註106〕當然更增嫌隙。雖然之後不久,徐知訓爲朱瑾所殺,李昇從潤州迅速渡江入揚州定亂,取得揚州輔政大權,但此後數年間,李德誠、李建勳父子又被捲入徐氏家族和李昇之間激烈的權力爭奪中。然而,無論是徐

〔註105〕馬令《南唐書》卷10。

〔註106〕(宋)陳彭年《江南別錄》:「知訓驕暴不奉法……李德誠有女樂數十人,遣使求之,德誠報曰此等皆有所生,又且年長,不足以接貴人,俟求少妙者進之。知訓對德誠使者曰:『吾殺德誠,並其妻取之亦易耳。』」(朱易安、傅璇琮等主編《全宋筆記》第一編(四),鄭州:大象出版社,2003年,第199頁。)

氏還是李昇輪番鎮守金陵，李建勳一直都在金陵幕府內，獨能自全於徐氏與李昇之間。這得益於他素來的處世謹慎、善於在夾縫裏避嫌遠禍：「建勳家世將相，又娶於徐氏，爲其國貴遊，然杜門不預世事，所與交皆寒畯，裘馬取具而已。」〔註107〕

但是，善處紛爭的李建勳並非眞正不預世事，當李昇再次出鎮金陵時，李建勳成爲其節度副使，不但深諳李昇的禪代心跡、更屢次勸其早定傳禪大計：「先是，知誥（李昇）久有傳禪之意，……節度副使李建勳、司馬徐玠等屢陳知誥功業，宜早從民望。」〔註108〕李建勳甚至還曾勸說其父李德誠爲李昇充當率眾勸進的角色。〔註109〕正是由於其推戴之力，南唐建國後李昇對李建勳厚加寵遇，昇元年間長久委任以宰相之任。不過，李建勳因宰相權力過重爲李昇猜忌，一度曾遭罷免，後來在中主李璟即位後，李建勳又受到李璟原東宮官屬的排擠，出鎮撫州數年。在這次召還以後不久，李建勳即主動辭官。史稱其致仕時「年德未衰，時望方重」〔註110〕，也即尚未達到普遍的致仕年齡。及時抽身而退，恐怕與李建勳對自身政治處境的感知密切相關，也是他一向遠嫌避禍、明哲保身的體現。

李建勳的行爲和個性就這樣呈現出似乎矛盾的兩面：一面是謹慎退避，一面是進取邀寵。顯然，他對政治敏感，識見有素：當徐溫家族勢力甚盛之時，他便杜門不預世事，以免受到更進一步的猜忌；一旦李昇全面控制了局勢、吳唐禪代的形勢逐漸分明，他又能爲其推波助瀾。後來他還預言過南唐攻伐湖南、福建之役必敗，自己死後不肯封植墓碑因而保全了身後的寧貼，都表現出了他對世情及政治敏銳的判斷力。陸游對他的評價是：「李建勳非不智也，知湖南之師必敗，知其國且亡，皆如蓍龜，然其智獨施之一己，故生則保富貴，死猶能

〔註107〕陸游《南唐書》卷9李建勳傳。
〔註108〕《資治通鑒》卷279清泰元年二月條，第9104頁。
〔註109〕馬令《南唐書》卷9李德誠傳：「烈祖建齊國，德誠率諸將勸進，乃其子建勳之謀也。」
〔註110〕《江表志》卷中，《全宋筆記》第一編（二），第267頁。

全其骸於地下。至立於群枉間，一切無所可否，唯諾而已，視覆軍亡國、君父憂辱若己無與者，方區區請出金帛以贈俘虜，眞婦人之仁哉。」〔註111〕不論善進還是善退，其實這看似矛盾的兩面，在其知時因循的總人格和處世態度下是能夠統一起來的。

2、流連光景與集會賦詩

李建勳的詩今存一卷，主要收錄於《全唐詩》卷739。從現存詩作來看，他很少對現實投以關切的目光，他的詩集中最多的是傷春惜花的流連光景以及一些唱和之作，所反覆表現的情志只是對閒居生活的企羨和及時享受這種閒適的願望。一般來說，選取哪些生活內容作爲詩歌的表現對象，詩人對此具有相當的主動選擇權，如果認爲與政治有關的內容不宜入詩，因而刻意避免這方面的題材也是有可能的，一個好的政治家在詩中也可能完全不涉及政治，但李建勳的情況顯然並非如此。他作爲楊吳和南唐的重臣，曾位居宰輔數載，卻無所可否，畏懦循默，僅僅備位充員。這一方面固然由於夾縫中的處境，尤其是李昇不願意宰相權重、政事往往由他自己包攬親爲，導致李建勳雖在相位卻難以施展；另一方面，李建勳即使對政治有所預見也不肯建言力諫，主要還是他對現實政治缺乏責任感和擔當精神、不願有爲的態度在起支配作用。既然他的出仕並非出於士人對現實的責任感，本身也談不上崇高的政治理想，不追求政治上的建樹和有爲，那麼，若不刻意作僞，作爲心畫心聲的詩歌自然也就不大可能表現出這方面的內容。對這種隨波逐流、因循順勢的人生選擇和心態，李建勳是有自我意識的，他在詩中對此也有表現：

> 欲謀休退尚因循，且向東溪種白蘋。謬應星辰居四輔，終期冠褐作閒人。城中隔日趨朝懶，楚外千峰入夢頻。殘照晚庭沉醉醒，靜吟斜倚老松身。(《和致仕沈郎中》)〔註112〕

這是在南唐禪代前夕、送沈彬致仕歸高安時所作，也是李建勳詩中較

〔註111〕陸游《南唐書》卷9李建勳傳。
〔註112〕《全唐詩》卷739。下文所引李建勳詩若非另加注明，出處皆同此。

少見的直接涉及其仕途進退心迹的作品。當時李建勳身爲西都中書侍郎，又正參與李昪禪代的準備活動，處於這樣一個簡直稱得上炙手可熱的位置，卻在表白自己「欲謀休退」、「終期冠褐作閒人」，又期待以末二聯塑造出身居廟堂卻心在山林、或者竟將朝堂認作無異於山林的自我形象。這一方面固然是以對山林的嚮往來表達對沈彬致仕歸隱行爲的讚歎，也透露出自身眞實的兩難處境和矛盾心態：禪代之際，個人政治立場的選擇格外艱難，統治者往往會將某種姿態視爲非此即彼的陣營分判，對錯之間往往間不容髮。因此，「因循」就成爲李建勳清醒的、也是不得不如此的選擇。除上引《和致仕沈郎中》詩外，類似的心態和情緒也在《留題愛敬寺》、《尊前》等詩中都有表現：

> 野性竟未改，何以居朝廷。空爲百官首，但愛千峰青。南風新雨後，與客攜觴行。斜陽惜歸去，萬壑啼鳥聲。（《留題愛敬寺》）

> 官爲將相復何求，世路多端早合休。漸老更知春可惜，正歡唯怕客難留。雨催草色還依舊，晴放花枝始自由。莫厭百壺相勸倒，免教無事結閒愁。（《尊前》）

李建勳詩中不乏有少數作品直接表現自己艱難的政治處境和自身因循的政治態度，但大多數詩作的表現重心在於看花飲酒、踏青賦詩、訪僧出遊的閒適生活，其最常寫到的題材便是惜春、惜花，其中反覆表達的同一種情緒，就是花開易落、美景易逝，要及時行樂。這類詩歌在寫法上也較雷同，相似的句子或意境一再出現：「須知一春促，莫厭百回看」（《春日小園晨看兼招同舍》）、「只恐雨淋漓，又見春蕭索」（《惜花寄孫員外》）、「永日雖無雨，東風自落花」（《踏青樽前》）、「莫倦尋春去，都無百日遊」（《正月晦日》）、「預愁多日謝，翻怕十分開」（《惜花》）、「惜看難過日，自落不因風」（《金谷園落花》）、「日長徒似歲，花過即非春」（《春日金谷園》）、「未經旬日唯憂落」（《醉中惜花更書與諸從事》）、「莫言風雨長相促，直是晴明得幾時」（《惜花》）等等。

　　對於詩人來說，反覆表達的主題往往有兩種原因，一是由於詩才有限、腹笥不廣，因而語意一再重複；另一種可能則是由於它表達了詩人某種核心痛苦，就象生物機體會由同一個病竈引出種種不同症狀，詩人不斷的呼籲，也因其指向同一種存在的空洞，它既不能根本解決、也難獲妥帖慰藉。對每個詩人而言，花落春去都象徵著時光的無法挽回，宇宙互古恒常的運行不會因為任何個體而改變其節奏，因此從根本上來說，時光的焦慮是所有詩人共同的深刻底色和最核心的痛苦。即便在全世界詩歌中普遍存在的「愛與死」這兩個母題，歸根結底都源自時間的焦慮，死亡的痛苦自然是時間的流駛所致，愛情的消逝同樣是時間的自然結果，它們都是人類對時間的焦慮在詩歌中的結晶。每一朵花的凋零，都是一個看似微不足道的死亡，但每一個小小的死亡，也是人、當然也是詩人自身一部分的死亡。季節的更替更是時間以看似輪迴的方式在直接顯形。中國古典詩歌從屈原、從《古詩十九首》就不斷表達時間流駛的強烈焦慮，因為那時詩人開始成為個體的人、不得不獨自承擔生命的痛苦。對李建勳來說，他是這個傳統中的一環，他在惜花詩句中表達的是同樣的痛苦，只是他的表達顯得較為單調貧乏。另一方面，既然李建勳一直處在政治夾縫中，只是憑藉著自身謹慎周旋、因循畏懦才得以善始善終，而作為一個周慎的人，他也不可能將這種痛苦在詩歌中表達出來，但他也不可能完全迴避這種痛苦。其實，李建勳對自身處境的表現，就隱藏在他的這些惜花詩中。詩，不但可以興觀群怨，也是可以「隱」的，而隱藏也就是一種表現。因此，李建勳所有關於尋春、惜花的詩句，都是情真意切的。對花之凋零表達一再的痛惜，甚至在花謝之前就預先為之痛苦，折射的正是他對自身好景不長的深深憂慮。

　　流連光景之外，召集唱和、較量詩藝也是李建勳詩歌生活的重要內容，而這對金陵詩壇的形成推動頗大。前文中曾提到這一點，但主要還限於他跟沈彬、孫魴的論詩，這裡要補充的是李建勳在金陵經常召集和參與的其它集會唱和、分題賦詩。李建勳一生只在中

主保大初曾出鎮撫州三年，其餘爲官時間皆在金陵度過。他在金陵城北面的東溪附近築有清溪草堂，詩中時常寫到在此處的獨自閒居，如《早春寄懷》、《溪齋》，或是宴集賦詩，再如《賦得冬日清溪草堂四十字》：

> 莫道無幽致，常來到日西。地雖當北闕，天與設東溪。
> 疏葦寒多折，驚鳧去不齊。坐中皆作者，長愛覓分題。

這是李建勳在清溪草堂召集的一次雅集，並且從「坐中皆作者，長愛覓分題」可見與會各人要分題賦詩。另外，他的《登昇元閣》一詩中也有「登高始覺太虛寬，白雪須知唱和難」之句，同樣是一次集體的登高賦詩，在李建勳此詩之前，至少已有其它作者的原唱。從這些詩句可以看出當時金陵的集會唱和風氣，並且這種酬唱往來中詩藝較量的成分是比較突出的，所以說「白雪須知唱和難」。從前引「和來瓊什雖無敵，且是儂家比興殘」（《重戲和春雪寄沈員外》），可以看到他們輪番唱和往返，並希望詩中的「比興」能夠翻出新意，顯示出李建勳對自己詩藝的自負以及對沈彬的期許。到中主時期這種集會唱和、分題賦詩之風更加盛行，其中就包括保大七年（949）中主李璟親自召集的春雪詩唱和，後文中將另加論述。

李建勳往來酬唱較多的還有僧人。他不僅在詩句中頻頻提到寺廟和僧人，還經常與僧人互有往訪，如《夏日酬祥松二公見訪》、《懷贈操禪師》，甚至自居爲「老僧」（《和元宗元日大雪》）。金陵本多古寺，自李昪又重新開始崇佛；李建勳既然並不留心於官事，轉而向佛、以方外自居也是很自然的選擇。在身份地位相似的其他在朝詩人群中這種情形也並不少見，如李建勳《贈趙學士》一詩中也稱對方「吟訪野僧頻」。這說明當時金陵以李建勳爲中心的詩人群在人生選擇、心境上也多有相似，相應地，他們的詩歌在題材和風格上也有相似之處。晚唐五代詩人中白體風行，但要論楊吳南唐的詩人群中有誰最能得白居易閒適詩風之味，卻是非李建勳莫屬，尤其在他晚年詩作中，由於心態和處境的相似帶來的流連光景與佞佛氣味也與白居易十分投

合。但在語言及詩藝的造詣上，李建勳又顯然遠遜於白居易，導致他的這類詩作不能像白居易那樣時見精彩。

3、詩風、詩藝

以體裁言，李建勳詩以五律最多，其五律的題材主要是日常生活中的清愁與閒適，傷春悲秋、閒遊遣興、山居夜坐的主題頻繁出現。詩人對時間流駛帶來的焦慮很敏感，希圖用一種看花載酒的行樂去沖淡這種焦慮，而不免世路多端，「浮生何苦勞，觸事妨行樂」（《春陰》），因此他也在詩中表達一種「達生」的希望：「寄語達生人，須知酒勝藥。」（《春陰》）有時也表達閒適自得的感受，如《宿山房》就描寫一種獨自沉浸在安靜境界中的感受：

> 石窗燈欲盡，松檻月還明。就枕渾無睡，披衣卻出行。
> 岩高泉亂滴，林動鳥時驚。倏忽山鐘曙，喧喧僕馬聲。

《宿山房》明顯受到漢魏古詩以及王維同類題材詩的影響，但沒有漢魏古詩的悲鬱，情緒顯得比較平和；較之王維的簡潔明淨，李建勳的這類詩又顯得詞繁，境界也不夠鮮明。

李建勳七律最多的是詠物題材，所詠又多為雪、花、雨。其詠物較少採用比擬、聯想，而多採用白描手法，即直接去描繪所詠之物的形態，比如《和元宗元日大雪登樓》中「狂灑玉墀初散絮，密黏宮樹未妨花」一聯，雖然也暗用柳絮和花來作比，但最主要的描寫來自詩句前半對大雪「狂灑玉墀」、「密黏宮樹」之形態的直接形容。應該說，這兩句雖然能傳達出急雪繁密之勢，但整體不太成功，缺少韻味和美感。但是，有的作品在這種白描手法上卻較為成功，體物能達到相當細膩的程度，如《春雨二首》的中間兩聯：「寒入遠林鶯翅重，暖抽新麥土膏虛。細蒙臺樹微兼日，潛漲漣漪欲動魚。」對春雨似寒已暖、微細綿長特徵的捕捉就十分準確。這四句都在頭一字就直接捕捉住這場春雨的特徵，既是寒的，又是暖的，既是細微的，也是悄然地、叫人難以覺察的。然後具體刻畫出這些特徵的動態與情態：「入遠林」、「抽新麥」、「蒙臺樹」、「漲漣漪」，這正是

獲得「寒」、「暖」、「細」、「潛」四種直觀感受所藉由的事物，有遠有近，有寬闊的，也有微小的。句末三字「鶯翅重」、「土膏虛」、「欲動魚」再對春雨帶來的種種細膩變化和結果作出補充，化難以體察和描繪的春雨為可以體察和描繪的物態；「微兼日」則描繪了春雨伴隨著微陽的情態。這些感受不見得都是一次所得，很可能是疊合了多次的印象而成，在寫作此詩的當下，在眼前場景與回憶、想像的交織中，各種印象全都聚集起來，形成這四句詩對春雨入微的刻畫。這四句的上四字結構相同，排列的整齊帶來句式的流暢；每聯下三字的結構有所變化：「鶯翅重」、「土膏虛」是主謂式，顯示春雨之寒與春雨之暖各自的結果；「微兼日」、「欲動魚」為動賓式，與前四字形成連動結構，寫出與春雨相伴隨的微弱的陽光，以及水中游魚對雨落漣生的反應。在律詩要求嚴格對仗的中二聯的位置上，既有結構的相似和相承，又有承襲下的的改換變化，造成大體整齊又不乏參差的效果，避免了句式的板滯。另外，「虛」「欲」二字也可以見出李建勳鍊字的推敲工夫。

但是，白描手法的運用也有失敗之作，「狂灑玉墀初散絮，密黏宮樹未妨花」已經不見得好，至於如《東樓看雪》「化風吹火全無氣，平望惟松少露青」一聯，不僅卑陋無意境，且無詩意可言。再如「高樓鼓絕重門閉，長為拋回恨解衣」（《醉中惜花更書與諸從事》）一聯，「拋回」一詞的意思當為拋擲了春景春花回到家中，但詞語卻未免生造難懂，也顯示出詩藝的琢磨鍛鍊還不夠。有的體物之作因為能較好地結合抒情品質，使詠物題材呈現出深婉動人的風貌，如《惜花》：「莫言風雨長相促，直是晴明得幾時。」以轉折、讓步的句式對惜花心事作最細膩的揭示，也將年命促迫的憂傷完全融入其中。

李建勳今存絕句較少，其中七絕又占絕大多數，情致深婉，風格秀麗。如：

　　佳人一去無消息，夢覺香殘愁復入。空庭悄悄月如霜，
　獨倚闌干伴花立。（《獨夜作》）

他皆攜酒尋芳去，我獨關門好靜眠。唯有楊花似相覓，
因風時復到床前。(《清明日》)

匀如春澗長流水，怨似秋枝欲斷蟬。可惜人間容易聽，
清聲不到御樓前。(《送李冠》)

綜合各種詩體來看，李建勳曾經嘗試過不同風格：如《感故府》二首
在五古中結合了五律的寫法，造成了一種平易流暢卻感慨深厚的效
果：

戚戚復戚戚，期懷安可釋。百年金石心，中路生死隔。
新墳應草合，舊地空苔色。白日燈熒熒，凝塵滿几席。

悒悒復悒悒，思君安可及。永日在階前，披衣隨風立。
高樓暮角斷，遠樹寒鴉集。惆悵幾行書，遺蹤墨猶濕。

《小園》一詩則在五律中融入了古詩對同類題材的處理方式，古淡有
味，樸實清新：

小園吾所好，栽植忘勞形。晚果經秋赤，寒蔬近社青。
竹薙荒引蔓，土井淺生萍，更欲從人勸，憑高置草亭。

李建勳描寫了自己閒居時的栽植勞作，可以看出有對姚合《閒居遣懷
十首》、《武功縣中作三十首》等詩的取法，但與姚合不同的是，李建
勳詩中完全不涉及自己的官場生活及其心態，直似一介知足的老圃，
為作物的可喜和勞作帶來的愉悅自得其樂。

七言詩《細雨遙懷故人》似乎是李建勳的一種新嘗試：

江雲未散東風暖，溟濛正在高樓見。細柳緣堤少過人，
平蕪隔水時飛燕。我有近詩誰與和，憶君狂醉愁難破。昨
夜南窗不得眠，閒階點滴回燈坐。

從其押仄聲韻以及三處失黏一處失對來看，不屬於嚴格的七言律詩範
圍；如果將其作為七言古體，它每句內部的平仄又是遵照律詩規則
的，並且中二聯也大體對仗。這應該是李建勳將古風的拗峭風格與律
詩結合的一次有意嘗試。律詩經過二百多年的發展，到了唐末五代，
在思維和語言組合上程序化和模式化都相當嚴重、近乎成為一種自動
的詩歌形式，在這種背景下，李建勳的嘗試是有意義的，儘管類似作

品較少，也沒有產生大的影響，但這表明了李建勳對詩藝的探索、對詩歌發展途經的追尋仍然是比較積極和主動的。這種嘗試與徐鉉的探索一樣，成爲南唐詩風形成和發展的重要動力。

《唐才子傳》評價李建勳「賦詩琢煉頗工，調既平妥，終少驚人之句也」〔註113〕，一方面切中了李建勳詩的要害，即詩思的平妥和詩味的淡薄，另一方面也指出，李建勳也有「琢煉」、「頗工」的詩作，如我們前引的部分作品，但他的確有一些詩歌語言失之於淺易無味，如「須知三個月，不是負芳晨」（《春日金谷園》），有的還不免生造，如「道勝他圖薄」（《閒遊》）、「心破只愁鶯踐落」（《惜花》）。七律語言也有因缺少琢磨鍛鍊而缺乏詩味的，如「化風吹火全無氣」（《東樓看雪》）、「欲召親賓看一場」（《薔薇二首》）、「特地繁於故歲看」（《春雪》）、「況是難逢值臘中」（《雪有作》）等，句法都很勉強，失卻了自然平易，又沒有達到拗峭拔俗的效果。這種語言上的缺憾不完全是因爲創作態度上的缺乏琢煉，或是詩人胸襟、精神格局上的局限等因素，很大程度上也是由於學力的貧弱。儘管史稱李建勳博覽經史，但他的詩中學識的體現不多，時常出現的描寫形容的不力顯示出學養的貧乏給詩歌語言帶來的限制。尤其與適逢南唐文化全盛時期的詩人往往資學以爲詩相比，李建勳的詩歌受制於學養的局限是很明顯的。

4、對東晉南朝風流的追慕及晚年詩風的轉變

李建勳在金陵爲官很多時候不過因循備位，唯愛流連光景、宴飲賦詩，這種生活態度頗叫人想起那些「居官無官官之事，處事無事事之心」〔註114〕的東晉名士。陸游《南唐書》李建勳本傳中還記載：

> 宋齊丘當國，深忌同列，少所推遜，然獨稱李建勳曰：
> 李相清談，不待潤色，自成文章。

〔註113〕 傅璇琮主編《唐才子傳校箋》卷 7 李建勳條，北京：中華書局，1990年，第 386 頁。

〔註114〕 （唐）房玄齡《晉書》卷 75 劉惔傳，北京：中華書局，1999 年，第 1342 頁。

李建勳的逍遙和清談，很可能包含有意追慕東晉南朝名士風流的意味。不止是清談，還有其它一些行事方式也很相似。保大初年，李建勳曾經短暫地出鎮撫州，當時軼事頗有流傳：

> 李建勳鎮臨川，方與僚屬會飲郡齋，有送九江帥周宗書至者，訴以赴鎮日近，器用儀注或闕，求貸於臨川。李無復報簡，但乘醉大批其書一絕云：偶罷阿衡來此郡，固無閒物可應官。憑君爲報群胥道，莫作循州刺史看。〔註115〕

> 李建勳罷相江南，出鎮豫章。一日與賓寮遊東山，各事寬履輕衫，攜酒肴，引步於漁溪樵塢間，遇佳處則飲……〔註116〕

前一則表現出的簡傲幾乎可入《世說新語》，後一則展現出來的縱情山水的形象也頗似貶官溫州時的謝靈運。李建勳晚年致仕後在鍾山營別墅、放意泉石，號「鍾山翁」。《玉壺清話》載其「嘗畜一玉磬，尺餘，以沉香安節柄，叩之，聲極清越。客有談及猥俗之語者，則擊玉磬數聲於耳。客或問之，對曰：『聊代洗耳。』一軒，曰『四友軒』，以琴爲嶧陽友，以磬爲泗濱友，《南華經》爲心友，湘竹簟爲夢友。」〔註117〕這種清雅的趣味、對莊子的愛好都有東晉南朝名士的影子，這種對東晉南朝名士的追慕也影響到他的爲官態度和生活態度，並體現在其詩歌中。

李建勳晚年詩風有所轉變，史稱其「爲詩少時猶浮靡，晚年頗清淡平易，見稱於時」〔註118〕。李建勳今所存詩不到百首，其中並無特別浮靡的作品，可能是少時作品不存之故。但所謂「清淡平易」之作集中仍時一見之，主要是一些涉及田園生活的五律，但這些詩的具體作年無法確定，只能根據前引史書所稱其詩風早年晚年之別，按其

〔註115〕《南唐近事》卷2，《全宋筆記》第一編（二），第223頁。

〔註116〕（宋）文瑩《湘山野錄》卷上，《宋元筆記小說大觀》（二），上海：上海古籍出版社，2001年版，第1393頁。其中所云「豫章」當爲臨川之誤，李建勳不曾出鎮豫章。

〔註117〕《玉壺清話》卷10，《宋元筆記小說大觀》（二），第1524頁。

〔註118〕馬令《南唐書》卷10李建勳傳。

風格大致推定爲晚年所作。這些寫田園生活的作品，一類是取旁觀態度，將農家的日常生活描寫得靜謐而令人歆羨，如《田家三首》：

> 畢歲知無事，兵銷復舊丁。竹門桑徑狹，春日稻畦青。
> 犬吠隈籬落，雞飛上碓程。歸田起口思，蛙叫草冥冥。

> 不識城中路，熙熙樂有年。木盤擎社酒，瓦鼓送神錢。
> 霜落牛歸屋，禾收雀滿田。遙陂過秋水，閒閣釣魚船。

> 長愛田家事，時時欲一過。垣籬皆樹槿，廳院亦堆禾。
> 病果因風落，寒蔬向日多。遙聞數聲笛，牛晚下前坡。

另一類是對耕種生活的親自體驗。前文中所引《小園》一詩就表達了親自耕作及由此獲得的充實之情，精神意趣上有著得自於陶淵明的影響，但李建勳是以其熟悉的五律來處理陶淵明古詩的題材，風格上也學陶詩的清新樸實。至少在其耕種於小園中時，李建勳擺脫了前期爲官時心靈搖擺於官場與山林之間的矛盾與分裂狀態、也擺脫了及時行樂的心態，相應的題材也從他的詩中消失，而在這種新的、田園題材的詩中，「心」與「迹」在詩裏呈現出和諧統一。這種詩風的轉變不完全是由於處境的改變、可能也有詩歌閱讀體驗和取法對象轉變的因素，畢竟當時不僅前朝的詩學典範眾多，書籍的獲得也較爲容易，儘管他們當時的閱讀體驗已難完全呈現在我們面前。

三、金陵新詩風的代表成彥雄及其《柳枝辭》

　　成彥雄，字文幹，本籍爲河北上谷，不知何時遷至江南，具體生卒年里不詳，南唐貢舉及第。〔註119〕《崇文總目》載：「成文幹《梅

〔註119〕關於成彥雄的生平，參看《唐五代文學編年・五代卷》後晉高祖天福三年（938）徐鉉條（第307頁）、後周太祖廣順二年（952）成彥雄條（第451頁）等處。但該書將成彥雄中進士繫於保大十年（952）以後，恐不確。因南唐雖自保大十年方正式開設貢舉，但在烈祖昇元初、昇元中、昇元末以及元宗保大初皆有中舉的記載，可見當時是有科舉的，只不過沒有形成常設的制度，因此成彥雄中進士不一定遲至保大末年。關於南唐貢舉開科情況，參趙榮蔚《南唐登科記》，載《鹽城師範學院學報》（人文社科版），2003年5月。

嶺集》五卷。」〔註120〕《郡齋讀書志》著錄為：「成彥雄《梅頂集》
一卷，右偽唐成彥雄，江南進士，有徐鉉序。」〔註121〕徐鉉文集中
今存有《成氏詩集序》，從中我們可以獲知稍詳細的信息：

> 詩之旨遠矣，詩之用大矣。先王所以通政教，察風俗，
> 故有采詩之官，陳詩之職。物情上達，王澤下流。及斯道之
> 不行也，猶足以吟詠性情，黼藻其身，非苟而已矣。若夫嘉
> 言麗句，音韻天成，非徒積學所能，蓋有神助者也。羅君章、
> 謝康樂、江文通、邱希範，皆有影響發於夢寐。今上谷成君
> 亦有之，不然者，何其朝舍鷹犬，夕味風雅，雖世儒積年之
> 勤，曾不能及其門者耶？逮予之知，已盈數百篇矣。睹其詩
> 如所聞，接其人知其詩。既賞其能，又貴其異。故為冠篇之
> 作，以示好事者云。戊戌歲正月日序。〔註122〕

此序作於戊戌年，即南唐昇元二年（938），徐鉉當時不過二十二歲。
以常情推斷，既然成彥雄請徐鉉為自己的詩集作序，他與徐鉉二人年
齡至少應大致相當。另外，按照徐序文中「朝舍鷹犬，夕味風雅」的
說法，成彥雄本來是豪家子，一旦捨棄呼鷹走馬的生活而折節讀書，
居然能夠很快在詩歌上有所成就。徐鉉為他作序時，成彥雄已經有詩
數百篇，其詩集今已亡佚，僅在《全唐詩》卷759中留存了27首，《全
唐詩補編・續補遺》又據《尊前集》補入《楊柳枝》1首，〔註123〕
現存詩合計不過28首。

　　成彥雄現存這28首詩中有24首為七絕，其中10首《柳枝辭》
（或稱《楊柳枝》）可稱其代表作。〔註124〕在看成彥雄的這一組《柳

〔註120〕《崇文總目附補遺》卷5，《叢書集成初編》本，北京：中華書局，
　　　　1985年版。
〔註121〕（宋）晁公武《郡齋讀書志校證》卷18，孫猛校證，上海：上海古
　　　　籍出版社，2005年版，第948頁。其中「梅頂」當為「梅嶺」之誤。
〔註122〕《徐公文集》卷18。
〔註123〕《全唐詩補編・續補遺》卷11，第471頁。
〔註124〕《尊前集》所收成彥雄十首《楊柳枝》較《全唐詩》卷759所收其九首
　　　　《柳枝辭》多出一首，但此首的風格與其他九首風格相去較遠，應當並
　　　　非同時所作，故本文只考慮《全唐詩》所收的九首，視其為同一系列。

枝辭》以前，需要回顧一下《柳枝辭》或稱《楊柳枝》的創作歷史，
〔註125〕因爲它並非單純的徒詩絕句，而是與音樂和詞體都有密切關係。

　　關於《楊柳枝》的起源有一些爭議。漢樂府橫吹曲有《折楊柳》、
梁鼓角橫吹也有北地傳入的《折楊柳歌辭》及《折楊柳歌》，相和
歌辭瑟調大曲有《折楊柳行》，清商曲辭西曲歌有《月節折楊柳歌》
13 曲，但都與唐《楊柳枝》無涉。中唐以後才開始流行的《楊柳枝》
在郭茂倩《樂府詩集》中被歸入近代曲辭，足見它與舊時的鼓吹曲
辭《折楊柳》並非同一源頭。白居易在五排《楊柳枝二十韻》小序
中也云：「楊柳枝，洛下新聲也。洛之小妓，有善歌之者，詞章音韻，
聽可動人，故賦之。」〔註126〕《楊柳枝》所用的曲調可能起源於隋
代雜曲。隋代有《柳枝》曲，一名《楊柳》。唐人詩中有提及，如岑
參《裴將軍宅蘆管歌》：「巧能陌上驚《楊柳》。」〔註 127〕它也是唐
代的教坊曲。王灼《碧雞漫志》考證：「楊柳枝，《鑒戒錄》《柳枝歌》，
亡隋之曲也……張祜《折楊柳枝》云：莫折宮前楊柳枝，當時曾向
笛中吹。則知隋有此曲，傳至開元。《樂府雜錄》云：白傅作《楊柳
枝》……蓋後來始變新聲，而所謂樂天作楊柳枝者，稱其別創詞也。」
〔註 128〕白居易新創的《楊柳枝》具有典範作用，他以七言絕句寫作
歌辭，從此成爲《楊柳枝》不可動搖的定式，同時代如劉禹錫等人的
唱和、後人的擬作都採用七絕的體制。同時，也逐漸形成了依調填辭
以及一調多辭的情況，除《楊柳枝》外，還有《柳枝》、《添聲楊柳枝》、
《折楊柳》等調名，單單《楊柳枝》調下的歌辭存至今天的便有 91
首。〔註 129〕唐人慣聽聲詩的好尙、加上作者作品眾多，甚至出現了

〔註125〕關於《楊柳枝》詩的淵源流變，請參看本書附錄二《隋唐曲〈楊柳
　　　　枝〉源流再探索》一文。
〔註126〕《全唐詩》卷 455，第 5156 頁。
〔註127〕《全唐詩》卷 199，第 2058 頁。
〔註128〕（宋）王灼《碧雞漫志》卷 5，（唐）南卓等著《羯鼓錄 樂府雜錄 碧
　　　　雞漫志》，上海：上海古籍出版社，1958 年。第 93～94 頁。
〔註129〕王昆吾《隋唐五代燕樂歌辭研究》，北京：中華書局，1996 年。第
　　　　80～81 頁。

有的歌妓專以演唱《楊柳枝》著名的盛況，白居易府中歌妓樊素、晚唐湖州歌妓周德華即爲其中最知名者。〔註130〕另外，往往還有舞蹈配合《楊柳枝》曲的演唱，薛能《柳枝詞五首》序云：「乾符五年，許州刺史薛能於郡閣與幕中談賓酣飲醋酊，因令部妓少女作《楊柳枝》健舞，復歌其詞，無可聽者，自以五絕爲楊柳新聲。」〔註131〕歌唱的形式又影響了詩人的創作方式，不少作者都有成組的《楊柳枝》，大約就與曲子聯歌方式的有很大關係。〔註132〕白居易、劉禹錫、司空圖皆如此，成彥雄也不例外。

到成彥雄的時代，《楊柳枝》往往成爲一種與酒筵歌舞相伴隨、娛樂性很強的文學形式，基本是作爲歌辭存在，尤其是那些採用聯章形式的作品。以後我們還會看到徐鉉也有這樣的兩組《柳枝辭》。之所以仍然將它們視爲七絕、而不僅僅是詞，也因爲它們仍然是詠物詩，「楊柳」在其中並不只是作爲詞牌存在，更是所詠的實際對象。

作爲所詠對象的楊柳幾乎是柔美最爲理想的表現物，它往往引起一種關於女性的聯想：纖葉如眉樣，柔條似舞腰，它與生俱來的柔軟質性，也與女性的溫柔類似，加之它的背後還積澱著韓翃和柳氏、白居易和樊素、李商隱和柳枝等有關愛情的傳說故事。再加上折柳贈別的習俗，一切的美好，一切的婉轉、纏綿、不捨和思念，似乎都能在楊柳的形象上找到對應和寄託，故而它往往成爲文人贈妓詞的託擬對象。此外，楊柳性喜水，最適合的生長環境是長江流域及其以南的平原地區，在文學中，它便常與畫橋煙水的江南風土相聯、彼此提示著

〔註130〕《全唐詩》卷 461 白居易《不能忘情吟》序云：「妓有樊素者，年二十餘，綽綽有歌舞態，善唱楊枝，人多以曲名名之，由是名聞洛下。」（第5250頁）《雲溪友議》卷下：「湖州崔郎中勵言，初爲越副戎，宴席中有周德華。德華者，乃劉採春女也，雖《囉嗊》之歌，不及其母，而《楊柳枝》詞，採春難及。崔副車寵愛之異。將至京洛。後豪門女弟子從其學者眾矣。」（（唐）范攄《雲溪友議》，上海：古典文學出版社，1958，第66頁。）

〔註131〕《全唐詩》卷 561，第 6519 頁。

〔註132〕《隋唐五代燕樂歌辭研究》，第 82 頁。

對方的存在，《楊柳枝辭》中有許多內容就是直接寫蘇州、杭州等江南城市（也包括江北的揚州）的風土，或是有關這些地方的回憶。同時，楊柳因爲姿態美麗常在城市大量栽植。依傍著御街宮牆、樓閣亭臺，憑藉著陽和之力，烘托出一幅都市行樂圖，成爲太平時節與繁華生活的暗示和象徵。

這樣的產生環境和傳播方式便與其題材內容互相影響，使得《楊柳枝辭》基本是作爲一種城市文學的文體而存在，尤其在歌筵舞席之間更易流行：楊柳枝辭爲文士所熟悉，文體短小，能夠迅捷成篇，又有現成曲調，能立即付與歌妓傳唱。再者，其中也往往蘊藏了詩人們希圖較量詩藝的成分。因爲《楊柳枝》限定了題材和體裁，諸人同作，實際上是一種同題唱和，如白居易和劉禹錫的《楊柳枝》中便有彼此唱和之作。這是同時之作的情況，如果是異代的作者同製此題，仍然不乏與前人一較勝負的意圖。薛能在《折楊柳十首》的序中稱：「此曲盛傳，爲詞者甚眾，文人才子，各衒其能，莫不條似舞腰，葉如眉翠，出口皆然，頗爲陳熟，能專於詩律，不愛隨人，搜難抉新，誓脫常態，雖欲弗伐，知音其捨諸？」〔註133〕口吻雖然驕矜自負，但也道出了某種實情，即此一題材因爲作者太多而易流於陳舊。薛能知難而進，其實也是出自展露才情的目的。後人對此題仍然屢有重章疊唱，同樣不無較量詩藝、逞才鬥勝的心態，希望「搜難抉新，誓脫常態」，能夠因難見巧，見賞於知音、傳之後世。

在前後眾多作手中，成彥雄的《柳枝辭》仍有他鮮明的特點，爲了使他的特點更突出，不妨先看看同爲金陵詩壇成員的孫魴如何寫這一題材。

孫魴寫有兩組柳枝絕句，一組是《柳》十首，一組是《楊柳枝》五首，《楊柳枝》第五首云「十首當年有舊詞」，當即指《柳》十首，由此可知這兩組分作於不同的時期。從「九衢春霽濕雲凝」、「千樹陰陰蓋御溝」等用語來看，應該是作於其在金陵期間。孫魴兩組柳詩的

〔註133〕《全唐詩》卷561，第6518頁。

語言都比較缺乏敷腴的色澤和旖旎風情，如「彭澤初栽五樹時，只應閒看一枝枝」〔註134〕，「春來猶自長長條」、「也知是處無花去，爭奈看時未覺多」、「先朝事後應無也，惟是荒根逐碧流」〔註135〕等語句，顯得比較笨拙，並非典型的歌辭寫法。這透露出孫魴對歌筵酒席的場景較為隔膜。儘管孫魴曾在金陵為官，於集會宴飲、歌舞繁華的生活應該並不陌生，可以推斷他的這組七絕有著應歌的初衷，但他的心態卻仍然與金陵的繁華行樂有著距離。「顛狂絮落還堪恨，分外欺凌寂寞人」中流露出的感受，仍舊是落寞的、格格不入的。另一首《楊柳枝》「靈和風暖太昌春，舞線搖絲向昔人。何似曉來江雨後，一行如畫隔遙津」，對宮廷和自然的對比與褒貶，正顯露出他在趣味上的傾向與取捨。這也與孫魴原本受鄭谷影響較大、後來才進入金陵詩壇的經歷有關。

成彥雄則屬於金陵詩壇的新一批詩人之列，年輕時便遊處其間，對於繁華都市的生活他比孫魴更為熟悉，也顯然更為自在；相似的生活環境使得他容易接受唐末豔情詩人的影響，這對其在語言上完全擺脫孫魴等人詩中的生硬、笨拙是有益處的。以前兩首為例：

> 輕籠小徑近誰家，玉馬追風翠影斜。愛把長條惱公子，
> 惹他頭上海棠花。

> 鵝黃剪出小花鈿，綴上芳枝色轉鮮。飲散無人收拾得，
> 月明階下伴秋韆。〔註136〕

兩首詩中都沒有直接提到楊柳，但又處處用形態的刻畫暗示所詠對象：「輕籠小徑」、「翠影」、「長條」、「芳枝」，讓讀者自然體味出所詠之物非楊柳莫屬。第一首描寫的依然是富貴公子走馬章臺的冶遊生活。儘管沒有明言究竟是「誰家」，但一句「輕籠小徑近誰家」喚起了讀者腦海中許多類似「若解多情尋小小，綠楊深處是蘇家」〔註137〕、

〔註134〕孫魴《楊柳枝》五首，見《全唐詩》卷743，第8454頁。
〔註135〕孫魴《柳》十首，見《全唐詩》卷886，第10018頁。
〔註136〕《全唐詩》卷759。下文所引成彥雄詩出處同此。
〔註137〕白居易《楊柳枝》八首之五，《全唐詩》卷454，第5148頁。

「蘇小門前柳萬條」〔註138〕的前人經典文本，雖未明確出場，倡家的身份卻已不言自明。這裡的巧妙在於：不僅未明言楊柳，也未明言倡家，雖然不言楊柳和倡家，但暗示產生的表達效果卻比明確的表達更爲強烈。然後描繪精心選取的一個場景——公子騎著駿馬，正沿柳絲垂拂的小徑急馳，人馬過處，翠柳也隨之斜飛。本是人馬惹動了柳條，末兩句卻有意反寫，說是柳條主動招惹人，但它卻並非出於要捉弄人的促狹心態，而只是因爲喜歡公子頭上簪的那朵海棠。這樣的構思取境，要比劉禹錫單單用「御溝春水柳暉映，狂殺長安年少兒」〔註139〕粗線條地勾勒來得精細巧妙和婉轉多姿。

第二首則選取月下飲散的場景，以倡家爲著眼點，雖然也沒有點破身份，而從「花鈿」的比喻、「秋韆」的擺設透露出了消息。這一幅春日行樂圖的勾畫，選取的角度甚至比第一首還要細微和不起眼：楊柳長出小小的新葉，如同女子臉上的花鈿，但正是這一點新葉，帶來無窮春意，於是在這楊柳的嫩葉下有一場早春的遊園飲宴；深夜飲散，人也不見，只留明月、秋韆和楊柳在這靜謐的春夜。成彥雄先給了早春的柳葉一個特寫，然後略去人的活動，只通過「飲散」二字來暗示，並選擇「飲散」的場景使得楊柳自然凸現出來。此詩顯示成彥雄擅用新巧的比喻，如以「花鈿」比柳葉是道前人所未道。另外，這組《柳枝辭》的第四首「句踐初迎西子年，琉璃爲笤掃溪煙」，將柳條比作琉璃笤帚，也通過比喻達到新奇動人的效果。薛能批評人作《楊柳枝》詩時易犯陳舊熟套的毛病，在成彥雄這裡完全看不到，相反，成彥雄追求力去陳言、自出機杼的語言。以《柳枝辭》來看，可以說成彥雄的詩歌語言超出薛能之上，無怪乎徐鉉表示了驚歎和讚美。

成彥雄這組《柳枝辭》的第五、六、七首也都自具特點：

綠楊移傍小亭栽，便擁穠煙撥不開。誰把金刀爲刪掠，放教明月入窗來。

〔註138〕溫庭筠《楊柳》八首之三，《全唐詩》卷583，第6763頁。
〔註139〕劉禹錫《楊柳枝詞》九首之三，《全唐詩》卷365，第4113頁。

　　　　遠接關河高接雲，雨餘洗出半天津。牡丹不用相輕薄，
自有清陰覆得人。

　　　　掩映鶯花媚有餘，風流才調比應無。朝朝奉御臨池上，
不羨青松拜大夫。

這幾首跳出了柳枝辭中習見的歌筵、冶遊場所，尤其「遠接關河高接
雲，雨餘洗出半天津」二句頗有開闊氣象，改變了向來寫柳詩歌過於
柔媚的風格，為其注入少見的曠遠清新氣息，並能將自己的胸懷託寓
其間。「誰把金刀為刪掠，放教明月入窗來」二句，似乎受到杜甫詩
句「斫卻月中桂，清光應更多」（《一百五日夜對月》）的影響，其構
思體現了對光明境界的嚮往，也是自身豁達胸次的體現，這同樣是向
來寫柳詩歌中所少見的。這種新風的注入，似乎與成彥雄本人身世和
早年生活經歷有關。徐鉉既然在序中說成彥雄「朝舍鷹犬，夕味風
雅」，可見他並非從來就是書生，早年呼鷹走馬的生活顯然對其詩風
是有影響的，此組詩中表現出的高遠清曠之氣就是這段早年經歷留下
的烙印之一。至於「牡丹不用相輕薄，自有清陰覆得人」、「朝朝奉御
臨池上，不羨青松拜大夫」等句，則是直接託物寓懷。這種比興寄託
的寫法顯示出它們不單是作為應歌之具，同時也並未脫離文人詩的典
雅傳統。成彥雄的「夕味風雅」，顯然的確對詩歌用力甚勤、領會頗
深，因此不難延續文人詩歌的傳統手法和風格。

　　綜上，我們希望通過對《楊柳枝》創作歷史的追溯來判定成彥
雄《柳枝辭》的藝術價值，並經由成彥雄《柳枝辭》具體作品內容
和情調等方面的分析，管窺當時金陵詩壇的創作背景和創作方式。
柳枝辭較集中地出現在金陵詩人群，說明柳枝辭以及詞體這種應歌
的文學對太平繁榮的城市生活的依賴。它們的出現，暗示了城市文
學尤其是詞體即將到來的繁榮，而成彥雄這組詩的意義在於，既不
脫離這種城市文學的背景，有應歌的穠麗柔婉之風，同時也沒有放
棄歷來文人詩自我抒情的傳統，不失典雅清美，因此能不被酒筵歌
席的場合完全拘限。

　　成彥雄的其它詩作，尤其是七絕，與其《柳枝辭》風格有類似之處。譬如一些詩作以女性生活爲表現對象，但較少直接刻畫相思離別，即便要表達這種情緒往往也是間接的、暗示的。如《新燕》一詩：「才離海島宿江濱，應夢笙歌作近鄰。減省雕梁並頭語，畫堂中有未歸人。」末二句方作款款叮囑口吻、點出燕已歸而人未歸，雖屬閨情詩系列，而能有清遠閒淡之風。

　　與《楊柳枝》相似，成彥雄還有一些七絕是截取日常生活場景、對其加意刻畫。如：

　　　臺榭沉沉禁漏初，麝煙紅蠟透蝦鬚。雕籠鸚鵡將棲宿，
不許鴉鬟轉轆轤。（《夕》）

　　　洞房脈脈寒宵永，燭影香消金鳳冷。猧兒睡魘喚不醒，
滿窗撲落銀蟾影。（《寒夜吟》）

兩詩皆描繪夜晚深閨情境，又都以對寵物的呵護爲中心，少有人物的直接活動，但在場景中往往營造出些許細小的情節，由此打破詩歌前半塑造的深凝靜止狀態，爲畫面般的舞臺和背景帶來小小的戲劇感。所謂「情節」也並非充滿情感動機、有首有尾的事件，而只是畫面中人稍縱即逝的微小動作。生活中往往有無數這樣的瞬間，它們看似瑣屑不堪，如同水面的漣漪，旋生旋滅，但並非無謂的消耗；看似不具深意、也不必深加探究，但其意蘊常常使觀看者品味不盡、而又難以言傳。這樣的詩歌依舊是抒情詩，但其抒情性不來自直接抒懷或代人抒懷，而正是來自所刻畫的場景與所敘情節間的張力。這些詩歌無疑受到晚唐豔麗詩風影響，寫法上與韓偓《已涼》相似：「碧闌干外繡簾垂，猩血屏風畫折枝。八尺龍鬚方錦褥，已涼天氣未寒時。」同樣用穠豔的辭藻渲染居室之景，不追求深刻意味，而是著意於當下瑣屑細節的精確描繪。相對而言，成彥雄詩更著重於對畫面中動態的敏銳捕捉，情節感更明顯，意蘊也就更加隱微。其精工富麗、隱約含蓄，充滿暗示，讓人想起溫庭筠的部分詞作；動態方面又讓人聯想起後來南唐畫家《韓熙載夜宴圖》一類的人物畫，儘管後者是長幅畫卷，但

就每一幅而言，仍有相似之處：看似無甚深意的細小情節構成了每幅畫面的中心、與前後幅共同成爲流動連貫的故事。一般來說，類似《夕》詩這種單獨的場景往往不太引人注意，它很可能也是某組詩中的一篇。恰好成彥雄現存詩中還有一篇《曉》：「列宿回元朝北極，爽神晞露滴樓臺。佳人卷箔臨階砌，笑指庭花昨夜開。」從其體裁和命名方式看，與《夕》詩應該爲同一組作品。另外，這類組詩雖然不是宮詞，但情調寫法上卻與宮詞相似，除了所描繪的環境、人物與宮廷無關，可以說它們是宮詞在權貴豪富階層的文學對應物，因爲它們所描繪的生活除了豪奢的規模和程度，在本質上是與宮廷生活相似的。詩人在寫作這類詩歌時，以自身眞實的生活體驗爲參照，常常寫得較爲細膩眞切，不像宮詞因所寫多涉宮廷隱秘生活、難以爲詩人所周知而容易失之空洞和類型化。

　　總之，成彥雄這些設色穠豔、描繪細膩的七言絕句，是晚唐以來豔麗詩風的餘波；從個人體驗來看，又反映了他對瑣屑情節、尤其細小動態的體察和表現偏好；其中部分題材風格相近的篇章，當時很可能是以組詩的形式存在，但早已亡佚。不過，就七絕的語言風格來說，成彥雄並非一味豔麗穠至，也時見疏野清新之風，如詠月之作：「王母妝成鏡未收，倚欄人在水精樓。笙歌莫占清光盡，留與溪翁一釣舟。」（《中秋月》）還有「獨上郊原人不見，鷓鴣飛過落花溪」（《會友不至》）這樣的句子，都不悖於當時南唐詩人對清美流轉詩風的崇尚。可以說，成彥雄與徐鉉等詩人，代表了李昇時代、即楊吳末至南唐早期金陵詩壇的新詩風所取得的成就。

　　另外，成彥雄現存28首詩中有4首爲五言：《杜鵑花》、《江上楓》、《夜夜曲》和《村行》，它們的基本體調屬於律絕，但格律又並非十分嚴格；除《夜夜曲》外，題材都較爲野逸，與鄉村、山野相關，而不是與城市、宴飲相關；風格上也同於傳統五言律絕的樸實簡淨一流。至少從這幾首五言來看，成彥雄五言詩的成就是不如其七絕的。這也體現出，無論有意識還是無意識，詩人往往會選取他最擅長的詩

歌體式或稱詩型，詩人個性與詩型質素間達到最契合狀態，才能創造出他們最好的作品。對南唐的金陵詩人來說，最合適的詩型應該是七言律絕。這一時期南唐較傑出的詩人，沈彬、徐鉉、成彥雄皆以七律或七絕為最優，也能說明這一問題。

第二章　中主時期南唐詩歌
及其文化背景

　　李璟時代（943～961 年在位）是南唐文化逐步成型、也是南唐詩最爲繁榮的時期。由於李璟天性好文，他即位後南唐的用人思想也隨即發生改變，由李昇時代的重視吏才轉爲重用文人，李璟的身邊由此聚集起一個規模不小的文士圈子，這些官僚文人的詩歌創作，成爲金陵詩壇的重要組成部分。李璟時期，南唐正式開始貢舉取士，詩歌是考試的內容之一，這不僅鼓勵了中下層文士對詩藝的刻苦學習和精心錘鍊，而且也使得他們通過貢舉考試向金陵彙聚，壯大了金陵詩壇。李璟時代長久處於對外戰爭的狀態，南唐對閩楚的戰爭只取得名義上的勝利，實際上對國力消耗甚大，但對於詩壇而言，閩楚的戰敗，卻也使得這兩地的詩人向金陵彙集，同時，戰爭也成爲此時南唐詩的內容之一，詩歌的表現對象得到擴大。此外，自李昇末年初露端倪的黨爭，在李璟時代走向尖銳和激化，這同樣進入了南唐詩的表現範圍。此時的南唐詩就這樣與南唐整個政治形勢聯繫在一起。從風格而言，好尙清奇的南唐詩風也在此時確立；南唐最優秀的詩人徐鉉在此時達到其創作的高峰，他最好的作品寫成於他在中主時期的兩次貶謫期間。以徐鉉和徐鍇爲代表，南唐的詩學思想也在這一時期得到總結性的表述。因此，無論從詩歌創作實績來看，還是從詩歌理論的總結

來看，此時的金陵詩壇都進入了全盛期。李璟時代，廬山詩壇也很引人注目。較之於主要由文官組成的金陵詩壇，此時廬山詩壇的主要成員是僧道、處士和求學廬山的士子，他們彼此之間在詩歌表現對象、作詩態度、詩風方面都呈現出許多的一致性，而與金陵詩壇相區別。但是，廬山詩壇並非就與金陵詩壇彼此隔絕不相交通，廬山詩壇有一些成員曾試圖進入金陵詩壇，李中便是一個從廬山到金陵、再踏上仕途的典型。

第一節　李璟時代南唐文化概況

中主李璟對於南唐文化特質的形成具有重要影響，他給南唐文化打上了自己的烙印，這就是他個性中文人氣質的一面。也正是由於此種氣質，使得作為李昇嫡長子的李璟，一直並不能令李昇滿意，直到在李昇靈前即位為止，李璟的地位一直是岌岌可危的。李璟不甚得李昇歡心，其重要原因在於當時南唐霸業初建、四鄰虎視，需要的是一個鐵腕式的人物，而李璟顯得文雅謙和，仁厚有餘而果敢英武不足，且十分愛好文藝：「一日，先主幸元子齊王宮，遇其親理樂器，先主大怒，切責數日。」〔註1〕這種親近文藝的個性正是李昇不滿的重要原因。最後李昇仍舊立李璟為嗣，並非是李璟的個性發生了轉變，而更多是遵循立嫡以長的慣例、避免引起諸子對嗣位的爭奪。以後來的歷史來看，李璟的即位的確是給南唐帶來了特殊的命運，雖然歷史有其必然，但毫無疑問，處於權力頂層的人物仍然對這種歷史走向負有相當的責任。南唐的政治軍事和文化局面正與李璟的個人氣質有著不可分割的聯繫，因此本章我們將首先分析李璟對南唐文化的直接影響，以及由於他的個人氣質所採取的政治軍事策略而間接對南唐詩風發生的影響。

〔註1〕馬令《南唐書》卷6種氏傳。

一、李璟時代南唐的文治及其影響

1、李璟時代南唐用人思想的改變及其影響

　　李璟熱愛文藝，他即位後很快顯示出與李昪不同的用人策略，文人開始得到重用。陸游《南唐書》徐鍇傳記載：「昪元中，議者以文人浮薄，多用經義法律取士。鍇恥之，杜門不求仕進。鉉與常夢錫同直門下省，出鍇文示之，夢錫賞愛不已，薦於烈祖，未及用而烈祖殂。元宗嗣位，起家秘書郎。齊王景達奏授記室。」〔註2〕由於昪元年間李昪看重的是經學與吏才，又尤其將後者作爲用人標準，對文學之才不甚重用。徐鍇以文才自許，不屑於由經義法律進身，希望通過文才得到進用，但他的這一願望要到李璟即位以後才得到實現，這直接說明李璟與李昪的用人傾向是不同的。

　　韓熙載在李昪、李璟兩朝獲得的不同待遇同樣表明了此時用人策略的轉變。韓熙載在後唐明宗天成年間南奔，時當楊吳初建、李昪當權，韓熙載有《江北行止》一文上李昪，詞辯縱橫，但並沒有得到重用，反而先後出爲滁、和、常三州從事。直到南唐代吳，韓熙載才被徵爲秘書郎，輔李璟於東宮。韓熙載不得李昪重用的原因，據馬令和陸游兩《南唐書》本傳所載，都與韓熙載佟汰放蕩、不拘名節有關，但《釣磯立談》的有關記載透露出更多消息：

　　　　山東有隱君子者，素負傑人之材，與昌黎韓熙載同時南渡。初以說干宋齊丘，爲五可十必然之論，大抵多指湯武伊呂事。齊丘謝曰：「子之道大，吾懼不能了此。」因引以見烈祖。烈祖曰：「江南之埒如覆甌，子幸何以教我？」對曰：「昔關中父老語劉德輿曰，長安千門萬戶，是公家百姓，五陵聯絡，是公家墳墓，捨此將欲何之？故小人亦以是爲明使君願，倘不能拓定中土，王有京洛，終不足言也。」烈祖頗喜其言，然以南國初基，未能用也。遂擢爲校書郎，廖以郡從事。雅非其所欲也，於是

〔註 2〕陸游《南唐書》卷 5 徐鍇傳。

放意泉石，以詩酒自娛。〔註3〕

此處的隱君子是與韓熙載同時南奔的史虛白，他不得重用，是由於其北伐的主張不爲李昇贊同。韓熙載和史虛白一樣，是力主北伐的。史載韓熙載將奔吳前，「密告其友汝陰進士李谷，谷送至正陽，痛飲而別。熙載謂谷曰：『吳若用我爲相，當長驅以定中原。』谷笑曰：『中原若用吾爲相，取吳如囊中物耳。』」〔註4〕韓熙載不爲李昇重用，跟他力主北伐也有很大關係。在李昇的心目中，韓熙載只是一介好大言驚世、未必有實際謀略和才幹的文士，因此終李昇之世，韓熙載都僅以文章際會，除了作爲文學侍從外，沒有得到更多的參政機會。韓熙載本人也洞悉李昇的用人觀，因此並不願意主動參與政事。李璟即位以後，韓熙載即刻得到重用，以虞部員外郎、史館修撰兼太常博士，並權知制誥。此時韓熙載一改在李昇時代不與政事的態度，章疏相屬，踴躍議政。〔註5〕這種轉變正是由於韓熙載十分瞭解李璟與李昇的不同，因此立刻抓住這一契機積極用世。韓熙載本身的軍事政治主張和生活態度並未改變，變化的是兩朝的用人思想。

其他文才優贍者也多有在李璟即位後得到重用的，如馮延巳、馮延魯兄弟。馮延巳、馮延魯兄弟原本也是李璟的東宮舊屬，在李璟即位後得到重用雖然並不意外，但背後同樣關涉到李昇與李璟用人思想的不同：「（馮延巳）及長，有辭學，多伎藝，烈祖以爲秘書郎，使與元宗遊處。累遷駕部郎中、元帥府掌書記。與陳覺友善，自結於宋齊丘，以固恩寵。同府在巳上者稍以計遷出之……烈祖季年亦惡之，復爲常夢錫彈劾，必欲斥去，未果而烈祖殂。元宗即位，延巳喜形於色……」〔註6〕馮延巳不得李昇晚年好感，固然直接由於結黨固寵、排除異己的行爲，但與李昇一貫重視吏才、有意抑制浮薄文人的用人

〔註3〕《全宋筆記》第一編（四），第243～244頁。

〔註4〕《資治通鑒》卷275後唐天成元年（926）八月丁酉，第8992頁。

〔註5〕參馬令《南唐書》卷13、陸游《南唐書》卷12韓熙載傳；《徐公文集》卷16《唐故中書侍郎光政殿學士承旨昌黎韓公墓銘》。

〔註6〕馬令《南唐書》卷21馮延巳傳。

思想有很大關係。李璟則由於自身氣質偏好的原因，始終將文才置於首位，甚至因馮延魯一言合旨而將其驟然擢至高位，這一點南唐當時的人已經明白指出並爲之憂慮：「（延魯）少負才名，烈祖時與兄延巳俱事元帥府。元宗立，自禮部員外郎爲中書舍人、勤政殿學士。有江州觀察使杜昌業者，聞之歎曰：封疆多難，駕御賢傑，必以爵祿。延魯一言合指，遽置高位，後有立大功者，當以何官賞之？然元宗愛其才，不以爲躐進。」〔註7〕

　　從數位文人在兩朝的不同際遇，顯示出李璟在人才使用上對文才的偏好。可以說，李昪在廣納賢才的名義之下，雖然也網羅了一些文人，但這些文人如韓熙載、馮延巳等人在當時並未得到重用，李昪對他們的任用是有限度的，至多是將其作爲文學侍從，李昪眞正重視的還是實際的謀略和吏才。由於李昪的謹愼務實，他用人時往往能在實際的吏能與文才之間保持平衡。不過李昪在位時間較短，並沒有形成一種行之有效的人才選拔制度，他的用人方略並未能固定下來。另外，由於李昪用韓熙載、馮延巳、馮延魯等人爲李璟的東宮官屬，實際上給李璟個性的發展造成了相當深刻的影響，這種濡染的結果李昪當日未必意識得到。李璟嗣位以後，由於好文的天性以及身邊的馮延巳等東宮舊屬的影響，很容易偏向文才一端，忽略實際吏能，打破了李昪曾經苦心保持的平衡。李璟對文才的任用和倚重，當然會對南唐政局帶來消極影響——文才出眾雖然並不意味著實際才具一定缺乏，但也不等於文才必然具有實幹，李璟往往聽信文士的言辭，以爲他們具有實幹才能，固然輕率而缺乏考慮，卻也是他個人較多文士浪漫氣質使然；另一方面，李璟的身邊長期集聚起一個文士圈子，他們的詩歌創作，成爲金陵詩壇的重要部分，爲南唐詩歌的發展帶來了很大影響，其中可以保大七年的君臣春雪詩唱和爲突出代表，這一點在後文中還將詳細論述。

〔註7〕陸游《南唐書》卷11馮延魯傳。

2、貢舉的開設對南唐學術和詩歌的影響

李璟對南唐政局和文化影響重大的另一舉措是開設貢舉取士。

南唐最初並不以科舉取士。對於李昪在位期間是否一直不曾開設貢舉，不同史書的記載有矛盾之處，一種說法是：「時貢院未備，士有獻書可採者，隨即考試。」〔註8〕「當時唐之文雅於諸國爲盛，然未嘗設科舉，多因上書言事拜官。」〔註9〕但也有相反的記載，如陸游《南唐書》載：「李徵古，宜春人也，昪元末第進士。」〔註10〕馬令《南唐書》也稱郭昭慶之父郭鵬爲保大初進士。〔註11〕陸游《南唐書·徐鍇傳》又云昪元間「多用經義法律取士」，可知李昪在位時期長久未曾開科取士，即使昪元末年有過科舉考試，也並未成爲常設制度。〔註12〕一直到李璟保大十年（952）二月，「始命翰林學士江文蔚知貢舉，進士廬陵王克貞等三人及第」〔註13〕。這才是南唐科舉考試制度化的起點。雖然此後貢舉因中書舍人張緯等人的阻撓曾一度停罷，但從保大十一年起又重新開科取士，直到宋人兵臨城下一直不輟。「自保大十年開貢舉，訖於是載，凡十七榜，放進士及第者九十三人，《九經》一人。」〔註14〕

如果僅計算實際登科人數，南唐開科取士的二十多年間只有不到一百人。這些人中以功業、著作得名後世的又是少數。即便如此，李璟開設貢舉仍然具有巨大的文化影響力：科舉考試既爲士子的進身之道提供了保證，也鼓勵了他們在學術和文學方面的進取。

〔註8〕馬氏《南唐書》卷10張延翰傳。

〔註9〕《資治通鑒》卷290後周廣順二年二月，第9475頁。

〔註10〕陸游《南唐書》卷8李徵古傳。

〔註11〕馬令《南唐書》卷14郭昭慶傳。

〔註12〕鄭學檬《五代十國史研究》便持這種意見，第87～88頁。另參周臘生《南唐貢舉考略（修訂稿）》，《孝感職業技術學院學報》2000年第3期，第59～64頁。

〔註13〕《資治通鑒》卷290後周廣順二年二月，第9475頁。

〔註14〕《續資治通鑒長編》卷16宋開寶八年（975）二月下，第336頁。

如果將南唐與吳越相比較，就能更清楚地看出南唐設立貢舉的意義。南唐與吳越歸宋以後，這兩地的文士在宋初文化中均佔有突出的地位，但兩地也有很不同的方面，這就是吳越最著名的博學能文之士如錢惟演、錢易等人往往出自吳越宗室，而在宋初著聲的原南唐文士則並非如此：徐鉉、張佖、張洎、杜鎬、舒雅、吳淑、樂史等人，皆非南唐宗室，而是大多起自寒素。著名文士的這種身份差異，與其故國是否曾開設貢舉是有關聯的。范仲淹曾對吳越長期不設貢舉表示遺憾：「錢氏為國百年，士用補蔭，不設貢舉，吳越間儒風幾息。」〔註15〕由於寒素文人難以進入中上層文官系統，因此入宋以後長時間裏也就較難在政壇和文壇上佔據一席之地。只有吳越宗室因為長期獨佔優越的文化資源，以家族的方式傳承文化，在入宋以後，他們也以世家大族的身份享有文化上的卓著聲譽和顯赫地位。

南唐的著名文士則並不限於宗室，這正是由於南唐開設了科舉、并經由科舉吸納寒素文人的緣故。徐鉉、張佖等人雖非經由進士出身，但如張洎、杜鎬、舒雅、吳淑、樂史等年輩晚於徐鉉等人、主要在中主後期以及後主時期入仕的文士，則大多由進士出身，這說明，越到後來、科舉越成為南唐文士進入仕途的常規方式，更多寒素文人通過科舉被吸納到文官系統中來。這一方面使得這批入仕的文士能夠獲得更好的文化資源、建立南唐的文化傳統；另一方面，也直接鼓勵了民間的好儒好文之風。這使得南唐在為宋所滅以後，仍然以較為優越的地域文化形態在宋初具有重要的影響，而不是像吳越宗室那樣僅僅以家族的方式傳承和延續。並且，南唐開設貢舉也使得原南唐境內的士人入宋以後更容易在科舉中獲勝，相反，吳越士人由於沒有這方面的經驗和準備，在科舉上取得成效就很遲緩。鄧小南已經注意到了這一點：「宋初吳越士人轉而業進士，至其初見成效，需要有一個過程；而投入貢舉較快的，正是原已具備一定經濟與文化條件、接觸外界較早

〔註15〕范仲淹《兵部侍郎致仕胡公墓誌銘》，《范文正公集》卷12，《四部叢刊》本。

的南方官員子弟。」〔註16〕吳越在太平興國三年（978）歸宋，其後十年即端拱元年（988），蘇州才有了第一位進士龔識，而龔識的父親龔慎儀，原係南唐給事中，後來曾知歙州。淳化三年（992），蘇州第二批登第的六位士子中有一位龔緯，則是龔識之弟。這更證明南唐開設貢舉對士子的影響是積極和長遠的。

以上是泛論開貢舉對一定地域文化風氣的影響，另外，李璟此舉還激發起南唐普遍的好學與好文的熱情。其實，前引范仲淹稱吳越因長期不設貢舉使儒風幾滅之語，已經從反面說明了進身之途的通塞與作為進身之資的儒學和文學的關係。與李昪時代僅以上書言事拜官不同，由於考試內容變為詩賦策論，文學與學術，尤其是儒學在其中所佔比重大大增加，這在實際上直接引導了士子的讀書興趣和方向，吸引他們去鑽研有可能成為考試題目的學問。中主時期伍喬以狀元及第，他的讀書經歷正可以說明科舉考試對士人讀書方向的指導作用：「伍喬，廬江人也。性嗜學，以淮人無出己右者，遂渡江入廬山國學，苦節自勵。一夕見人掌自牖隙入，中有『讀易』二字，倏爾而卻。喬默審其祥，取《易》讀之，探索精微。……喬出與郡計，明年，春試《畫八卦賦》、《齊後望鍾山》詩。」〔註17〕這裡讀《易》的指點雖然是以神秘啟示的形式出現，卻恰好反映了士子對科舉考試的追逐和熱衷，他們的讀書傾向很大程度上正是被這種考試內容所塑造和引導的。伍喬精於《易》學，一方面顯示出江南本來就有良好的易學傳統，另一方面，伍喬以學《易》登第，也會吸引當時的士子繼續用功於《易》。〔註18〕這是南唐貢舉與其學術之間互相激發的顯例。貢舉引

〔註16〕鄧小南《北宋蘇州的士人家族交遊圈——以朱長文之交遊為核心的考察》，《國學研究》第 3 卷，北京：北京大學出版社，1995 年。第 475 頁。

〔註17〕馬令《南唐書》卷 14 伍喬傳。

〔註18〕南唐文士重《易》，除伍喬以熟《易》中舉外，見於文獻記載的還有：周惟簡以講《易》著稱（《江南餘載》卷下），江直木有詩云「學易寧無道，知非素有心」（《徐公文集》卷 29《大宋故尚書兵部員外郎江君墓誌銘》），喬匡舜「遺命以《周易》、《孝經》置棺中」（《徐公文集》卷 16《唐故守尚書刑部侍郎喬公墓誌銘》）等。

發的士人對學術的鑽研熱情，一方面自然有益於學術本身的發展，另一方面，南唐士人的學術儲備和素養，雖然有為科舉考試所牽引的一面，但這並不妨礙它們成為南唐士人知識結構中的重要環節，並對其詩歌形成潛在的影響。

貢舉促進了南唐學術的發展，也因之對南唐詩風產生了較直接的影響：貢舉的常設和制度化，促進了詩藝的進步，也將一些廬山詩人吸引到金陵，伍喬、江為等求學廬山的士子紛紛到金陵參加科舉考試，左偃、許堅等廬山的處士也到金陵謀求出仕的機會，詩歌則常常成為他們的干謁之具。伍喬、江為等人的詩歌得到金陵詩壇的欣賞，進而在廬山和金陵詩壇之間形成詩風的交流。

二、南唐文化特質的初步形成

1、李璟：以文人為君主對南唐文化的影響

對於南唐文化特質的形成，中主李璟是一個重要的人物。他對南唐文化的影響，不僅在於前文談到的任用文人與開設貢舉，還有來自他本人氣質與個性的因素。在以文人而為君主的評價上，儘管後世更經常地將後主李煜視為代表，但李璟卻是更早也更突出的典型。李璟以文人而為君主，不僅為南唐的政局帶來影響，也給南唐文化打上了他個人的深刻烙印。

與開創南唐基業的烈祖李昇不同，李璟的個性顯得不那麼務實，在逆境中顯得儒儒、順境中則易於貿然行事，他本質上更接近一個浪漫的文人而非冷靜的政治家。在他發動閩楚戰爭一事上，陸游的評價是：「自以唐室苗裔，訹於斥大境土之說，及福州湖南再喪師，知攻取之難，始議弭兵務農。」〔註19〕李璟完全違背李昇當年所定保守疆土的國策而連連出師，正與他對現實缺乏冷靜的判斷有關。李璟對於戰爭、開疆拓土抱持的是一種文人式的浪漫想像，為想像所激動，卻較少有對於現實和後果的詳實考慮。陸游稱其出於以唐室苗裔自任的

〔註19〕陸游《南唐書》卷 2 元宗本紀。

心態，是很有洞見的。下面這段記述最典型地體現了李璟對開疆拓土所持有的態度：

> 保大中，查文徽、馮延魯、陳覺等爭爲討閩之役，馮延巳因侍宴爲嫚言曰：先帝齪齪無大略，每日戰兵自喜。邊鄙偶殺一二百人，則必齎咨動色，竟日不怡。此殆田舍翁所爲，不足以集大事也。今陛下暴師數萬，流血於野，而俳優燕樂不輟於前，真天下英雄主也。元宗頗領其語。〔註20〕

李璟竟然接受馮延巳的諂媚，以自己在陳兵鏖戰之時燕樂自如爲英雄氣概的表現。這種表現固然形似於東晉謝安在淝水之戰的危急時刻依然與客圍棋自若的舉止，但謝安的鎮定自若僅僅是表象，當前線捷報傳來，他喜不自勝到連自己屐齒折斷也不曾覺察，正顯示其焦慮掩蓋之深，此前的冷靜不過是其矯情鎮物的一貫表現。李璟的「暴師數萬，流血於野，而俳優燕樂不輟於前」並不具有如此內涵和深意，他不像謝安是對戰爭有著充分準備卻又缺乏必勝信心的矯情鎮物，而是由於文人對戰爭缺乏實際經驗、僅僅出於主觀想像而將形勢估計得過於樂觀。這是一種典型的文人浪漫心態。他的這種心態又對南唐士風產生了影響，南唐士人較普遍地追慕東晉南朝事功與自然並重的風氣，也與李璟浪漫的文人心態有密不可分的關係。

此外，李璟開設貢舉，雖然不可否認首先是出於將人才選拔加以制度化的現實需要，但同時也有李璟以唐朝後裔自居、希望接續盛唐文化的意圖。這樣的心態，與李璟的成長環境不無關係。李昇在位的昇元年間是南唐最爲安定繁榮的時期，南唐的全盛賦予了青年時期的李璟空前的信心，促成了他後來貿然用兵四鄰。此外，李璟青年時代即與之遊從的馮延巳，有好大喜功的躁進心態，他在昇元年間就曾向烈祖首倡伐閩、吳越、楚之議，當時只有二十六歲的李璟也在場。〔註21〕雖

〔註20〕《釣磯立談》，《全宋筆記》第一編（四），第 226 頁。

〔註21〕《釣磯立談》，《全宋筆記》第一編（四），第 226 頁。另參夏承燾《馮正中年譜》，《夏承燾集》第一冊，杭州：浙江古籍出版社、浙江教育出版社，1997 年版，45～46 頁。

然李昪沒有採納馮延巳等人開疆拓土的建議，但李璟嗣位以後卻迅速將其付諸實施，恐怕就與平日受馮延巳等人影響有密切關係。難以否認，李璟浪漫的文人心態對其處理南唐的政事是有影響的。

　　就個人文藝才能來看，李璟愛讀書，也喜好作詩和寫詞。「多才藝，好讀書，善騎射」〔註22〕；「音容閒雅，眉目若畫。趣尚清潔，好學而能詩」〔註23〕；「天性雅好古道，被服樸素，宛同儒者，時時作爲歌詩，皆出入風騷，士子傳以爲玩，服其新麗」〔註24〕。李璟也喜好音樂，並能親奏樂器。書法方面，李璟造詣也很高。《佩文齋書畫譜》載：「鍾陵清涼寺有元宗八分題名、李蕭遠草書、董羽畫海水，謂之三絕。」〔註25〕古今法帖之祖《昇元帖》也是李璟在保大七年（949）命人摹勒。〔註26〕以這樣一種親近文藝的個性，他早年一度在廬山構築讀書堂、準備隱居其間的舉動，〔註27〕就不完全是由於儲嗣之位不穩而以退爲進，其中也包含了他真實的喜好與他本來的個性傾向。李璟的身上，表現出一種全面的文藝愛好與素養，這不僅在之前歷代君王中少見，在文人中也不多見，直到宋代，這種力求面面俱到的文藝修養才成爲文人身上較普遍的現象。在宋人對南唐文化的緬懷與追慕中，對這種全面文藝修養的景仰佔據了重要地位。實際上，宋人是把李璟、李煜也視作南唐文士的，並認爲二人是其中最傑出的典範。

　　性之所近，愛好文藝的李璟也頗喜歡與文雅多藝之士遊處，馮延巳、馮延魯、韓熙載都因此被他賞識，其中又以馮延巳最得其親信。關於馮延巳其人，馬令《南唐書》本傳記載：「有辭學，多伎藝，烈

〔註22〕陸游《南唐書》卷2中主本紀。

〔註23〕《江南野史》卷2，《全宋筆記》第一編（三），第169頁。

〔註24〕《釣磯立談》，《全宋筆記》第一編（四），第228頁。

〔註25〕《佩文齋書畫譜》卷31，影印文淵閣《四庫全書》本。

〔註26〕關於《昇元帖》爲中主李璟而非後主李煜命人摹勒，參看夏承燾《南唐二主年譜》保大七年條考辨，見《夏承燾集》第1冊，第96～97頁。

〔註27〕陸游《南唐書》卷2元宗本紀：「少喜棲隱，築館於廬山瀑布前，蓋將終焉，迫於紹襲而止。」

祖以爲秘書郎，使與元宗遊處。……元宗愛其多能而嫌其輕脫貪求，特以舊人不能離也。孫晟面數之曰：君常鄙晟，晟知之矣。晟文筆不如君也，技藝不如君也，談諧不如君也，諛佞不如君也，然上置君於親賢門下者，期以道藝相輔，不可誤邦國大計也。聞者韙其言。」顯見他是一個藝能多方之士，儘管輕脫躁進，李璟卻很難斥絕其人。《釣磯立談》也曾經提到馮延巳的個性魅力：「馮延巳之爲人亦有可喜處，其學問淵博，文章穎發，辨說縱橫，如傾懸河，暴而聽之，不覺膝席之屢前，使人忘寢與食。」〔註28〕在文學才能方面，馮延巳「工詩，雖貴且老不廢，如『宮瓦數行曉日，龍旗百尺春風』，識者謂有元和詞人氣格。尤喜爲樂府詞」〔註29〕。馮延巳的學問、技藝、談諧、文辭皆可觀，即便其政敵孫晟也無法否認這一點，李璟也因爲欣賞其才華藝能而重用他。

　　單看李璟本人的詩歌創作，並不醒目，遠不如其詞的成就。李璟詩現存完整的只有一首七律，即《春雪詩》：

　　　　珠簾高卷莫輕遮，往往相逢隔歲華。春氣昨宵飄律管，東風今日放梅花。素姿好把芳姿掩，落勢還同舞勢斜。坐有賓朋尊有酒，可憐清味屬儂家。〔註30〕

以及幾聯斷句：

　　　　靈槎思浩渺，老鶴憶崆峒（《古今詩話》：璟割江之後，遷都豫章，每北望忽忽不樂，作詩有此句。）

　　　　蒼苔迷古道，紅葉亂朝霞（廬山百花亭刊石）

　　　　棲鳳枝梢猶軟弱，化龍形狀已依稀。（十歲詠新竹）〔註31〕

〔註28〕《釣磯立談》，全宋筆記》第一編（四），第 227 頁。

〔註29〕陸游《南唐書》卷 11 馮延巳傳。

〔註30〕《全唐詩》卷 8 題爲《保大五年元日大雪同太弟景遂汪王景逷齊王景達進士李建勳中書徐鉉勤政殿學士張義方登樓賦》（第 70 頁），此題疑爲後人所加。另外，《全唐詩》同卷還收入《遊後湖賞蓮花》，也題爲李璟作，但《全唐詩補編》已引《分門古今類事》證此爲李煜詩、非李璟詩（第 1399 頁）。

〔註31〕《全唐詩》卷 8，第 71 頁。

以現存詩作來看，李璟顯然稱不上優秀的詩人，但他作爲一個喜好文
藝的君主，將馮延巳等文雅多藝之士集聚到自己身邊、經常切磋交
流，推動了南唐對文藝的普遍愛好。保大七年（947），李璟召集大規
模的春雪詩唱和，前引《春雪詩》即李璟的原唱。〔註32〕愛好文藝的
風氣所及，甚至武將也學作詩，史稱刁彥能「喜讀書，委任文吏，郡
政修理。亦好篇詠，嘗與李建勳贈答。建勳奏之。元宗笑曰：吾不知
彥能乃西班學士也」〔註33〕。不僅南唐詩在李璟時代走向繁榮，南唐
詞更成爲五代時期除西蜀詞以外的另一重鎮，這與李璟對音樂和文學
的喜好也是分不開的。南唐詞的發展要略晚於西蜀，據歐陽炯的序，
《花間集》在 940 年已經結集，時當南唐烈祖李昇昇元四年，馮延巳
三十六歲，李璟方二十五歲，李煜僅四歲，南唐詞最重要的這三位作
者此時要麼還沒有登上詞壇，即便當時馮延巳已經有一些詞作問世，
但此時塡詞的風氣在南唐遠遠談不上普遍。只有到了中主李璟在位時
期，南唐詞的相關事迹才逐漸見於載籍，其中李璟與馮延巳關於「風
乍起」的爭論可視爲南唐君臣醉心於詞藝的最典型例子。〔註34〕這說
明，李璟的在位，的確對南唐文學尤其是詩和詞的創作起到了重要推
動作用。

　　李璟時期，南唐相對於五代十國其他地域的文化優勢已經展露出
來，以至於李璟本人對江南文化也相當自負，甚至曾經斷言：「自古
江北文士不及江南之多。」〔註35〕這固然有過於自負之嫌，當即便遭
到臣下的反駁，不過李璟的話也並非全無道理，當時江南文化的繁榮
確實是其它地域所不及的，我們在後文還將涉及這一問題。

〔註32〕徐鉉《御製春雪詩序》、《後序》，《徐公文集》卷18。另參夏承燾《南
　　　　唐二主年譜》考訂此次春雪唱和詩不在保大五年，而是在保大七年，
　　　　可從。見《夏承燾集》第 1 冊，第 95～96 頁。
〔註33〕馬令《南唐書》卷 11 刁彥能傳。
〔註34〕馬令《南唐書》卷 21 馮延巳傳。
〔註35〕《江南餘載》卷上，《全宋筆記》第一編（二），第 239 頁。

2、韓熙載與南唐士風的新動向

李璟在位時期，南唐出現了可資注意的新士風，這就是追慕魏晉士人尤其是東晉士人名教與自然並重、兼具事功和風流的人格好尙。東晉士風的典型特點是門閥士族文化下的名教自然合一人格模式的建立，所謂名教自然合一的人格模式，即「重在由名教的精神去理解自然人格的含義，並從自然人格中去體現出他們心目中的名教精神，『自然』的涵義就是要個性自由；人格自然即指風流調達、韻情高亮等等」；名教自然合一的宗旨就是「將自然玄遠的作風與躬自實行的精神結合起來」。〔註36〕在東晉士族中這種結合的典範就是以謝安、王導爲代表的中興名臣，既有爲政之實，又能風流調達——當時風流的表徵，最顯著的如清談、雅量、弘裕等。其中，謝安通常又被認爲是比王導更符合名教自然合一理想的人格模式，更能體現東晉風流。當時人認爲謝安爲政可比王導，而文雅則更過之；〔註37〕後來甚至連王導的五世孫王儉也說，江左風流宰相，唯謝安一人而已。〔註38〕到中主李璟時代，南唐出現的新士風實際上是以對東晉風流的追慕、尤其又以謝安在南唐士人心目中的崇高地位爲突出特徵。

南唐士風的這種新傾向在前引馮延巳對李璟用兵與燕樂兩不誤的稱讚中、以及李璟對這一稱讚的受用中已經表現得很明顯。這種稱讚的比照對象正是東晉名教與自然並重、事功與風流兼備的代表人物謝安。由於南唐所處偏安江左的形勢與東晉很相似，所受來自北方中朝的威脅也類似於東晉當時所受來自前秦的壓力，而南唐當時的文化優勢也與東晉以正朔所在自居有相似之處，這種歷史情勢和文化地位的相似帶來了南唐對東晉南朝文化的認同和模仿。加之南唐都城金陵

〔註36〕錢志熙《魏晉詩歌藝術原論》第五章《東晉詩歌與士族文化》，北京：北京大學出版社，2005 年版。第 252、254 頁。

〔註37〕《晉書》卷 79 謝安傳，北京：中華書局 1999 年簡體橫排本，第 1380 頁。

〔註38〕《南齊書》卷 23 王儉傳，北京：中華書局 1999 年簡體橫排本，第 290 頁。

又正是東晉舊都建康所在，地域上的疊合，更使得南唐詩人易於以懷古的形式表現對東晉的想像和認同。對南唐文士而言，追摹的典範又落在了最能代表東晉門閥士族文化精神的謝安身上。除了馮延巳和李璟潛在地以謝安爲模仿對象以外，南唐文士尤其是高級文官也常常表達對謝安的仰慕。徐鉉有詩《謝文靜墓下作》：

> 越徼稽天討，周京亂虜塵。蒼生何可奈，江表更無人。
> 豈憚尋荒壟，猶思認後身，春風白楊裏，獨步淚沾巾。〔註39〕

此詩約作於保大五年（947）正、二月間。〔註40〕契丹於上年十二月滅後晉，南唐不少人將此時當作絕好的北伐機會，徐鉉也認爲此時形勢所需要的正是謝安那樣具有挽瀾扶傾之力的才傑之士，但是南唐卻因爲正在對福建用兵無力北顧而錯失良機。徐鉉此詩便借著對謝安大濟蒼生才能的仰慕和追懷表達了對現實的深深惋惜和憂慮。

　　如果說徐鉉對謝安的追懷體現的是對東晉士人事功一面的注重，流露出南唐儒士對擔當家國責任的自我期許，韓熙載則無疑是以一種更極端的方式從功業和風流、名教和自然兩方面詮釋了南唐文士對魏晉風度的追摹情結。

　　功業上的自我期許，南唐文士中少有人能出韓熙載之右。在南奔吳以前，韓熙載便以北伐恢復中原爲己任，他曾經向朋友吐露抱負：「吳若用我爲相，當長驅以定中原。」〔註41〕但南奔之初，韓熙載並不爲李昇看重，直到李璟即位以後，韓熙載才得到重用，他的政治熱情被激發出來，人生進入一段短暫的奮發有爲時期：他一改在烈祖時候的不與政事，章疏相屬，踴躍議政。〔註42〕但是韓熙載的政治熱情沒能得到更多有利的生長土壤，南唐很快就因對閩楚的戰爭將國力消耗殆盡，無力北顧，他在南唐朝廷中也因宋齊丘、馮延巳等人的嫉恨

〔註39〕《徐公文集》卷2，題下原注：「時閩嶺用師契丹陷梁宋。」
〔註40〕此詩繫年參照《唐五代文學編年・五代卷》後漢天福十二年（947）
　　　　南唐徐鉉條，第395頁。
〔註41〕《資治通鑑》卷275後唐天成元年八月丁酉條，第8992頁。
〔註42〕陸游《南唐書》卷12。

遭到排擠，這種處境下的韓熙載愈發表現出一種放誕不羈的態度。《南唐近事》載：「韓熙載放曠不羈，所得俸錢，即爲諸姬分去。乃著衲衣負匡，令門生舒雅報手板，於諸姬院乞食，以爲笑樂。」〔註43〕乞食歌姬院的舉動成爲其不守名檢的標誌。這種過度的任誕也一直成爲他身上的瑕疵，即便在他身後，頗尊崇他的徐鉉也不得不在通常爲尊者諱、爲逝者諱的墓誌銘中委婉批評道：「公少而放曠，不拘小節，及年位俱高，彌自縱逸，擁妓女，奏清商，士無賢愚，皆得接待。職務既簡，稱疾不朝。家人之節，頗成寬易。雖名重於世，人亦訝其太過。」〔註44〕韓熙載的放誕不羈固然是由於其先天個性及成長的家世，「年少放蕩，不守名檢」〔註45〕，「家故富豪，頗好侈汰」〔註46〕，但他後來的愈加縱誕、不加節制並不能完全由此得到解釋。實際上，他的縱誕並非完全出自個性，而是具有相當大的表演成分，部分是出於逃避擔當現實責任的考慮。「然性忽細謹，老而益甚，畜妓四十輩，縱其出，與客雜居，物議囂然。熙載密語所親曰；『吾爲此以自污，避入相爾，老矣，不能爲千古笑端。』」〔註47〕韓熙載從最初以經營北方爲己任，到晚年對入相避之唯恐不及，前後的行爲幾乎呈現出完全的異轍和反向。他雖然追慕謝安，卻與之有根本區別。謝安始終在名教和自然、功業和風流兩者之間維持著近乎完美的平衡，從來沒有忘記名教與事功，即便一度隱居東山，也更多類似於終南捷徑、是爲養望待時而動。韓熙載則漸漸走向了對功業和名教近乎徹底的背離，完全傾向於自然、風流一端，也因此加重了他晚年縱誕人格中人爲和

〔註43〕（宋）鄭文寶《南唐近事》卷2，《全宋筆記》第一編（二），第225頁。

〔註44〕《徐公文集》卷16《唐故中書侍郎光政殿學士承旨昌黎韓公墓誌銘》。另外，關於韓熙載帷薄不修的記載各書多有，如《釣磯立談》、《南唐近事》、《清異錄》卷3「自在窗」條、《五代史補》卷5「韓熙載帷薄不修」條等。

〔註45〕陸游《南唐書》卷12韓熙載傳。

〔註46〕《釣磯立談》，《全宋筆記》第一編（四），第244頁。

〔註47〕陸游《南唐書》卷12韓熙載傳。

表演因素的成分。因此，儘管韓熙載在當時被認爲是南唐的謝安，死後追諡爲文靖、葬於謝安墓側，爲江南人臣之禮所未有，〔註48〕但他的縱妓不拘、乞食歌妓院等舉動畢竟與謝安的擁妓遊山有著很不相同的意味，標誌著他在名教與自然之間放棄了謝安式的平衡而傾向自然、并導致過分的任縱，也招來了身前身後的惋惜和批評之聲。

　　從追慕事功與風流並重，到最終迫於內外形勢而放棄了功業理想，韓熙載幾乎可以作爲南唐肇始於李璟時代的這樣一種士風的代表，即既具有政治才幹，兼具文才藝能，又注重物質生活的享樂，放誕任縱，而由於事功、名教這一面的難以達成，自然、風流這一面就格外凸顯出來。中主李璟本來精通音樂，剛即位時，宮廷樂部人才不少，時常陪宴作樂，後來由於教坊樂人王感化的諫諍才有所疏遠。〔註49〕重伎樂的風氣所及，權貴間也頗受習染，李璟時代的南唐，普遍的風氣是「大臣亦方以豪侈相高，利於廣聲色」〔註50〕，以至於烈祖時代所立不得私下買賣奴婢的法令此時由於廣選聲色的風氣而不得不廢止：「昇元之法，禁以良人爲賤，賣奴婢者通官作券，至是，馮延魯等欲廣置妓妾，因矯遺制許民私賣己子。」〔註51〕更甚者，如「陳致雍熟於開元禮，官太常博士。國之大禮，皆折衷焉。與韓熙載最善，家無擔石之儲，然妾伎至數百，暇奏霓裳羽衣之聲，頗以帷薄取譏於時。」〔註52〕陳致庸、韓熙載二人皆以知禮聞名，都曾爲太常博士，〔註53〕但二人卻也同時以放誕任縱著稱，極端地體現了當時南唐士人對所謂自然、風流的追逐。與烈祖時代李建勳等人以明哲保身爲主、偶有清談簡逸的士風相比，這無疑是此時南唐士風新的動向。

〔註48〕《釣磯立談》，《全宋筆記》第一編（四），第 245 頁。

〔註49〕馬令《南唐書》卷 25 談諧傳。

〔註50〕陸游《南唐書》卷 15 蕭儼傳。

〔註51〕馬令《南唐書》卷 22 蕭儼傳。

〔註52〕《江南餘載》卷上，《全宋筆記》第一編（二），第 244 頁。

〔註53〕見《徐公文集》卷 16《唐故中書侍郎光政殿學士承旨昌黎韓公墓銘》、馬令《南唐書》卷 13 韓熙載傳。

　　任誕以外，南唐新士風的諸種表現中，有文才、多藝能這一點佔有特別重要的位置，文學藝術成爲南唐士人的唯美生活及人格中超越一面的重要表現。這種好藝能的風尚與李璟這位喜愛文藝的國君的推動實在有很大關係，馮延巳就是以能詩詞、多藝能而被李璟親近。仍以韓熙載爲例，他在身後得到「風流儒雅，遠近式瞻」的評價，不能簡單視爲豪縱任誕行爲邀沽來的聲譽，更主要的還在於其文采風流。徐鉉在功業與才學上與韓熙載齊名，他的評價足資參考：

　　　　熙載學問精瞻，辭氣亮直。本以通識，濟之奇文。〔註54〕

　　　　公之爲人也，美秀而文，中立不倚，率性而動，不虞悔吝。聞善若驚，不屑毀譽。提獎後進，爲之聲名，片言可稱，躬自諷誦。再典歲舉，取實去華，故其門人多至清列。屢從譴逐，殆乎委頓。俯視權倖，終不降心。見理尤速，言事無避。凡章疏焚槁之外，尚盈編軸焉。審音妙舞，能書善畫，風流儒雅，遠近式瞻，向使檢以法度，加以慎重，則古之賢相無以過也。〔註55〕

前一段評價出自韓熙載拜太常博士時徐鉉撰寫的敕命文書，可以視作對韓熙載的官方評價，也是韓熙載被認爲是南唐忠臣、名臣的重要原因。其中「辭氣亮直」屬於名教與事功，而「學問」、「通識」、「奇文」則是才學藝能。後一段評價雖然出自徐鉉爲韓熙載所撰墓誌銘，但不能完全視爲諛墓之辭，作爲身後評價，墓誌銘必須既反映時人公論，又包括徐鉉個人對他的深刻瞭解與判斷。「率性而動」已經從韓熙載任縱不拘的舉止中得到印證，「美秀而文」、「審音妙舞，能書善畫」則是時人對其風流儒雅的直觀記錄。我們還可以從後人的記載中得到更詳細的信息：

　　　　後房蓄聲妓，皆天下妙絕，彈絲吹竹、清歌豔舞之觀，所以娛侑賓客者，皆曲臻其極。是以一時豪傑如蕭儼、江

〔註54〕徐鉉《虞部員外郎史館修撰韓熙載可太常博士制》，《徐公文集》卷8。
〔註55〕徐鉉《唐故中書侍郎光政殿學士承旨昌黎韓公墓銘》，《徐公文集》卷16。

文蔚、常夢錫、馮延巳、馮延魯、徐鉉、徐鍇、潘祐、舒雅、張洎之徒，舉集其門。熙載又長於劇談，與相反覆論難，多深切當世之務。〔註56〕

　　熙載畜女樂四十餘人……喜提獎後進，每見一文可採者，輒自繕寫，仍爲播之聲名。善譚論，聽者忘倦。審音能舞，分書及畫，名重當時，見者以爲神仙中人。〔註57〕

　　書命典雅，有元和之風。與徐鉉齊名，時號韓徐。……熙載才氣逸發，多藝能，善談笑，爲當時風流之冠，尤長於碑碣，他國人不遠數千里齎金帛求之。〔註58〕

韓熙載長於論議，這與東晉南朝士人熱衷清談相似；喜歡別人的好文章，自己的詔誥書命典雅雍容，尤其擅長寫作碑碣之文；又長於八分書及畫作；至於他審音妙舞，最能說明這一點的莫過於傳說爲顧閎中所作的名畫《韓熙載夜宴圖》。〔註59〕圖中，韓熙載聽樂、擊鼓、觀舞，尤其圖中他親自擊羯鼓爲王屋山六么舞伴奏，顯示出深厚的音樂素養。

　　我們還從各種軼事記載中得知，韓熙載對聲樂、俳戲頗有興趣，不但與俳優藝人交往密切，還曾親自裝扮表演。據北京故宮所藏《韓熙載夜宴圖》後隔水佚名所書韓熙載小傳，記載圖中與韓熙載會飲者之一有教坊副使李家明，小傳雖未注明材料來源，但應該是有所本的。李家明好作俳戲諷刺，是中主時期著名優人，入馬令《南唐書·談諧傳》：

　　初，景遂、景達、景逷皆以皇弟加爵，而恩未及臣下。因置酒殿中，家明俳戲，爲翁媼列坐，諸婦進飲食，拜禮

〔註56〕史□《釣磯立談》，《知不足齋叢書》本。

〔註57〕馬令《南唐書》卷13韓熙載傳。

〔註58〕陸游《南唐書》卷12韓熙載傳。

〔註59〕目前學術界通常認爲北京故宮所藏《韓熙載夜宴圖》是南宋中期人的摹本，但人物、情節、畫面安排都應該與南唐顧閎中的原作相去不遠。相關論述參徐邦達《古書畫僞訛考辨》上冊顧閎中一節（南京：江蘇古籍出版社，1984）及巫鴻《重屏：中國繪畫中的媒材和再現》（文丹譯，上海：世紀出版集團上海人民出版社，2009）。

頗繁,翁嫗怒曰,自家官、自家家,何用多拜耶?(原注:江浙謂舅爲官,謂姑爲家)元宗笑曰,吾爲國主,恩不外覃。於是百官進秩有差。〔註60〕

韓熙載與著名俳優李家明的交往,是以對音樂、俳戲的喜歡和熟悉爲前提的。另外,韓熙載自家就蓄養有大量女樂,請李家明來指導自家伎樂俳優也不無可能。

其他有關韓熙載的記載中還有數條是與俳優演劇相關的:

《釣磯立談》曰:「熙載月俸爲群妓所分,日不能給,常敝衣履,作瞽者,操獨弦琴,俾舒雅執板挽之,隨房乞丐以給日膳。陳致雍家屢空,蓄婢數十輩,與熙載善,亦累被左遷。公以詩戲之云:『陳郎衫色如裝戲,韓子官資似弄鈴。』後主每伺其家宴,命待詔顧閎中輩丹青以進。」〔註61〕

先看韓熙載的這兩句詩,所謂「陳郎衫色如裝戲」是嘲諷陳致雍累被左遷,官服總在改換,如同伶人作劇頻頻換裝;下句中的「弄鈴」就是弄丸,張衡《西京賦》描寫雜技表演「跳丸劍之揮霍,走索上而相逢」,唐張銑注:「跳,弄也。丸,鈴也。揮霍,鈴劍上下貌。」〔註62〕這裡韓熙載是用「弄鈴」自嘲俸祿進出如同弄丸人不停拋接丸鈴、手中所剩卻總是只有一個。如果說「弄鈴」的比喻還只是表明韓熙載對漢代以來就有的雜技、百戲熟悉有加,「裝戲」一詞的使用則表明他對演劇也是不陌生的。因此我們推測,馬令《南唐書》所載韓熙載「畜女樂四十餘人」,這裡的「女樂」未必專指習音樂的聲伎、樂伎,可能也包括了演劇的伶人在內。

大概正由於平日的習染,韓熙載本人甚至會親自裝扮作劇:

舒雅世爲宣城人,姿容秀發,以才思自命,因隨計金陵,以所學獻於吏部侍郎韓熙載。一見如疇昔,館給之。雅性巧黠,應答如流。熙載待之爲忘年之交,出入臥内,

---

〔註60〕馬令《南唐書》卷25。
〔註61〕(清)周在濬《南唐書注》卷12韓熙載傳注引,《嘉業堂叢書》本。今存諸本《釣磯立談》皆不見此條。
〔註62〕《六臣注文選》卷2,北京:中華書局,1987年版,第59頁。

曾無間然。熙載性懶，不拘禮法，常與雅易服燕戲，猱雜
侍婢，入末念酸，以爲笑樂。〔註63〕

韓熙載和自己的門生舒雅換上戲裝，角色分明，注重科白，俳諧娛樂，
這已經是頗爲正規的戲劇表演了。表演的內容，應該包括前引《釣磯
立談》入諸姬院乞食之舉，即所謂「常敝衣履，作瞽者，操獨弦琴，
俾舒雅執板挽之，隨房乞丐以給日膳」，也就是扮作衣裳破爛的盲人
到各房姬妾處操琴乞討。二者應爲同一性質的戲弄。這裡涉及到不少
戲劇史的內容，如對於「末」、「酸」是否就是指後世的角色行當，以
及這些材料反映的到底是南唐當時的情形還是史料寫定時代的情
形，戲劇史學者也不無疑惑。我們認爲，當前引各材料一起出現，足
以說明南唐時大致的演劇情形了。當時戲劇雖然還不脫俳諧，隨事作
諷，情節顯得較爲單薄，但已構成權貴娛樂生活中重要的一部分，尤
其在韓熙載這裡。

　　韓熙載與俳優交往，不避猱雜，擊鼓操琴，甚至易服燕戲、入末
念酸，以爲笑樂，不能不讓我們回想起曹植，他也曾經傅粉科頭，爲
邯鄲淳表演胡舞、椎鍛、跳丸、擊劍、誦俳優小說數千言等技藝，然
後「更著衣幘，整儀容，與淳評說混元造化之端，品物區別之意，然
後論羲皇以來賢聖名臣烈士優劣之差，次頌古今文章賦詠及當官政事
宜所先後，又論用武行兵倚伏之勢」〔註64〕。一面表現市井百戲的遊
藝技能，一面表現治化經綸的見識才具，韓熙載的行爲與曹植也頗有
相似之處，這當然體現了南唐士人對魏晉風度的傾慕。對韓熙載來
說，他由對謝安事功與自然兼得的希企追摹，走向虛無放廢、頹唐任
誕的行事極端，有其個別性，並非南唐士人最普遍的情形，但無論表
現爲哪一種情況，背後所體現的南唐士人對魏晉風流的認同和追摹，

〔註63〕馬令《南唐書》卷 22 舒雅傳。
〔註64〕魚豢《魏略》，（宋）王欽若等編《冊府元龜》卷 266 引，周勛初等
　　　校訂，南京：鳳凰出版社，2006 年版，第 3023 頁。另參《魏書・阮
　　　瑀傳》裴松之注引《魏略》（中華書局，1959，第 603 頁），文字稍
　　　有不同。

則是較爲普泛的時代風氣。這種風氣，不一定馬上和直接地反映在文學、尤其是詩歌中，但它潛移默化地浸潤於作爲詩歌創作主體的文人的身心，間接地爲這一時期的詩歌帶來一種風華流麗的格調。

第二節　金陵詩壇的壯大與成熟

中主李璟在位時期不到二十年，但此時書法、繪畫、文學等各門文化藝術都走向繁盛，尤其是詩歌在這一時期獲得較多的成績，我們所熟知的馮延巳詞基本產生在這個時期，李璟本人的詞作儘管只有四首存世，成就和影響卻不容忽視。僅以狹義的詩來說，這個時期的南唐詩也在走向發展和成熟。彙聚了眾多文人、作爲南唐詩歌重要組成部分的金陵詩壇此時走向壯大，新的詩風也在此時走向成熟和自覺。

一、金陵詩壇的壯大

這一時期金陵詩壇力量的壯大主要從兩個方面體現出來，一是南唐高層文官中能詩之士構成了金陵詩壇的主體，他們的力量經由幾次規模較大的唱和得到了檢閱；一是金陵詩壇又通過科舉吸納了新的士子進入其中，此外，別的地域的詩人也進入到金陵詩壇中來，但是這種吸納又不是無條件的、而是有所選擇的。這種對外來詩人選擇性的接受背後有著金陵詩壇對自身新詩風的自覺。

1、從三次唱和看金陵詩壇力量的壯大和新因素的出現

首先，金陵詩壇的壯大可以從高層文官的唱和規模體現出來。金陵詩壇在李昪昇元年間初步形成的時期，雖然也有唱和，但規模很小，現今留存的只有徐鉉、江文蔚、蕭儼、殷崇義等幾人之間的寥寥幾篇作品。〔註65〕到保大年間，金陵高層文官之間的唱和陡然增多，且規模也較昇元年間大得多，見於記載的規模較大的唱和有保大七年、九年和十四年這三次：

〔註65〕參本文第一章《李昪時代楊吳及南唐的詩歌與文化》第二節「金陵詩壇的初建及其代表詩人」。

　　按照徐鉉《御製春雪詩序》及《後序》，保大七年（949）元日這天大雪，李璟召集太弟李景遂以下展宴賦詩。奉和者共 21 人，包括太弟景遂、齊王景達、李建勳、朱鞏、常夢錫、殷崇義、游簡言、景運、景遜、張義方、潘處常、魏岑、喬匡舜、徐鉉、張緯、景遼、景遊、景道、李弘茂、李贍，共得詩 21 首。〔註 66〕李璟所寫爲七律，其它和作未必都是七律，按照徐鉉在序中所言「或賡元首之歌、或和陽春之曲」，似乎還應有歌詞的製作唱和，但相關作品絕大部分已亡佚，很難構想眞實的情形如何。這次唱和現在留存的只有李璟、張義方、李建勳、徐鉉的 4 首七律：

> 珠簾高卷莫輕遮，往往相逢隔歲華。春氣昨宵飄律管，東風今日放梅花。素姿好把芳姿掩，落勢還同舞勢斜。坐有賓朋尊有酒，可憐清味屬儂家。（李璟）

> 紛紛忽降當元會，著物輕明似月華。狂灑玉墀初散絮，密黏宮樹未妨花。迥封雙闕千尋峭，冷壓南山萬仞斜。寧意傳來中使出，御題先賜老僧家。（李建勳）

> 一宿東林正氣加，便隨仙仗放春華。散飄白獸難分影，輕綴青旗始見花。落砌更依宮舞轉，入樓偏向御衣斜。嚴徐幸待金門詔，願布堯年賀萬家。（徐鉉）

> 恰當歲日紛紛落，天寶瑤花助物華。自古最先標瑞牒，有誰輕擬比楊花。密飄粉署光同冷，靜壓青松勢欲斜。豈但小臣添興詠，狂歌醉舞一千家。（張義方）〔註 67〕

留存的這幾首詩中，李建勳的詩顯得過於黏著題面，且中間兩聯的結構相似度太高，讀來較爲單調；徐鉉與張義方的兩首平穩但乏驚喜；

〔註 66〕徐鉉《御製春雪詩序》、《後序》，《徐公文集》卷 18。
〔註 67〕四詩並見《江表志》卷中，《全宋筆記》第一編（二），第 265～266 頁。但李璟詩在《全唐詩》卷 8 題爲「保大五年元日大雪同太弟景遂汪王景逷齊王景達進士李建勳中書徐鉉勤政殿學士張義方登樓賦」（第 70 頁），與徐鉉序稱「皇帝御歷之七年」不同，李璟詩題疑爲後人所添，應以保大七年爲是，參夏承燾《南唐二主年譜》保大七年下考證。張義方詩末句《全唐詩》卷 738 作「狂歌醉舞一家家」（第 8419 頁）。

比較而言，應以李璟的詩作水準最高，當然這與其本爲原唱不無關係。其詩首聯以叮嚀囑咐語開篇，平實親切，將珍重愛賞之意呈現無遺。頷聯流水對承起，上下句中時間的迅速轉換和對照帶來一種輕快感和喜悅感。頸聯形容雪花的素白與姿態，不算十分出色，但作爲詠雪詩的題中應有之意，對雪的直接刻畫不可缺少。末聯先從雪宕開，歸結到眼前的親朋宴會，但「清味」二字既是指審美意趣，又雙關雪景，是很好的尾聯結法。全詩流暢秀雅，至少可以看出李璟在詩才和七言近體的寫作技巧上不輸於李建勳、徐鉉這些詩名甚著的文士。不過，我們所能見到的李璟的詩作太少，他所存留的完整且可靠的詩作僅此一首，〔註68〕難以從中窺見他個人的詩風全貌。但是，這次大規模的唱和已經顯示出此時金陵詩壇的實績，部分身居金陵的高層文官以彼此唱酬的形式成爲金陵詩壇的主體，徐鉉、張義方等人則是其中的核心人員。

　　春雪詩唱和以後，李璟隨即命徐鉉爲此次盛會詩集作序，徐鉉《御製春雪詩序》注中保存了這份詔命：

　　　　宿來健否？酒醒詩畢，可有餘力？何妨一爲之序，以
　　紀歲月。呵呵。

李璟的語氣隨和，顯得興致勃勃，詔命頗似友朋間的書簡短箚，顯示

〔註68〕除幾聯斷句以外，傳聞爲李璟所作的一首七律尚存疑問。阮閱《詩話總龜》前集卷33引《摭遺》：「李璟遊後湖賞蓮花，作詩曰：蓼花蘸水火不滅，水鳥驚魚銀梭投。滿目荷花千萬頃，紅碧相雜敷清流。孫武已斬吳宮女，琉璃池上佳人頭。識者謂雖佳句，然宮中有佳人頭，非吉也。」（北京：人民文學出版社，1987，第329頁）按：《摭遺》當即宋劉斧《摭遺》，《宋史》卷206有著錄，稱：「劉斧《翰府名談》二十五卷，又《摭遺》二十卷，《青瑣高議》十八卷。」但宋佚名所作《分門古今類事》（文淵閣《四庫全書》本）卷13「後主古詩」條引《翰苑名談》並《詩話》，以此詩爲李煜所作。《翰苑名談》、《詩話》當即劉斧《翰府名談》及《青瑣詩話》。三書皆爲劉斧所作，而所錄此詩一歸李璟，一歸李煜，其中至少有一誤，或者竟爲兩誤。從李璟現存詩作及斷句來看，此詩與其風格似不相合，而《分門古今類事》所引較詳，更可能爲李煜作。

出他的文人性情。隨後太弟李景遂又召畫師將這次宴會畫成圖畫，其
經過在徐鉉《後序》中有記載，其中詳情則賴《江表志》得以保存：

　　保大五（當作七）年元日，天忽大雪，上詔太弟以下
　　登樓展燕，咸命賦詩，令中使就私第賜李建勳，建勳方會
　　中書舍人徐鉉、勤政殿學士張義方於溪亭，即時和進。元
　　宗乃召建勳、鉉、義方同入，夜分方散。侍臣皆有興詠。
　　徐鉉爲前後序。太弟合爲一圖，集名公圖繪，曲盡一時之
　　妙。御容高沖古主之，太弟以下侍臣法部絲竹，周文矩主
　　之，樓閣宮殿朱澄主之，雪竹寒林董元主之，池沼禽魚徐
　　崇嗣主之。圖成，無非絕筆。〔註69〕

這次元日宴集，不僅以春雪詩唱和成爲南唐詩歌的第一次全面檢
閱，也是南唐繪畫藝術的一次盛會。同年，李璟命參曹參軍王文炳
摩勒古今法帖。〔註70〕這就是被稱爲法帖之祖的昇元帖。姜紹書《韻
石齋筆談》稱「法帖之成帙而可置案頭者，自昇元帖始。」〔註71〕
保大七年因此成爲南唐藝術的第一個高峰。這一年，李璟和徐鉉都
是三十四歲。

　　另一次規模較大的唱和發生在保大九年（951）十月，徐鉉、蕭
彧、孫峴、謝仲宣、王沂等送鍾蒨往東都爲少尹，以風、月、松、竹、
山、石爲題，各自賦詩。此次唱和留存有五律6首：

賦石奉送德林少尹員外　徐鉉

　　我愛他山石，中含絕代珍。煙披寒落落，沙淺靜磷磷。
翠色辭文陛，清聲出泗濱。扁舟載歸去，知是汎槎人。

賦月　蕭彧

　　麗事金波滿，當筵玉斝傾。因思頻聚散，幾復換虧盈。
光澈離襟冷，聲符別管清。那堪還目此，兩地倚樓情。

〔註69〕鄭文寶《江表志》卷中，《全宋筆記》第一編第2冊，第265頁。按：
　　　其中「保大五年」應作「保大七年」。
〔註70〕《十國春秋》卷16元宗本紀，第211頁。
〔註71〕參夏承燾《南唐二主年譜》保大七年條下，《夏承燾集》第1冊，第
　　　97頁。

賦竹　孫峴

萬物中蕭灑，修篁獨逸群。貞姿曾冒雪，高節欲凌雲。
細韻風初發，濃煙日正曛。因題偏惜別，不可暫無君。

賦松　謝仲宣

送人多折柳，唯我獨吟松。若保歲寒在，何妨霜雪重。
森梢逢靜境，廓落見孤峰。還似君高節，亭亭眇繼蹤。

賦風　王沂

靜追萍末興，況復值蕭條。猛勢資新雁，寒聲伴暮潮。
過山雲散亂，經樹葉飄搖。今日煙江上，征帆望望遙。

賦山別諸知己　鍾蒨

暮景江亭上，雲山日望多。只愁辭輦轂，長恨隔嵯峨。
有意圖功業，無心憶薜蘿。親朋將遠別，且共醉笙歌。〔註72〕

此外，在保大十四年（956）九月，還有一次分題賦詩送鍾蒨再赴東
都尹任，參加者除鍾蒨本人以外，還有徐鉉、徐鍇、蕭彧、喬匡舜、
陳元裕，共留有五律6首，各人所分得題目分別爲新鴻、酒、遠山、
菊、江、水：

得江奉送德林郎中學士　喬匡舜

摻袂向江頭，朝宗勢未休。何人乘桂楫，之子過揚州。
颯颯翹沙雁，漂漂逐浪鷗。欲知離別恨，半是淚和流。

得酒　徐鉉

酌此杯中物，茱萸滿把秋。今朝將送別，他日是忘憂。
世亂方多事，年加易得愁。政成頻一醉，亦未減風流。

得菊　蕭彧

離情折楊柳，此別異春哉。含露東籬艷，泛香南浦杯。
惜持行次贈，留插醉中回。暮齒如能制，玉山甘判頹。

得遠山　徐鍇

瓜步妖氛滅，昆崗草樹清。終朝空極望，今日送君行。
報政秋雲靜，微吟曉月生。樓中長可見，持用減離情。

〔註72〕並見《徐公文集》卷3《送鍾員外詩序》所附。

得水　陳元裕

上善湛然秋，恩波洽帝猷。漫言生險浪，愷爽見安流。
泛去星槎遠，澄來月練浮。滔滔對離酌，入洛稱仙舟。

得新鴻別諸同志　鍾蒨

隨陽來萬里，點點度遙空。影落長江水，聲悲半夜風。
殘秋辭絕漠，無定似驚蓬。我有離群恨，飄飄類此鴻。〔註73〕

就規模來看，保大年間的這三次唱和的參加人數皆比昇元年間的唱和
人數要多；從唱和的內容上看，昇元年間還主要是局限於祝賀官職陞
遷、詠物等較爲狹小平庸的題材，但保大年間的這幾次唱和出現了一
些之前南唐詩中較少見的內容，即言志成分的增加以及現實內容的加
入，尤其是後兩次唱和。保大七年以前，南唐剛取得了一些對閩戰爭
的勝利，李璟還曾意欲趁契丹滅晉之機出兵中原，說明南唐此時還處
在國力較爲強盛的階段，各種危機尚未出現，因此在保大七年的春雪
唱和詩中，如「豈但小臣添興詠，狂歌醉舞一千家」、「嚴徐幸待金門
詔，願布堯年賀萬家」還有一種點綴昇平的意味。保大九年送鍾蒨往
揚州爲東都少尹的唱和雖然只是較爲尋常的分題詠物贈別之作，但由
於詩人們此時尚未覺察到即將到來的危機，鍾蒨詩中甚至出現了「有
意圖功業，無心憶薜蘿」這樣昂揚奮發的句子。儘管這種建立功業之
想對於此時的南唐來說顯得過於樂觀，因爲當時雖然剛剛滅楚，但對
湖南的統治並不穩固，同時北方的後周已經建立。在南唐表面的強大
和勝利背後，隱伏著巨大的危機，南唐君臣卻對此毫無覺察，依然沉
浸在勝利的欣喜中，甚至還耀兵淮上，不無征伐後周的企圖。儘管這
種建功立業的志願缺乏深謀遠慮、對現實估計得過於樂觀，但從另一
方面看，卻也體現了當時南唐的凝聚力和士氣的振奮，詩歌中也因此
恢復了一些較昂揚的言志主題。這對於南唐士風是一種可貴的新氣
象，不同於昇元年間李建勳等人體現出的苟保富貴的心態。在保大九
年的唱和詩中，即便那些沒有直接表述建功立業志願的作品，也有部

〔註73〕《徐公文集》卷4《送德林郎中學士赴東府詩序》附。

分詩作通過比興來託物言志,如徐鉉詠石「翠色辭文陛,清聲出泗濱」,孫峴詠竹「萬物中蕭灑,修篁獨逸群。貞姿曾冒雪,高節欲淩雲」,謝仲宣賦松「若保歲寒在,何妨霜雪重」。保大十四年的送別鍾蒨之作,則加進了更多現實的因素,這次唱和是在南唐剛剛收復了被後周佔領的揚、舒、蘄、光、和、滁數州之後不久。喬匡舜、蕭儼、陳元裕三人的詩顯得較爲泛化,用之多數離別場合皆可,沒有特定的時地人及特別的情感體驗,顯得較爲缺少個性。徐氏兄弟、鍾蒨詩則反映了當時特定情勢下的離別之情和各自的心緒、個性,並非普泛的離別之作可比。

比較這三組唱和詩,可以發現其詩藝的發展是較爲明顯的:保大七年的春雪詩唱和雖然以李璟詩和徐鉉詩較優勝,但總體而言,四首詩作都主要使用白描手法,各詩體現出的個性也不甚分明。這種情況可能與當時南唐詩壇擅長七律的作者不多有關,但更直接的原因可能在於,作爲限時完成的同題、同體、同韻的唱和詩,內容和形式兩方面皆受到嚴格限制。一般而言,詩歌所受形式上的限制越多、越具體,作者個人情意的發抒就越不自由,雖然不排除才氣超邁者因難見巧的可能,但大多數作者會即便本有自發的詩情、也會因此較難獲得全面的表現。所以我們往往看到,在參與唱和者的詩歌水平接近的前提下,由於體裁、韻腳已經多由原唱之作限定,和作的水準大多低於原唱的水準。這也是爲何春雪詩唱和中李璟的七律相對更優秀一些。

到了保大九年的送別之作,就顯示出較多的作者個人志意的發抒,但有意寓託的痕迹較爲明顯,所體現的作者個性相對有限。另外,此次賦詩是分題、限體而不限韻,各拈一題作一首五律送別詩,唱和的形式條件放寬了,爲抒情寫意帶來了更多的自由。這種較寬鬆的創作自由,應當也與徐鉉徐鍇等人注重自然、天然、質先於文的文學主張有關。在沒有超絕才氣和精苦思力的情況下,放寬形式的限制,作者可以把更多的注意力放到如何更好地表現情意上。我們看到,在保大十四年再次賦詩送別鍾蒨時,他們依舊採用了這種分題、限體而不

限韻的規則，顯然，保大九年那次唱和較爲成功的先例可能給了他們不小的鼓勵。保大十四年的分題賦詩較前次有了更大的進步，至少這次的寄興託寓不再是一般化、類型化、可用於大多數送別場合的，而是將南唐時勢自然地融入自己的情緒和詩歌中，部分成功之作的藝術水準也就較前次爲高。其中，徐鉉詩提到「世亂方多事」，將世亂與年加的憂愁打並作一起，引入到詩題中的「酒」；徐鍇詩開篇「瓜步妖氛滅，昆崗草樹清」則進一步申明南唐剛獲得的勝利，將氣氛的清明與作爲所詠主題的「遠山」相關合；但最成功的作品則是鍾蒨本人的留別之詩《得新鴻別諸同志》。鍾蒨此詩將離恨寓入對題面新鴻的描繪中，殘秋孤鴻的驚懼正與自己此番隻身赴新收復的揚州上任、前途未卜的忐忑切合。鍾蒨前後兩詩皆爲賦物之作，而皆能將自己的志與情較好地融入其中。不論保大九年詩作中樂觀的功業理想，還是此時表現的悲觀心情，鍾蒨詩顯然都是較具體、個性化的抒情，同時能從中體現出時代情勢的動向和氛圍。鍾蒨並不在南唐最有名的詩人之列，其詩也僅有這兩篇存世，但從他的詩作已經可以看到南唐保大年間詩藝的發展，

2、金陵詩壇新成員的加入

在原有的高層文官之外，此時金陵詩壇也吸納了新的成員，這包括通過貢舉吸納的士子和由其他南方小國進入南唐的詩人。這是因爲中主後期開始實行貢舉，考試詩賦策論，一些年輕士子被吸引到金陵來，其中就包括詩名較顯的伍喬、張洎等人。

伍喬和張洎約在保大末年登進士第，〔註74〕當年試《畫八卦賦》有《霽後望鍾山》詩，伍喬爲狀元，他的省試詩今僅存一聯：「積靄沈諸壑，微陽在半峰。」〔註75〕從中可見其善於以清苦的筆調刻畫和摹寫景物。伍喬完整的詩作今存 21 首，皆爲七律，多寫山鄉僻居、

〔註74〕馬令《南唐書》卷 14 伍喬傳，及傅璇琮主編《唐才子傳校箋》卷 7
　　　伍喬條下考證，第 259～260 頁。
〔註75〕《全唐詩》卷 744，第 8464 頁。

孤旅、送別題材，史稱「詩調寒苦，每有瘦童羸馬之歎」〔註76〕。較好的作品如：

> 去去天涯無定期，瘦童羸馬共依依。暮煙江口客來絕，寒葉嶺頭人住稀。帶雪野風吹旅思，入雲山火照行衣。釣臺吟閣滄洲在，應爲初心未得歸。(《冬日道中》)

> 不知何處好消憂，公退攜壺即上樓。職事久參侯伯幕，夢魂長繞帝王州。黃山向晚盈軒翠，野水含春繞檻流。遙想玉堂多暇日，花時誰伴出城遊。(《寄張學士泊》)〔註77〕

可以看出，伍喬詩主要承大曆、晚唐以來融情入景的寫法，大多刻畫冷寂淒清的景物以抒寫孤寂蕭索的情懷，詩風偏於清淡自然。伍喬的七律比較講求句法錘鍊，多用意象語言，偶參典故，較少用虛字轉折斡旋。這既未背離當時寒素詩人本色和典型的詩風，又在其中融鑄了清麗之風，避免了寒素、隱逸詩人的七律中常見的淺俗之氣，最後形成了他個人較獨特的淡而不薄、不失秀麗雅致的詩風，使得他同時受到了廬山詩人和金陵詩人的推崇。並且，伍喬今存詩作以七律爲主，很可能是他有意多寫七律的結果。一般來說寒素、隱逸詩人常常更擅長的詩型是五律，野逸的意象是其特點，不難形成古樸的詩風，但七律自定型以後其寫作往往需要更多考慮結構、句法，通常也更多地使用典故，整體來說七律的典麗詩風需要較多的思力與學力，它也往往是唱和詩更經常採用的詩型。伍喬有意多作七律，是他拓展自己的詩型界域、主動靠近金陵詩壇清麗詩風的體現。儘管從詩史來說，伍喬對於唐末以來的詩風無多創新，但他對南唐詩壇仍然具有特別的意義，尤其是他得到了金陵詩壇的賞識：史稱元宗賞愛其文，曾命將其程文刻於石碑，以爲永式。〔註78〕史籍所說的「程文」不單指其賦，應該也包括他的詩作在內。儘管伍喬不久又離開金陵赴宣州幕職，並未成爲金陵詩壇的核心成員，

〔註76〕陸游《南唐書》卷15伍喬傳。
〔註77〕《全唐詩》卷744，第8460、8464頁。
〔註78〕馬令《南唐書》卷14伍喬傳。

但他的應舉將廬山詩壇較爲清寒的詩風帶到了金陵，可以視爲廬山詩壇和金陵詩壇之間一次詩風的交匯。

另一位經由科舉加入金陵詩壇的年輕士子張洎，以文采清麗著稱，〔註79〕現存完整的詩僅3首，〔註80〕《暮春月內署書閣前海棠花盛開率爾七言八韻寄長卿諫議》爲七言排律，《紀贈宣義大師夢英》爲七律，皆爲入宋以後所作，另一首五古《題越臺》：

> 我愛眞人居，高臺倚寥沉。洞天開兩扉，邈爾與世絕。
> 縹緲乘鸞女，華顏映綠髮。舉手拂煙虹，吹笙弄松月。森
> 蘿窺萬象，境異趣亦別。何必服金丹，飛身向蓬闕。〔註81〕

此詩不能確定作年，單從它也難以看出張洎的詩歌創作成就，但如果從張洎對前人詩歌的評價中，還是可以看出他的詩歌審美傾向與偏好的。張洎早年便開始收集張籍的詩，前後歷二十年，最終輯得四百餘首，編爲《張司業詩集》，並爲之作序：

> 司業諱籍，字文昌，蘇州吳人也。貞元十五年丞相渤海公下及第，歷官太祝、秘書郎、國子博士、水部員外郎、國子司業。公爲古風最善，自李、杜之後，風雅道喪，繼其美者，惟公一人。故白太傅讀公集曰：「張公何爲者？業文三十春。尤工樂府詞，舉代少其倫。」又姚秘監嘗贈公詩云：「妙絕江南曲，淒涼怨女詩。古風無手敵，新語是人知。」其爲當時文士推服也如此。元和中，公及元丞相白樂天、孟東野歌詞，天下宗匠，謂之「元和體」。又長於今體律詩，貞元已前，作者間出，大抵互相祖尚，拘於常態，迨公一變，而章句之妙冠於流品矣。自唐末多故，洴經離亂，公之遺集，十不存一。予自丙午歲迨至乙丑歲，相次緝綴，僅得四百餘篇，藏諸篋笥，餘則更俟博訪，以廣其遺闕云耳。〔註82〕

〔註79〕《十國春秋》卷30張洎傳，437～438頁。
〔註80〕《全宋詩》第1冊卷18，北京：北京大學出版社，1999年版，260～261頁。
〔註81〕《全唐詩補編‧續拾》卷44，第1402頁。
〔註82〕張洎《張司業詩集序》，《全唐文》卷872，第9123頁。

張洎對張籍推崇備至，認爲張籍不僅擅長古風，上接李、杜，而且長於今體律詩，能夠一變常態，超出貞元以前的流輩詩人。按照《太宗皇帝實錄》所載張洎卒於至道三年（997）、年六十四推算，〔註83〕他應生於吳大和六年（934），丙午歲爲南唐李璟保大四年（946），張洎時年十三歲，已經開始收集張籍詩；此序成於乙丑歲，已經是宋乾德三年（965）。可以說張洎在整個少年和青年時期，都曾留心於張籍之詩。

另外，現存還有張洎爲項斯詩集所作的序：

> 項斯字子遷，江東人也。會昌四年，左僕射王起下進士及第。始命潤州丹徒縣尉，卒於任所。吳中張水部爲律格詩，尤工於匠物，字清意遠，不涉舊體，天下莫能窺其奧，唯朱慶餘一人親授其旨。沿流而下，則有任蕃、陳標、章孝標、滕倪、司空圖等，咸及門焉。寶曆、開成之際，君聲價籍甚，時特爲水部之所知賞，故其詩格頗與水部相類，詞清妙而句美麗奇絕，蓋得於意表，迥非常情所及。故鄭少師薰云：「項斯逢水部，誰道不關情。」又楊祭酒敬之云：「幾度見詩詩總好，及觀標格過於詩。平生不解藏人善，到處逢人說項斯。」自僖、昭已還，雅道陵缺，君之遺句，絕無知者。慮年祀浸久，沒而不傳，故聊序所云，著於卷首。〔註84〕

張洎將項斯的詩風上溯到張籍，認爲其後只有朱慶餘、任蕃、陳標、章孝標、倪勝、司空圖能夠延續張籍的詩風，而項斯尤其與張籍接近，清麗奇絕，迥出常情。將這兩篇詩序合觀，可以看出，張籍仍然是張洎最推崇的唐代詩人之一，正由於將項斯作爲張籍詩藝嫡傳後學，張洎才極力讚揚其詩歌成就，且張洎顯然認爲項斯能夠繼承張籍的主要是律詩，言外之意在古體上項斯並不能與張籍比肩。對於張籍的律

〔註83〕（宋）錢若水等《太宗皇帝實錄》卷80，《四部叢刊》本。
〔註84〕張洎《項斯詩集序》，《全唐文》附陸心源輯《唐文拾遺》卷47，第10906頁。

詩，張洎最欣賞的又是其「工於匠物，字清意遠，不涉舊體」，也就是工於刻畫再現，而又不拘泥於描寫對象本身，同時語言清奇，能夠別開清遠意境。張洎自己的詩文也被評價爲文釆清麗，顯然是長期推崇和追步張籍、項斯等人詩風的自然結果。史稱張洎藏書甚富，又勤奮苦學，〔註85〕他手自校讎的詩集很可能並不止張籍、項斯兩家，另外《宋史》本傳載張洎有文集五十卷，可惜不行於世，不然我們還可以考見更多南唐當時的詩學文獻。

作爲同年進士的伍喬和張洎，各自的詩歌命運並不相同。儘管伍喬的詩傳到今天的較張洎爲多，從現存詩作來看其成就應高過張洎詩，但在史籍中，有關張洎文釆過人的記載要較伍喬多，這與張洎長期爲官金陵，伍喬則有很長時期都任職於地方有關。〔註86〕它也表明，張洎較伍喬更得金陵詩壇的欣賞。作爲以高層文官爲核心成員的金陵詩壇，伍喬「每多瘦童羸馬之歎」的清寒詩風雖得一時稱賞，終究未被廣泛接受，而張洎所追隨的張籍、項斯一路清妙、美麗、奇絕的詩風，正爲金陵詩壇所好。金陵詩壇對異質詩風的吸納較爲有限，更多的還是對相似詩風的欣賞，並由此對進入金陵詩壇的新成員造成影響，將其同化到金陵詩壇的典型詩風中來。

除了通過貢舉吸收新的詩壇成員，金陵詩壇力量的壯大還有另一途徑，這就是接納來自其他地域的詩人。在李璟時代，南唐滅楚使得原來楚地的詩人也進入金陵詩壇，孟賓于和廖凝即爲其中的代表。

孟賓于，本爲湖湘連州（今屬廣東）人，幼擅詩名，後唐長興末渡江赴舉，遊舉場十年，後晉天福九年（944）登第，因世亂還鄉，

〔註85〕《宋史》卷267，第9208、9212頁。

〔註86〕這與張洎在後主李煜時代很受寵幸、入宋以後在世時間較長、也位居清要很有關係。伍喬的卒年史無明載，馬令《南唐書》卷14本傳稱其卒於考功令上，李燾《續資治通鑑長編》卷16太祖開寶八年（975）二月下：「是月，江南知貢舉、戶部員外郎伍喬放進士張確等三十人。」（《續資治通鑑長編》第一冊，北京：中華書局，1979，第336頁）可證伍喬至少此時尚在世。

不久爲楚文昭王辟爲永州軍事判官。南唐保大九年（951）平楚，盡俘馬氏之族於建康。孟賓于遇亂無依，於是攜光啓年縣印歸於金陵。李璟得之甚喜，任命他爲水部員外郎，但不久孟賓于即歸隱玉笥山。其後，又曾數度出仕和歸隱。徐鉉有《送孟賓于員外還新淦》及《孟君別後相續寄書作此酬之》詩。孟賓于詩當時已經結集的便有《金鼇集》、《湘東集》、《金陵集》、《玉笥集》、《劍池集》等數種，共五百餘首，至宋初尚存、合編爲一集。〔註87〕孟賓于在當時詩名甚顯，李昉曾贈詩云：「幼攜書劍別湘潭，金榜標名第十三。昔日聲塵喧洛下，近年詩價滿江南。」（《全唐詩》卷 738）宋初王禹偁在爲孟賓于的詩集所作序中稱其詩得「雅澹之體、警策之句」。現存孟賓于的詩只有9 首及斷句若干〔註88〕，其中多有科場失意之作，如「蟾宮空手下，澤國更誰來」，「水國二親應探榜，龍門三月又傷春」，「仙鳥卻回空說夢，清朝未達自嫌身」等，皆爲其早年不達時所作。

在孟賓于當日所結成的若干詩集中，《金陵集》爲其仕於江南時所作。當時孟賓于的詩歌在金陵詩人間受到重視和歡迎，「江左士大夫若昌黎韓熙載、東海徐鉉甚重之」〔註89〕。由於其作品今存很少，其中作於金陵時期的更爲少見，難以從中推測孟賓于是否爲金陵詩壇帶來了新的因素。但是，從孟賓于現存的數首詩作來看，他的七言近體包融秀冶的風格較爲明顯，如其思念家鄉風景的《懷連上舊居》：「閒思連上景難齊，樹繞仙鄉路繞溪。明月夜舟漁父唱，春風平野鷓鴣啼。城邊寄信歸雲外，花下傾杯到日西。更憶海陽垂釣侶，昔年相遇草萋萋。」〔註90〕中間二聯描繪湖湘景色頗爲秀婉細膩。七絕《獻主司》則同時包含了科場失意之感與思鄉之情：「那堪雨後更聞蟬，溪隔重

〔註87〕孟賓于生平見王禹偁《小畜集》卷20《孟水部詩集序》（《四部叢刊》本）、馬令《南唐書》卷 23、《唐才子傳校箋》卷 10。

〔註88〕見《全唐詩》卷 740、《全唐詩補編・補逸》卷 16、《全唐詩補編・續拾》卷 43。

〔註89〕王禹偁《孟水部詩集序》。

〔註90〕《全唐詩》卷 740，第 8438 頁。

湖路七千。憶昔故園楊柳岸，全家送上渡頭船。」〔註91〕前兩句點出今日雨後聞蟬的傷感，將當初的惜別場景牽引出來，末兩句抓取自己當年離鄉赴舉時全家人相送至渡頭這一特定場景，凸顯出細節飽滿動人的力量。家人的殷切期盼雖未明言，卻經由相送的情境無言地傳達出來。將家人的這種期盼之情經由詩句轉呈給主司，使得本詩雖然是干謁之作，卻顯得哀而不傷，同時出之以清詞麗句，更增其委婉動人的力量。正因如此，這首絕句在後世廣爲傳佈，以至於王禹偁年幼時都曾被塾師教讀成誦。〔註92〕這樣的風格與徐鉉等人爲代表的金陵文官的詩風較爲接近，不難理解，爲何孟賓于的詩歌在南唐獲得了廣泛的稱譽。

　　孟賓于的詩歌觀從其爲李中《碧雲集》所作的序言中完整體現出來。此文雖作於癸酉年即宋開寶六年（973），當時已是南唐後主李煜在位的末年，上距李璟時代孟賓于初歸南唐已有二十餘年，但該序體現的詩歌觀在其詩歌創作中早已體現出來，因此，不妨在這裡將這段詩論一併分析：

　　　　昔者仲尼刪三百篇，梁太子選十九首。厥後沿朝垂名者不少，苦志者彌多。入室升堂，有其數矣。然六藝之旨，二南之風，後來未甚窮日（按：日，《全唐文》卷872作「目」。可從）。沉淪者怨刺傷多，取事者雅頌一貫。亂後江南鄭都官、王貞白，用情創志，不共轍，不同塗，俱不及矣。今睹淦陽宰隴西李中字有中，緣情入妙，麗則可知。〔註93〕

孟賓于將詩經和漢魏古詩作爲詩歌的典範，認爲「六藝之旨、二南之風」的精意後世大多數詩人並未達到，不得志者（「沉淪者」）往往過多怨刺、失去溫柔敦厚之旨，得志者（「取事者」）又往往只重雅頌而

〔註91〕《全唐詩》卷740，第8439頁。
〔註92〕王禹偁《孟水部詩集序》：「餘總角之歲，就學於鄉先生。授經之外，日諷律詩一章，其中有絕句云云……餘固未知誰氏之詩矣。及長，聞此句大播人口，詢於時輩，則曰江南孟水部詩也。」
〔註93〕孟賓于《碧雲集序》，見李中《碧雲集》，《四部叢刊》本。

丟掉了風詩的緣情。「用情創志」這句話的眞實含意並不清晰，從下文來看是將「情」與「志」分觀，認爲詩人應該像鄭谷、王貞白一樣既有「用情」之作、又有「創志」之作，二者分別對待，不相混雜。孟賓于稱讚李中的詩「緣情入妙，麗則可知」，肯定李中詩在「用情」這一面取得了很高的成績。「緣情」是從詩歌的情感本質而言，承續陸機《文賦》「詩緣情而綺靡」來；「麗則」是要求詩歌語言美麗典正，是揚雄《法言》「詩人之賦麗以則，辭人之賦麗以淫」的概括。不過，當孟賓于將「緣情」與「麗則」並列，不僅繼承了陸機之說，更把李中的詩推崇到了「詩人之賦」的最高語言標準。這兩個標準顯然也是孟賓于自己對詩歌的追求。從前文所引孟賓于詩作，可以看出，孟賓于詩稱得上符合「緣情」和「麗則」這兩個標準，而這也正是李璟時代的金陵詩壇十分推崇和正在形成的詩風。孟賓于之所以在金陵得到較高的詩名，正是由於他的詩風切合當時金陵詩壇的詩風偏好，他與金陵詩壇的彼此契合，同樣屬於同質詩風的互相吸納和壯大。

另一位因楚亡而歸南唐的詩人是廖凝。

廖凝，原名廖匡凝，本爲虔州人，唐天祐末年其父廖爽舉族遷湖南，居於衡山之麓，爲湖南著名的衣冠之族。廖凝約在後晉天福四年（939）左右仕於楚爲從事。保大九年，南唐滅楚，廖凝遷於金陵，後曾任水部員外郎、彭澤令、連州刺史等官職。〔註94〕廖氏世代有能詩之名：宋初柳開《五峰集序》有云：「廖世善詩……（廖爽）有子男十人，圖善七言詩，凝善五言詩，立語皆奇拔。」〔註95〕序中所云圖即廖凝之兄廖匡圖，文學博贍，曾爲楚天策府十八學士之一。入宋

〔註94〕參（宋）陶岳《五代史補》卷4「廖氏世冑」條（《叢書集成續編》本，臺北：新文豐出版公司，1988，第91頁）；《十國春秋》卷29廖凝傳（第420頁）；《唐才子傳校箋》卷10廖圖條（《唐才子傳校箋》（四），第476～481頁）及其《補正》（《唐才子傳校箋》（五），第487～491頁）。

〔註95〕（宋）柳開《五峰集序》，柳開《河東先生集》卷11，《四部叢刊》本。原文「五言」作「五湖」，誤，今改。

後，廖家仍代有詩人。廖凝之子某，以閣門舍人知袁州，楊億有《閣門廖舍人知袁州》詩，自注：「舍人故連州刺史凝之子，凝與弟融皆擅詩名於江表。」〔註96〕廖凝侄廖融也能詩，隱居衡山不出，有詩名於宋初。廖氏家族詩名代著，其中又以廖凝為最。

柳開稱廖凝長於五言，可見當時還能見到廖凝較為完整的詩集，但今存完整者僅3首，其中2首五律、1首七絕。錄其五言若干：

一片月生海，幾家人上樓。(《待月》)〔註97〕

九十日秋色，今宵已半分。孤光含列宿，四面絕纖雲。眾木排疏影，寒流疊細紋。遙遙望丹桂，心緒正紛紛。(《中秋月》)

一聲初應候，萬木已西風。便感異鄉客，先於離塞鴻。日斜金谷靜，雨過石城空。此處不堪聽，蕭條千古同。(《聞蟬》)〔註98〕

應當說，儘管《郡閣雅談》稱《中秋月》與《聞蟬》為絕唱，〔註99〕現存的這幾首詩並不能充分體現柳開所稱讚的「立言皆奇拔」的特點，但從「一片月生海，幾家人上樓」、「孤光含列宿，四面絕纖雲」、「一聲初應侯，萬木已西風」這些詩句中，仍然能夠見出其清寒孤絕詩風的一斑。

廖凝的七言詩僅存一聯斷句以及一首七絕：

風清竹閣留僧宿，雨濕莎庭放吏衙。(《宰彭澤作》)

五斗徒勞謾折腰，三年兩鬢為誰焦。今朝官滿重歸去，還挈來時舊酒瓢。(《彭澤解印》)〔註100〕

廖氏在當時和後世作為一個文學家族而著名，其中廖凝對金陵詩壇是產生過影響的，因為史料缺乏，這一點我們只能從後世一鱗半爪的記

〔註96〕　（宋）楊億《武夷新集》卷2，清嘉慶十六年（1811）《蒲城遺書》本。
〔註97〕　《全唐詩補編・續拾》卷49引《吟窗雜錄》卷14，第1485頁。
〔註98〕　《全唐詩》卷740，第8442頁。
〔註99〕　《詩話總龜》卷10引，第115頁。
〔註100〕　《全唐詩》卷740，第8442頁。

載中去作推測還原。《郡閣雅談》記載廖凝曾與李建勳爲詩友，江左
學詩者多造其門。〔註101〕顯然，廖凝在金陵詩壇獲得了相當的榮譽。
廖凝和其兄廖圖二人在當時皆有詩名，但在南唐直至宋初，廖凝的詩
名要超過廖圖。柳開《五峰集序》云：「凝後入江南歸李璟，其詩得
聞於朝。圖值馬氏之子不嗣，兵興國亂，多聽散墜。」談到了廖匡圖
詩散佚的原因，時值楚國喪亂、廖匡圖在楚國末年即故去，沒能像廖
凝一樣進入南唐得到金陵詩壇的賞識。但是，這其中也不乏詩風的區
別導致的不同命運。柳開稱廖匡圖以七言勝，廖匡圖現存的 4 首詩以
及斷句若干聯的確皆是七言，如：

> 祝融峰下逢嘉節，相對那能不愴神。煙裏共尋幽磵菊，
> 樽前俱是異鄉人，遙山帶日應連越，孤雁來時想別秦。自
> 古登高盡惆悵，茱萸休笑淚盈巾。(《舊日陪董內召登高》)

> 冥鴻迹在煙霞上，燕雀休誇大廈巢。名利最爲浮世重，
> 古今能有幾人抛，逼眞但使心無著，混俗何妨手強抄。深
> 喜卜居連嶽色，水邊竹下得論交。(《和人贈沈彬》)

> 正悲世上事無限，細看水中塵更多。(《永州江干感興》)

〔註102〕

多直抒胸臆，情感深切，但較少運用具象，不太擅長刻畫景物，多直
接說理，又往往以淺近語出之，較乏蘊藉之氣。概括而言，可以說廖
匡圖的詩基本以氣勝，言辭直白，而傷於過露和過質。

與前文中所引廖凝詩比較，可以看出，廖凝的五言詩不像廖匡
圖那樣傷於直質和顯露，而且從廖凝僅存的七言詩也可以發現，較
之廖匡圖，廖凝更善於抓住具體的物象，融情入景，形成一種包融

〔註101〕《五代詩話》卷 3 廖凝條引《郡閣雅談》：「與李建勳爲詩友相善……
江左學詩者競造其門。」(第 163 頁)《詩話總龜》前集卷 10 也引
用了《郡閣雅談》此條材料，文字稍有不同。(第 115 頁)另，《十
國春秋》卷 29 廖凝傳僅云其與張居詠輩爲詩友，但據《十國春秋》
卷 21 張居詠傳，張在李璟即位後不久即故去，廖凝遲至保大九年
方入金陵，二人不當先此即有交往。暫存疑。

〔註102〕《全唐詩》卷 740，第 8440 頁。

秀冶的詩風。與孟賓于的命運相似，他的詩風較之廖匡圖更容易為金陵詩壇接受。因此，可以認為，廖匡圖的詩歌早早散佚，不僅是遭遇楚國喪亂的緣故，同時也與其跟當時金陵詩壇的詩風偏好不一致有關。否則，廖凝既入金陵，為廖匡圖詩集作過序的朱遵度也入南唐為官，〔註103〕二人很可能會為廖匡圖詩延譽，其詩應當不致於湮滅無聞。只有考慮到當時金陵詩壇自身的詩風正在形成、因而對外來詩人詩風的淘洗很有傾向性，才能較為完滿地解釋何以廖凝與廖匡圖皆為當時有名詩人、而其詩作命運的顯晦卻不同這個事實。

前文中我們已經分別從作為金陵詩壇主體力量的高層文官、其他通過貢舉或別的途徑被吸納到金陵來的詩人考察了金陵詩壇力量的壯大，但無論是金陵文官的唱和，還是對外來詩人的接受，背後都有金陵詩壇對自身新詩風形成的自覺，這種新的詩風正是南唐詩對後世影響最大的方面，值得細緻探討。

二、新詩風的成熟

李璟在位的中期，金陵詩壇已經形成推崇清奇的新詩風，這一方面要從詩歌風格上來看，一方面也須關注當時詩歌所表現的主題。

1、金陵詩壇清奇詩風的表現和成因

在保大七年的春雪唱和詩中，李璟詩的末二句值得特別注意：「坐有賓朋尊有酒，可憐清味屬儂家。」一國之君愛好的竟是「清味」，而且這種在審美上對於「清」的偏好並非偶一見之，而是已經成為當時南唐君臣較普遍的審美傾向。李建勳《雪有作》有句云「長愛清華入詩句」〔註104〕；李璟次子李弘茂，「善歌詩，格調清苦」〔註105〕，

〔註103〕《唐才子傳校箋補正》廖圖條，第490～491頁。
〔註104〕《全唐詩》卷739，第8434頁。
〔註105〕陸游《南唐書》卷16李弘茂傳，《十國春秋》卷19本傳作「清古」。

其詩今僅存二聯，其《病中》云：「半窗月在猶煎藥，幾夜燈閒不照書。」〔註106〕同樣是清苦一路的典型趣味。這說明從君主到貴臣，當時的金陵詩壇的確好尚清奇詩風。劉崇遠《金華子雜編》自序中提到自己在金陵作詩的情形：「家貧窶，在闕三四年，甚窘困，稍暇猶綴吟不倦，縱情任性，一聯一句，亦時有合於清奇。」劉崇遠此書撰成約在保大十年或稍後，〔註107〕當時他正在金陵任職。劉崇遠稱自己的詩歌「時有合於清奇」，不僅標榜能達到自我理想中的詩風，同時也從側面反映出當時金陵詩壇的主流是清奇詩風。當時稱譽別人的詩歌也往往從「清」著眼，譬如徐鉉有詩《亞元舍人不替深知猥貽佳作三篇，清絕，不敢輕酬，因為長歌……》〔註108〕，也以「清絕」作為對喬匡舜詩歌的讚美。

一個時代的審美好尚，其具體表現必定不是孤立的，它也將從各個方面同時滲透和顯現出來。南唐對「清」的偏好，也不僅僅體現在詩風上，在詞的風格上同樣如此。將李璟、馮延巳的詞作與西蜀詞作對照，南唐所好尚的「清」的風格就更加明顯。《花間集》中所收西蜀詞作，主題上往往為描寫一段實有的戀情，其甚者不無肉欲的刻畫，風格上則多描金刻翠，偏於靡麗質實；李璟、馮延巳的詞作較少描寫具體的戀情，更沒有陷溺於情慾的直白刻畫，而是表現出對具體情事的超越，轉而將深摯之情作為表現對象；相應地，在詞的風格上，也就表現得不同於西蜀的質實靡麗，而是呈現為一種空靈清麗。這也體現出南唐對「清」的好尚並非偶然的孤立的現象，也不僅限於詩中。此外，在審美情調上對「清」的偏好，到後主時期發展到最高峰，此處暫不贅述。正是因為這種審美好尚是整體的、連貫的，因此在詩歌中它也才特別鮮明。

〔註106〕《全唐詩》卷795，第8950頁。
〔註107〕參《唐五代文學編年史・五代卷》後周太祖廣順二年（952）南唐劉崇遠條，第445頁。
〔註108〕《徐公文集》卷3。

　　但是，以上種種還只是「清」的表現，究竟南唐詩何以如此推崇「清」的風格？其歷史與現實的根據和必然何在？這裡需要作一歷史的回溯，不僅要對晚唐以來的詩風進行一番檢討，還要上溯到更早的源頭。

　　「清」與「濁」相對，原本用以形容元氣。許慎《說文解字》土部地字訓：「元氣初分，輕清上易爲天，重濁下陰爲地。」在《易說》、《易緯》等書中皆有類似的表述，許慎的此條訓詁便是從易理而來。〔註109〕清與輕相聯，是上昇的，正是這種清輕之氣上昇爲天。這在漢代已經是一種較普遍的宇宙觀，「清」是適用於這種宇宙觀的一個術語。到曹丕《典論・論文》則借用了這種原本用於表述宇宙觀的術語，將其運用到人的氣質上來：「文以氣爲主，氣之清濁有體，不可力強而致。」〔註110〕這裡的「清」是形容人的氣質，曹丕認爲氣與文學有著密切關聯、甚至決定了文學的主要面貌，儘管如此，曹丕還沒有直接用「清」來指涉文學風格。只有到了鍾嶸《詩品》、劉勰《文心雕龍》才把「清」直接用於稱述某種文學風格。鍾嶸《詩品》中以「清」指涉詩風的如：

　　（1）（劉琨）善爲淒戾之詞，自有清拔之氣。

　　（2）（鮑照）然貴尚巧似，不避危仄，頗傷清雅之調。

　　（3）（沈約）不閒於經綸，而長於清怨。〔註111〕

　　（4）希逸（謝莊）詩氣候清雅不逮於范、袁。

　　（5）祐（江祐）詩猗猗清潤。

　　（6）（虞羲）奇句清拔。〔註112〕

〔註109〕賴貴三《許慎〈說文解字〉易理蠡探》，臺灣：臺灣大學，《周易》《左傳》國際學術研討會（第一屆中國經學學術研討會）發表論文，第1～19頁，1999年5月。

〔註110〕郭紹虞主編《中國歷代文論選》第一冊，上海：上海古籍出版社，1979年版。第158頁。

〔註111〕（梁）鍾嶸撰、陳延傑注《詩品注》卷中，北京：人民文學出版社，1961年版，第37、47、53頁。序號爲筆者所加，下同。

〔註112〕《詩品注》卷下，第64、72、74頁。

劉勰《文心雕龍‧明詩》中也有數條以「清」描述詩風：

　　　　（7）張衡怨篇，清典可味。

　　　　（8）嵇志清峻，阮旨遙深。

　　　　（9）四言正體，則雅潤爲本；五言流調，則清麗居宗。

　　　　（10）茂先凝其清。〔註113〕

《文心雕龍》中其他有關「清」的表述還有：

　　　　（11）意氣駿爽，則文風清焉。……使文明以健，則風清
　　　　　　　骨駿，篇體光化。〔註114〕

　　　　（12）魏文之才，洋洋清綺……樂府清越……〔註115〕

綜合鍾嶸和劉勰的相關表述，可以將當時對「清」的使用概括爲三類，第一類與高峻有關，如（1）（6）之「清拔」、（8）之「清峻」；第二類常與雅正、典則相關，如（2）（4）之「清雅」、（7）之「清典」。「清」既指氣的純正和純粹，包含有超拔、脫俗之意，反俗而合於正，因此又引出清典、清雅的意義。但「清」還有一類用法，這就是（9）之「清麗」、（12）之「清綺」。這兩條用例皆出自劉勰，可見劉勰並不反對將「清」與文采的高華富贍結合、形成爲一種既脫俗、雅正又不乏修飾之麗的風格。鍾嶸卻沒有類似的表達，相反，《詩品》中所提到的（3）「不閑於經綸，而長於清怨」，是將「清怨」與「經綸」對立，也即對「清」的理解偏重在情感的自然抒發，而與學識才力相對。鍾嶸論詩推崇自然英旨、主直尋、少補假，因此他在使用「清」這一概念時，就不會出現像劉勰「清麗」、「清綺」的用法。他所推崇的自然一義也成爲後世所理解的「清」的重要內涵，盛唐人標榜的「清新庾開府」、「清水出芙蓉」的自然美便是承此而來。當然，盛唐詩的「清」不止於此，它也同時是綺麗的，即結合了漢魏以後詩歌在語言藝術上所取得的成就，實際上近於劉勰所的「清麗」、「清綺」，而更加淳厚渾融。

────────────

〔註113〕《文心雕龍‧明詩第六》，見劉勰撰、范文瀾注《文心雕龍注》卷2，
　　　　北京：人民文學出版社，1958年版。第66～67頁。

〔註114〕《文心雕龍‧風骨第二十八》，見《文心雕龍注》卷6，第513、514頁。

〔註115〕《文心雕龍‧才略第四十七》，《文心雕龍注》第700頁。

　　到晚唐，「清奇」更成爲重要的風格流派。張爲《詩人主客圖》標舉了六大詩風流派，其中就包括李益爲首的「清奇雅正」派，成員包括張籍、姚合、方干、馬戴、賈島、項斯、朱慶餘等人。〔註 116〕值得注意的是，《詩人主客圖》還列有「清奇僻苦」這一詩風流派，代表人物爲孟郊。但是，張爲「清奇雅正」一派列舉了二十六人，「清奇僻苦」一派卻只列舉了四人，其詳略不同也在一定程度上體現了張爲本人對「清奇雅正」一派更爲熟悉和重視。儘管《詩人主客圖》不是一本體系嚴密、深思熟慮的詩學著作，但它仍然折射出了當時重「清奇」的詩風好尚。〔註 117〕

　　對「清奇」的側重，可視爲晚唐文學思潮的重要體現，南唐也正接續了這種對「清奇」詩風的喜好：被張爲歸入「清奇雅正」的張籍、項斯、朱慶餘等人，也正是南唐張泊在《張水部詩集序》、《項斯詩集序》中再三致意的詩學典範；李璟以「可憐清味屬儂家」自得、劉崇遠也以自己的詩「時有合於清奇」爲榮。這些都說明清奇雅正的詩風是南唐金陵詩壇的自覺追求。在接續晚唐以來對清奇雅正詩風的偏好的同時，南唐詩風也有自己的選擇，這就是從清奇而

〔註 116〕張爲《詩人主客圖》，見丁福保輯《歷代詩話續編》（上），北京：中華書局，1983 年版，第 85〜95 頁。

〔註 117〕另，還有署名晚唐司空圖的《二十四詩品》專列有「清奇」一品，從前在劉勰那裡主要是由於氣的勁健駿爽造成的文風之清，在司空圖這裡更多地指向幽靜、古淡，將「奇」與「清」並舉，強化了其中脫俗的成分。若《二十四詩品》果然爲晚唐司空圖所作，「清奇」顯現了《二十四詩品》的整體傾向，當然可以代表當時偏好沖淡、飄逸的美學思潮，但自從陳尚君最早提出《二十四詩品》的作者不是晚唐司空圖而是明代懷悅，引起學界廣泛爭論，儘管目前尚無定論，但《二十四詩品》的寫作年代目前還只能證明不晚於元代。謹慎起見，本文只以張爲《詩人主客圖》爲例、而未將《二十四詩品·清奇》作爲晚唐重「清奇」的證據。有關此問題的討論，參見陳尚君《司空圖〈二十四詩品〉辨僞》（收入其論文集《唐代文學叢考》，中國社會科學出版社，1997）、《中國詩學》第五輯（南京大學出版社，1997 年 7 月）所收部分爭論文章，以及杜曉勤《20 世紀中國文學研究·隋唐五代文學研究》（北京出版社，2001）的相關述評。

進一步追求清麗：重視情、天然、質，不過度修辭，此爲清的要素；講求雅正，不穠麗、不俗，同時並不反對適當的「文」，以富贍的學識才華對詩歌的字面加以修飾，從而避免由於一味追求「清奇」有可能導致的枯槁僻澀。應該說，這種理想有助於糾正唐末五代長期和普遍流行的淺俗僻澀及過於靡麗的詩風，但這種不失清奇基調、同時不乏腴麗的詩風在金陵詩壇也只是理想的情況，並非每個詩人都能達到這種標格。

2、詩歌主題的擴大：黨爭與戰事在詩中的反映

除美學好尚導致的清奇詩風在金陵詩壇的普遍流行以外，金陵詩壇新的氣象還體現爲詩歌主題的相對擴大。更準確地說，這種擴大是詩歌主題在一定程度上恢復了一些晚唐以前的疆域，因爲這種擴大只是相對於當時五代十國詩歌而言。五代詩歌直接承唐詩而來，而唐詩的疆域曾經是很廣闊的，詩歌表現的可能到了杜甫、白居易等人手上已經達到前所未有的豐富，但晚唐不少詩人較多局縮於內心世界，且是一種已經大大萎縮了的內心世界。唐末五代的詩歌整體上而言向內的視角愈加突出，即使在描寫外部景物的時候，也常常是自我情感較爲單一的向外投射，使得詩歌呈現出一種較爲單調的、類型化的面貌。

南唐詩歌之所以特出於五代十國，其中重要的原因就在於其詩歌主題一定程度上超出了當時過分狹窄的主題，而開始表現一些超出個人情感和命運之上的家國、社會的情態，儘管這種超越的程度有限，但畢竟爲南唐詩帶來了新的氣象。這種主題的擴大來自於南唐特定的政治局勢，這一方面是南唐的黨爭，另一方面是自中主李璟即位初期就開始的頻繁戰事，而黨爭與戰事又是錯綜交叉、彼此糾纏和影響的，這就使得它們常常共同作用於南唐詩歌，下文中我們在探討這種影響的時候也將同時考慮這兩者的作用。

南唐的黨爭始於烈祖李昇末年，一方以宋齊丘爲中心人物，聚集了馮延巳馮延魯兄弟、陳覺、魏岑、查文徽等人；一方爲常夢錫、蕭

儼、江文蔚、韓熙載等人。﹝註118﹞從烈祖晚年到中主即位，宋齊丘黨人勢力逐漸顯著：烈祖末年，馮延巳就提出北伐的主張；李璟即位之初，馮延巳等人以東宮舊屬登竉，宋齊丘、陳覺、魏岑等人專權用事，侵損時政，幾乎說服李璟將中外庶政全部交與宋齊丘。隨後，黨爭激化，蕭儼因上書極論馮延巳等人隔絕中外而被貶。保大二年（944），查文徽、馮延魯等人行險邀祿，發起對閩戰爭。常夢錫、張義方、江文蔚等諫臣紛紛上疏論諍，先後遭貶。這一時期的詩作中也相應地反映了當時的黨爭和戰事。

張義方在烈祖李昇時已為侍御使，以忠直敢言聞名。保大四年（946）馮延巳、李建勳拜相時，張義方獻詩曰：「兩處沙堤同日築，其如啓沃藉良謀。民間有病誰開口，府下無人只點頭。」﹝註119﹞江文蔚彈馮延巳章中稱「張義方上疏，僅免嚴刑」﹝註120﹞，顯然當時張義方不只有詩相嘲，還有奏章嚴屬彈劾馮延巳，並為此遭斥。惜陸游《南唐書》本傳已經稱張義方事迹散落，不得盡載其文，但從張義方一貫凜然守正的風格，可以想見其章疏應當是措辭嚴屬無所規避的。僅以這首絕句論，主旨在嘲諷馮延巳、李建勳二人徒能拜相，卻無視民間疾苦，措辭直切，就詩藝而言談不上有太多可採之處，但他以詩歌直接反映現實政治，這在南唐詩壇上乃至整個五代十國詩壇上都是不多見的，這可以視為對中唐諷諭詩的一個回應，儘管這回應很微弱，但正因為有這樣雖然微弱卻不絕如縷的回應，才有後來宋初王禹偁等人重新大力提倡恢復白居易詩歌中的諷諭精神。

保大五年（947），南唐的詩歌中出現了有關北伐的內容，典型的如徐鉉《謝文靜墓下作（原注：時閩嶺用師，契丹陷梁宋）》：

﹝註118﹞　參馬令《南唐書》卷20黨與傳、卷13韓熙載傳、馬令南唐書卷22蕭儼傳、陸游《南唐書》卷10江文蔚傳、陸游《南唐書》卷9高越傳等。

﹝註119﹞　《江南餘載》卷下，《全宋筆記》第一編（二），第247頁。

﹝註120﹞　陸游《南唐書》卷10江文蔚傳。

　　　　越徼稽天討，周京亂虜塵。蒼生何可奈，江表更無人。
　　豈憚尋荒壟，猶思認後身。春風白楊裏，獨步淚沾巾。〔註121〕

契丹在上一年的十二月滅後晉，入主大梁。不少原本就抱有北伐主張
的南唐人士，希望趁著此時中原混亂之際北圖霸業。保大五年二月，
韓熙載上書，「以爲『陛下恢復祖業，今也其時。若虜主北歸，中原
有主，則未易圖也。』時方兵連福州，未暇北顧，唐人皆以爲恨。唐
主亦悔之」〔註122〕。以南唐的國力，即使當時沒有用兵福建，北伐
也難以成功，但中原此時的境況卻給了南唐人士一個幻覺，以爲這是
一個絕好的契機，僅僅由於福建戰事才導致了它的落空。不久，連這
個幻象也轉瞬即逝：劉知遠稱帝，舉兵向大梁，契丹北還，果然出現
了韓熙載曾經預言的結果。徐鉉此詩正是這一時事的反映。此詩以懷
古的形式發表了對時勢的看法，在對謝安的追懷中哀惋著南唐無人，
同時爲南唐因正對福建用兵不能抓住此一良機而痛惜。此詩寫春景，
又有「時閩嶺用師，契丹陷梁宋」的題注，大約作於保大五年春，此
年三月陳覺在福州大敗，同月契丹還北，故此詩也當作於三月以前。
聯繫到韓熙載在此年二月力陳北伐的上疏，而韓熙載在南唐又一向被
目爲謝安〔註123〕，徐鉉此詩很有可能是爲韓熙載上疏不被採納、北
伐無望而作。此詩雖然是因北伐可能實現的幻象而生出的希望和失
望，卻因爲有現實的比照和感慨而與古人產生呼應，成爲一篇水準較
高的懷古之作。這類懷古之作在南唐並不多見，五代十國其他詩人也
很少能夠寫出此類詩，正是因爲這種現實感慨普遍的缺乏。

　　無論是張義方那樣的諷諭詩作，還是徐鉉這種直接反映戰事的詩
作，在現存南唐詩中都不多見，當時更多的仍然是一些從個人體驗出
發、間接體現出黨爭或戰事影響的抒情之作。如徐鉉另一首與閩戰有
關的詩《從兄龍武將軍歿於邊戍過舊營宅作》：

〔註121〕《徐公文集》卷2。
〔註122〕《資治通鑑》卷286後漢天福十二年二月，第9338頁。
〔註123〕《釣磯立談》載韓熙載死後「追諡曰文靖，葬於梅嶺岡謝安墓側，
　　　　江南人臣恩禮，少有其比」。

前年都尉沒邊城，帳下何人領舊兵。徼外瘴煙沉鼓角，
山前秋日照銘旌。笙歌卻返烏衣巷，部曲皆還細柳營。今
日園林過寒食，馬蹄猶擬入門行。〔註124〕

從詩中「邊城」、「瘴煙」、「秋日」等字句看，其從兄當歿於某年秋對
閩的戰爭中。南唐對閩的戰爭從保大二年底到保大八年春陸續進行，
此詩中云從兄前年歿、又云此詩作於寒食，則此詩約爲保大五年春至
保大九年春之間徐鉉在金陵時所作。此時也正是徐鉉的詩歌藝術達到
頂峰的階段，而將戰事及相關的個人經驗反映到詩歌中，正是徐鉉詩
在題材上的重要拓展，並直接影響到他此時清壯沉鬱詩風的形成。

　　金陵詩壇這種仍以抒發個人之情爲主的詩歌現象，固然顯得與徐
鉉提倡的由詩歌而觀風知政的理想〔註125〕不合，但考慮到南唐詩在
創作實踐上一直是沿著緣情的道路發展，這種畸重緣情之作的情形是
可以理解的：一方面是理論和理想與實際的差距，一方面是前面數代
詩人創作延續下來的慣性，因此即便當金陵詩壇因爲引入了一些和黨
爭、戰事等有關的新主題，卻由於詩人的感受方式、創作方式和動機
等方面沒有改變，因此這些新的主題仍然是通過與個人體驗切近的角
度和方式表現出來的，大量的詩作依然是狹義的緣情之作，諷諭詩和
直接敘寫戰事的詩歌數量是很少的。

　　保大五年也是南唐黨爭激化的一年。因陳覺、馮延魯矯詔興兵，
招致福州大敗，御使中丞江文蔚當廷彈劾馮延巳、魏岑，言辭激烈。
儘管江文蔚因此激怒元宗而被貶爲江州司士參軍，其彈文卻朝野傳
寫，影響很廣。由於宋齊丘、馮延巳的庇護，陳覺、馮延魯最後流放
了事。韓熙載曾屢次進言宋齊丘黨與必爲亂階，此時再與徐鉉上書，
請誅陳覺、馮延魯二人。宋齊丘則反奏韓熙載嗜酒猖狂，於是韓熙載
被貶爲和州司士參軍，宋齊丘、馮延巳二人也最終都被罷相。〔註126〕
江文蔚與韓熙載、徐鉉這兩次對宋黨的彈劾彼此呼應。前此一年，

〔註124〕《徐公文集》卷2。
〔註125〕見本書第四章第二節二《徐鉉與宋初的白體詩風》中相關論述。
〔註126〕《資治通鑒》卷286天福十二年四月，第9356頁。

高越還曾爲盧文進獄上書，指斥馮延巳過惡，被貶爲蘄州司士參軍。
〔註127〕這次交鋒因而成爲南唐黨爭的第一波巨浪，黨爭過程及其造成的部分文人貶謫經歷在詩作中也有所反映。

黨爭的中心人物之一江文蔚富有文才，「尤善詞賦，得國風之體」〔註128〕，《宋史‧藝文志》載其有《唐吳英秀賦》七十二卷、《桂香賦》三十卷。〔註129〕江文蔚不但以賦著名，其詩也以清新自然著稱。徐鉉在《翰林學士江簡公集序》中將江文蔚比作孟浩然，稱其「綜南北之清規，盡古今之變體」〔註130〕。江文蔚的詩作今天僅存一聯斷句：「屈平若遇高堂在，應不懷沙獨葬魚」，正是作於被貶江州時。兩句詩表達了他在貶謫之中的心態和抉擇，既以屈原的直道自況，又顯現了自己不同於屈原的個性、心態，口吻顯得平易冷靜，這大概與其「雅好玄理，有方外之期」〔註131〕的喜好和個性有關。

由於江文蔚、高越、韓熙載等人紛紛遭貶出都，馮延巳、馮延魯等人也被貶斥，黨爭兩派的核心人物此後幾年都不在金陵，南唐政局出現短暫的平靜，金陵詩壇也顯得較爲寂寥。保大六年（948），江文蔚、韓熙載、高越與徐鉉之間有寄贈唱和之作，但現在僅有徐鉉的作品留存，分別是：

　　賈傅南遷久，江關道路遙。北來空見雁，西去不如潮。鼠穴依城社，鴻飛在沉寥。高低各有處，不擬更相招。（《和江州江中丞見寄》）

　　賈傅棲遲楚澤東，蘭皐三度換秋風。紛紛世事來無盡，黯黯離魂去不通，直道未能勝社鼠，孤飛徒自歎冥鴻。知君多少思鄉恨，並在山城一笛中。（《寄蘄州高郎中》）

〔註127〕《資治通鑑》卷285 開運三年正月，第9302頁。按，高越上書事繫年參夏承燾《馮延巳年譜》保大四年條（《夏承燾集》第一冊，第51～52頁）。
〔註128〕徐鉉《唐故左諫議大夫翰林學士江君墓誌銘》，《徐公文集》卷15。
〔註129〕《宋史》卷209 藝文志八，第5394頁。
〔註130〕徐鉉《翰林學士江簡公集序》，《徐公文集》卷18。
〔註131〕徐鉉《唐故左諫議大夫翰林學士江君墓誌銘》，《徐公文集》卷15。

良宵絲竹偶成歡，中有佳人俯翠鬟。白雪飄搖傳樂府，
阮郎憔悴在人間。清風朗月長相憶，佩蕙紉蘭早晚還。深
夜酒空筵欲散，嚮隅惆悵鬢堪斑。(《江舍人宅筵上有妓唱和州
韓舍人歌辭因以寄》)〔註132〕

這些寄贈唱和詩當然屬於社交應酬之作，但也包含了在黨爭中與同道
彼此關懷的眞誠情誼。第一首將江文蔚比作賈誼，稱讚對方是忠直的
逐臣，同情其遭貶，又以飛鴻必不與社鼠爲伍作比，表達對對方氣節
的堅信。同時，給對方的寄贈唱和之作也往往體現出作者自身對黨爭
的態度、在黨爭中的立場，上引兩詩中皆有飛鴻社鼠的比興，第二首
更直接地發爲「直道未能勝社鼠，孤飛徒自歎冥鴻」之句，將與自己
立場相同的江文蔚比作高潔的孤鴻、而將黨爭中的敵方比作社鼠，表
明此時徐鉉本人雖然還沒有直接牽涉到黨爭中，但其向背已十分明
確。這些詩作中體現出來的情感體驗遠較其一般的詠物酬唱之作眞誠
和深厚，這些詩作爲一時較爲寂寥的金陵詩壇平添許多亮色。

　　隨後保大七年（949）的春雪詩唱和是對金陵詩壇實力的一次檢
閱，但爲唱和的題目所限，儘管參與者眾多，詩作大多仍然顯得空洞
膚闊，不能評價太高。而且當時會聚在金陵的這批詩人不久就分散各
地，金陵詩壇一時再次陷入沉寂：這年三月，由於湯悅、宋齊丘的誣
陷，徐鉉兄弟分別被貶往泰州和烏江。〔註133〕不過，徐鉉隨後在泰
州貶所的詩作達到個人創作的高峰：在戰事、黨爭的交織中情感體驗
的複雜化，使得他的作品呈現出深沉的面貌。此次貶謫時間並不長，
徐鍇、徐鉉分別在次年和第三年被召回金陵，但二人很快又陷入新一
輪黨爭的漩渦。徐鉉在保大十一年（953）底因罷築白水塘之事再貶
舒州，〔註134〕不久徐鍇也因爲彈奏馮延魯而被貶往東都。〔註135〕韓

〔註132〕三詩皆見《徐公文集》卷 2。三詩繫年採用《唐五代文學編年史・五
　　　　代卷》的說法，見後漢高祖乾祐元年（948）南唐徐鉉條下，第408頁。
〔註133〕《宋史》卷441徐鉉傳，第13044頁。
〔註134〕《徐公文集・徐公行狀》。
〔註135〕《資治通鑒》卷291廣順三年十二月，第9498頁。

熙載有詩送二人：「昔年淒斷此江湄，風滿征帆淚滿衣。今日重憐鶺鴒羽，不堪波上又分飛。」〔註 136〕這首詩哀婉動人，也反映了當時金陵詩壇的凋零淒涼情形。

此時南唐國的處境也日趨緊張。儘管對閩嶺和湖南的先後用兵導致南唐國力大為損耗，但真正使南唐陷入不可逆轉劣勢的還是後周在保大十三年（955）發動的進攻。後周世宗柴榮即位以後，先後發動了對後蜀和南唐的戰爭，並且戰爭的推進異常迅速。保大十三年十一月侵淮北，短短數月內先後陷揚、泰、光、舒、蘄、和等州。〔註 137〕淮南為南唐腹地，後周的進攻使南唐直面存亡的關頭，對南唐上下的衝擊遠遠超過與福建和湖南的交兵帶來的影響。相應地，詩歌中對這一段歷史的反映和表現也要較以往為多，但也因詩人的個性及其在南唐政局中的不同地位和境遇而有差異。徐鉉詩對此表現較多，下節還將作專門討論。

本節在考察金陵詩壇高層文官的唱和詩時，曾提到保大十四年（956）徐鉉、徐鍇、喬匡舜等人送鍾蒨往東都的《得江奉送德林郎中學士》等詩，這組詩作於保大十四年秋。這年七月，南唐「復東都、舒、蘄、光、和、滁州」〔註 138〕，因此才有鍾蒨再赴東都尹一事。前文在討論金陵詩壇高層文官的唱和情況時，已經指出在這六首五律中，徐鉉、徐鍇和鍾蒨三人的詩歌最值得注意，言志與時事進入他們的視野，若再作一番細讀，則可以清楚看出戰事對不同個性的詩人造成的不同影響。

由於當時戰爭開始還不太久，儘管南唐此前連連喪師失地，但這年七月接連收復數州，使得士氣尚不至低落。文士對當時時局的

〔註 136〕據《徐公行狀》，此詩當為韓熙載送別徐鉉流舒州、徐鍇分司東都而作；《全唐詩》卷 738《送徐鉉流舒州》下注云「時鉉弟鍇亦貶烏江尉，親友臨江相送」，將徐氏兄弟前後兩次貶謫雜糅到一起，誤。

〔註 137〕《十國春秋》卷 16 元宗本紀保大十四年，第 223～226 頁。

〔註 138〕《十國春秋》卷 16 元宗本紀，第 227 頁。

反映各不相同，即以參加這次唱和的六人而言，喬匡舜、蕭或、陳
元裕三人的詩作中完全看不到現實的反映，只就題面及離別本身抒
寫，這或者是出於他們對局勢的完全樂觀，以至不以爲意；或者是
與其詩歌觀念和創作追求有關，即不以爲詩歌應當反映和表現當下
現實；或者他們並沒有思考過這個詩歌表現對象的問題，只是按照
自己所熟悉的常規套路寫就了這些詩。徐鉉的詩則表現爲他一貫的
和婉風格，雖有因現實而來的憂愁，卻並不沉溺其中，中間兩聯流
水對順勢而下，強化了這種流利、清婉的印象。鍾蒨的詩則與喬匡
舜等三人相反，以孤鴻自比，「影落長江水，聲悲半夜風。殘秋辭絕
漠，無定似驚蓬」，表現得極爲悲觀，與他在保大九年第一次往東都
任職時所賦「有意圖功業，無心憶薜蘿」的躊躇滿志相比，簡直判
若兩人，但恰是這種悲凄之歎可能反映了他最本眞的個性和當下感
受，因爲越是在逆境中往往越能顯露出人的深層個性。而且，此時
揚州剛剛經歷過戰爭的劫難，雖經收復，卻前景難料，鍾蒨將與意
氣相投的友朋同儕分開，隻身上任，因此以孤鴻寄託自己悽惶失路
的情懷再合適不過，正是這種感慨造就了這一首詩。至於徐鍇的詩，
既不同於徐鉉的清愁，也不同於鍾蒨的深悲，而是既鄭重深沉，也
有清壯之氣。起首兩句「瓜步妖氛滅，昆崗草樹清」，清楚交代了這
次送行的背景，這兩句語氣絕決，讓人覺得雖經戰亂，但有了這番
收復失地的敗中求勝，作者無論對人對己都還保留有奮發的期許，
毫不優柔低沉，也予人神清氣爽之感。末二句「樓中長可見，持用
減離情」，想像鍾蒨在揚州官府看到金陵的山能減輕離別之感，雖然
是爲縮合題目，卻也體現出一種信心十足的堅定意味。整首詩既體
現了徐鍇本人的個性，也代表了戰事初起時不少南唐詩人還不乏自
信和希望的心態。

　　從這一組詩，我們可以看出這一次與後周的戰爭是怎樣深刻地影
響了金陵的詩人，並且這種影響並不是直接作用、而是通過詩人不同
的個性與心態發生作用的。

　　保大年間，金陵還有一位詩人朱存，他寫作了一組懷古詩，以金陵的古迹爲吟詠對象：

　　　　朱存字□□，金陵人也。嘗讀吳大帝而下六朝書，具詳歷代興亡成敗之迹，南唐時作覽古詩二百章，章四句，沿初泊末，爛然棋布，閱詩者嘉其用心之勤云。〔註139〕

　　　　朱存，金陵人。保大時，常取吳大帝及六朝興亡成敗之迹，作覽古詩二百章，章四句，地志家多引以爲證。〔註140〕

《景德建康誌》中沒有說明朱存寫作金陵覽古詩的具體時間，但《十國春秋》稱其作於保大年間，編纂者吳任臣當別有所據，應該是可信的。朱存的覽古詩現存僅16首，〔註141〕作爲懷古詩可能是出於要總結歷史教訓的動機，抒發盛衰興亡的感慨，或者還有供南唐當時借鑒的期望。保大後期，南唐遭到後周進攻，處境與歷史上的東晉南朝十分相似，朱存這組懷古詩作於此時是很有可能的，其中的幾首作品能夠明顯體現作者的這種意圖：

　　　　滿目江山異洛陽，昔人何必重悲傷。倘能戮力扶王室，當自新亭復故鄉。（《新亭》）

　　　　五城樓雉各相望，山水英靈宅帝王。此地定由天造險，古來長恃作金湯。（《石頭城》）〔註142〕

《新亭》一詩體現了作者對悲觀者的鼓勵，表達了恢復中原的信心；《石頭城》則強調金陵城有長江天塹這一地理位置的優勢，作者似乎忽略了歷史上這金湯也並不牢固，但在強調城池堅固背後，更深層的原因很可能是作者的本意在於要鼓勵士氣，因而在詩中只寫其有利的

〔註139〕　《景定建康誌》卷49。另，《宋史》卷208藝文志七著錄：「朱存《金陵覽古詩》二卷」（第5351頁）、「朱存《金陵詩》一卷」（第5386頁）。

〔註140〕　《十國春秋》卷29朱存傳，第415頁。

〔註141〕　見《全唐詩》卷757、《全唐詩補編・續補遺》卷11、《續拾》卷44。但《續拾》卷44陳尚君在朱存詩後已有案語說明朱存部分詩作與宋人楊修《覽古百題詩》久已相混，難以分辨。此處依《景定建康誌》、《輿地紀勝》並作朱存詩對待。

〔註142〕　《全唐詩補編・續補遺》卷11，第469頁。

一面。當然，從其現存詩作看，其它單純敘寫歷史古迹的作品數量更多，像《新亭》、《石頭城》這樣明確表達了自信樂觀的家國情懷的作品是少數。對金陵詩壇而言，此時懷古詠史題材大量進入作品，且以組詩形式呈現出來，這也是對南唐前期李昇時代金陵詩壇以當地風土爲主要題材的懷古詠史詩的發展。不過，此時朱存的詩作涉及的風土景物更爲具體，抒發的也不再是從前較爲普泛的慨古傷今之情，詩中純敘景之語和直接議論較多，風格因而顯得質實有餘、空靈不足，較乏遠意和餘韻。

　　本節主要考察了中主在位時期的金陵詩壇。此時金陵詩壇的發展主要從兩個方面體現出來，一是高層文官的唱和規模增大和詩藝水平的提高，二是另外一些詩人經由科舉或是從別的地域進入金陵詩壇。金陵詩壇新的詩風也在此時形成，清奇詩風成爲當時金陵詩壇普遍的好尚，此外，激化的黨爭和不斷的對外戰事在此時的詩歌中也有較多反映，它們造成了此時南唐詩歌主題的擴展，儘管這種擴展還比較有限。作爲金陵詩壇最優秀、也是存詩最多的詩人徐鉉則在這一時期達到了他創作的高峰，寫出了最好的作品。

第三節　徐鉉在中主時期的詩歌創作及理論

　　中主李璟在位時期（943～961）徐鉉的詩風成熟、創作達到高峰。之前的青年時代，徐鉉的詩作雖然已經表現出一些自己的特點，譬如清麗詩風初顯端倪，但當時畢竟還因爲可表現的生活和情感都比較有限，因此整體上略顯單弱。到了後主時期，儘管國勢日蹙，但徐鉉深得後主信任倚重，個人仕途頗爲順利，他在後主時期的詩歌多爲唱和之作，且多是局限於極小的圈子內圍繞狹小主題的反覆唱和；更主要的原因在於這一時期徐鉉也流露出個性中庸弱的一面，《釣磯立談》批評他「從容持祿，與國俱亡」是有根據的。可以說，徐鉉的詩歌水平在後主時期呈現出明顯的衰頹和下滑，他的詩歌創作頂峰主要出現

在中主時期。因此，我們不妨將重點放在他在這一時期的創作上，考察他何以在此時達到創作高峰、又是怎樣達到的。此外，徐鉉的詩歌理論也值得注意，它也正是在中主時期成型的。

一、中主時期徐鉉的詩歌

中主在位的近二十年時間，正是徐鉉的壯年時期，也是經歷了頗多坎坷的時期：捲入黨爭，兩次遭貶，第二次被貶舒州時又遭遇後周進攻南唐，備嘗避兵逃難的艱險。經歷和體驗的複雜加深了他詩歌的豐富意味，並且在詩藝上也能看出他此時多方面嘗試的軌迹。以保大七年（949）三月貶泰州爲界，徐鉉在中主時期的詩歌又可以分爲前後兩期。

1、徐鉉在保大前期的詩歌

在徐鉉前期的詩歌中，可以看到他將以往昇元年間較多寫作唱和詩的習慣延續下來，集中如《賀殷游二舍人入翰林江給事拜中丞》、《秋日雨中與蕭贊善訪殷舍人於翰林座中》、《翰林游舍人清明日入院中途見過余明日亦入西省上直因寄游君》等詩，〔註 143〕就是此時與江文蔚、殷崇義、游簡言等人的唱酬之作，內容上大多是有關陞遷、過訪等官居日常生活，基本以五七律表現。此外，如保大三年（945）所寫《月眞歌》是徐鉉詩集中少有的敘事詩之一：

> 揚州勝地多麗人，其間麗者名月眞。月眞初年十四五，
> 能彈琵琶善歌舞。風前弱柳一枝春，花裏嬌鶯百般語。揚州
> 帝京多名賢，其間賢者殷德川。德川初秉綸闈筆，職近名高
> 常罕出。花前月下或遊從，一見月眞如舊識。閒庭深院資賢
> 宅，宅門嚴峻無凡客。垂簾偶坐唯月眞，調弄琵琶郎爲拍。
> 殷郎一旦過江去，鏡中懶作孤鸞舞。朝雲暮雨鎭相隨，石頭
> 城下還相遇。二月三月江南春，滿城濛濛起香塵。隔牆試聽
> 歌一曲，乃是資賢宅裏人。綠窗繡幌天將曉，殘燭依依香嫋
> 嫋。離腸卻恨苦多情，軟障薰籠空悄悄。殷郎去冬入翰林，

〔註 143〕並見《徐公文集》卷 2。

九霄官署轉深沉。人間想望不可見，唯向月眞存舊心。我慚
闊茸何爲者，長感餘光每相假。陋巷蕭條正掩扉，相攜訪我
衡茅下。我本山人愚且貞，歌筵歌席常無情。自從一見月眞
後，至今贏得顚狂名。殷郎月眞聽我語，少壯光陰能幾許。
良辰美景數追隨，莫教長說相思苦。〔註144〕

此詩以旁觀者的口吻敘寫了殷崇義和廣陵伎人月眞之間離合悲歡的
情事，但其中少有自己的感慨、情感的投入和承擔，徒爲酒筵歌席上
用助妖嬈、逞露才情之具，和他後來的長篇歌行相比，顯得平鋪直敘，
一覽無餘，藝術上尙未成熟，較缺乏回味。

這一時期最好的作品應當是《柳枝辭》十二首：

把酒憑君唱柳枝，也從絲管遞相隨。逢春只合朝朝醉，
記取秋風落葉時。

南園日暮起春風，吹散楊花雪滿空。不惜楊花飛也得，
愁君老盡臉邊紅。

陌上朱門柳映花，簾鈎半卷綠陰斜。憑郎暫駐青驄馬，
此是錢塘小小家。

夾岸朱欄柳映樓，綠波平慢帶花流。歌聲不出長條密，
忽地風回見彩舟。

老大逢春總恨春，綠楊陰裏最愁人。舊遊一別無因見，
嫩葉如眉處處新。

濛濛堤畔柳含煙，疑是陽和二月天。醉裏不知時節改，
漫隨兒女打秋韆。

水閣春來乍減寒，曉妝初罷倚欄干。長條亂拂春波動，
不許佳人照影看。

柳岸煙昏醉裏歸，不知深處有芳菲。重來已見花飄盡，
唯有黃鶯囀樹飛。

此去仙源不是遙，垂楊深處有朱橋。共君同過朱橋去，
索映垂楊聽洞簫。

〔註144〕同前注。

　　　暫別揚州十度春，不知光景屬何人。一帆歸客千條柳，
腸斷東風揚子津。

　　　仙樂春來按舞腰，清聲偏似傍嬌嬈。應緣鶯舌多情賴，
長向雙成說翠條。

　　　鳳笙臨檻不能吹，舞袖當筵亦自疑。唯有美人多意緒，
解依芳態畫雙眉。〔註145〕

關於《柳枝辭》或名《楊柳枝》、《柳枝》（下文中將以《楊柳枝》作
爲通稱）的組詩，對其從隋唐到宋時的曲調、體式淵源流變的追溯，
詳見於前一章第二節成彥雄部分，及書末附錄二《隋唐曲〈楊柳枝〉
源流的再探索》一文。簡言之，這種以七言絕句組詩的形式詠柳的詩
歌在中唐白居易等人手上基本定型，之後十分流行，且大多用以入樂
演唱並配以舞蹈。它是爲特定曲調寫作的歌詞，但還保留著七言絕句
的形式，可以認爲它介於聲詩和詞之間。但到五代時期，後蜀花間詞
人如顧敻、張泌寫作的《柳枝》形制上已經不再是七絕，〔註146〕而
是在每句七言之下添加了一個三字句，且這些三字句都與七字句構成
意義的連貫，並不是僅僅作爲和聲塡實的字句出現；儘管孫光憲、牛
嶠、和凝等人的《柳枝》仍然爲七言絕句的形制，〔註147〕但其中部
分作品不再是單純的詠柳，如在牛嶠的五首《柳枝》中，楊柳已只是
作爲女子的陪襯物，而和凝三首《柳枝》中甚至有兩首已經與楊柳完
全無關，「柳枝」已只是一個詞牌，不再是所詠對象。可見，在後蜀，
《楊柳枝》既以詠題的七言絕句的形式存在，也以非詠題的描寫女子
和豔情的七言絕句的形式存在，同時還以非詠題的長短句形式存在，
至少在後兩種情形下，《楊柳枝》都是作爲詞牌存在的。南唐的情形

〔註145〕同前注。

〔註146〕張泌《柳枝》、顧敻《楊柳枝》詞分見於《花間集》卷4、卷7。（後
　　　　蜀）趙崇祚輯《花間集校》，李一氓校，北京：人民文學出版社，
　　　　1958年版，第76、129頁。

〔註147〕孫光憲《楊柳枝》四首，見《花間集校》卷8，第158～159頁；牛
　　　　嶠《柳枝》五首，《花間集校》卷3，第56頁；和凝《柳枝》三首，
　　　　《花間集校》卷6，第129頁。

則有不同：孫魴、成彥雄、徐鉉和後主李煜皆以齊言寫作此題。可能是由於南唐詞的發展較西蜀略晚，從齊言形制向長短句形式的過渡也出現得晚一些，即便南唐此題下的作品有的也是付諸演唱的，但它們的風格仍舊與西蜀歌筵舞席之作相去較遠，而更多地接近於傳統的詠物詩。

徐鉉這一組七言絕句正是如此。第一首已經交代了這一組《柳枝辭》的是產生在酒筵歌舞之間——「把酒憑君唱柳枝，也從絲管遞相隨」，但此組詩並非爲歌兒舞女而作。雖然其中有的爲純粹的詠物，卻也不乏託寓之作。「老大逢春總恨春，綠楊陰裏最愁人」、「一帆歸客千條柳，腸斷東風揚子津」等詩句表達了自己的傷春和離別之情，儘管不是其中最堪讚賞的句子，卻給這組詠物詩增添了深長的意味。

這組《楊柳枝》中最值得注意的是「濛濛堤畔柳含煙」一首。此詩表面只是描寫在自己醉後隨小兒女打秋韆的情景，實際上深層卻隱含了對南唐國運的憂患。首先可以從這一組詩的寫作時間和背景來看：據第九首「暫別揚州十度春」一句，可以推定這一組詩大約作於保大四年（946）。徐鉉生長揚州，在南唐代吳以前，他仕於楊吳，也一直在揚州任職，自昇元元年（937）仕於金陵始離開揚州。此云十年之別，則爲保大四年前後他重到揚州時。南唐在保大二年底開始伐閩、次年秋滅閩，但因征閩南唐耗費巨億，府庫幾爲之竭；〔註148〕下一年即保大四年春，李建勳、馮延巳拜相，高越指斥馮延巳兄弟結黨營私而被貶斥，常夢錫不久也被罷去，南唐黨爭開始激化。徐鉉這一組詩正作於此時，聯繫到這些背景，可知其中是深有寄託的。「濛濛堤畔柳含煙，疑是陽和二月天」二句乃別有所指，隱喻南唐當時的勝利和強大只是表面現象，否定的含義經由「疑是」一詞傳達出來，渾融巧妙。「醉裏不知時節改，漫隨兒女打秋韆」，則用醉酒嬉遊不知時日的形象隱喻南唐當時過分的安恬樂觀。通首詩以比興爲體，讀者可以從字面感到潛層另有涵義，但一切又都沒有點破。正是這首以比

〔註148〕《資治通鑒》卷285後晉開運二年七月，第9294頁。

興為體、富有寓託的七絕，使得這一組《柳枝辭》成為徐鉉詩的一個新起點，此後他的詩歌逐漸超越單純個人的離合悲歡之情，也將對時事、國運的關心納入表現的範圍。這種表現範圍的擴大不僅對徐鉉自身的詩歌發展階段而言是一個重要開拓，而且對南唐詩歌而言也是一個拓展。但是，這種對個人之外更廣闊生活的關注，並非以對國家和社會事件加以直接敘寫的形式出現，而是仍然以個體化的抒情的面目出現。實際上，由於「緣情」是晚唐五代以來詩歌、尤其是南唐詩歌的長項，徐鉉並沒有去直接敘寫國事、或者在詩中直接發議論，而是抒發在這種背景下的個人的情感，這種方式對於擅長抒情的南唐詩人來說駕輕就熟，易於寫出較好的作品。

前引保大五年春所作的《謝文靜墓下作》一詩述北伐之志，也是徐鉉此期受國事影響較為顯著的作品。徐鉉採用懷古的形式，表達對當時北方混亂、南唐卻陷於對閩用兵中無力抓住此一良機北伐的痛惜，前文中對此詩的具體寫作背景已有過分析。如果說《柳枝辭》「濛濛堤畔柳含煙」一詩還只是出於對家國形勢的敏感而生的朦朧情緒，故一切情思都還是渾融的、含而未發的，《謝文靜墓下作》則是針對更為具體的國事而發，採用的是懷古的形式，其中的理路更分明，但並未脫離其一貫的抒情基調。

此後兩年間，徐鉉先後親見江文蔚、高越、韓熙載等意氣相投的友人相繼因黨爭遭貶，徐鉉與他們彼此也有贈答酬唱之作，如《和江州江中丞見寄》、《寄蘄州高郎中》、《江舍人宅筵上有妓唱和州韓舍人歌辭因以寄》等詩。〔註 149〕此時的贈答酬唱之作卻與其早年的唱酬之作很不相同，不再是就官居生活或陞遷賀喜等平庸無奇的內容點綴敷衍，黨爭使得他個人的傾向和立場漸漸浮現出來，寄贈詩不再是浮泛的應酬，而是真正深厚友情的體現，表達了徐鉉對江文蔚等人的深切同情和慰勉。

〔註149〕並見《徐公文集》卷2。

以保大四年爲起點，南唐戰事和黨爭開始進入徐鉉的詩歌，這成爲徐鉉的詩歌從前期向後期轉折的過渡，從此，他的詩歌表現對象得到拓展，超出當時詩歌多局限於個人的狹小格局；情感體驗也朝複雜和深厚發展。

2、徐鉉保大後期的詩歌成就：泰州舒州兩次貶謫的影響

（1）貶謫泰州期間

保大七年春，春雪詩唱和之後僅僅兩個月，徐鉉、徐鍇二人便因爲批評殷崇義軍中書檄援引不當而爲殷崇義、宋齊丘所譖，徐鉉被貶爲泰州司戶掾，徐鍇被貶爲烏江尉。就整個金陵詩壇而言，繼江文蔚、韓熙載等人之後，二徐又被外貶，金陵詩壇的力量被削弱了；對於這些遭貶的詩人而言，這是其政治生涯的不幸，但對其詩歌創作來說，卻未嘗不是一件幸事。徐鉉部分最好的詩歌就產生在他兩次貶謫期間。

被貶泰州是徐鉉仕宦生涯中第一次重大的挫折，這一經歷爲其詩歌帶來了不同於以往的新的情感體驗。如在《贈維揚故人》、《泰州道中卻寄東京故人》、《寄外甥苗武仲》、《寄從兄兼示二弟》等詩中表達的貶謫之悲、思鄉之感、對親情友情的渴望自然難以避免，但此時的詩中還不止抒發了戀闕之思，如《貶官泰州出城作》還表達了貶謫途中仍爲四海干戈痛心的情感：

> 浮名浮利信悠悠，四海干戈痛主憂。三諫不從爲逐客，
> 一身無累似虛舟。滿朝權貴皆曾忤，繞郭林泉已遍遊。惟
> 有戀恩終不改，半程猶自望城樓。

對自己的貶謫，徐鉉常常以屈原自況，如同作於往泰州貶所途中的《過江》一詩：

> 別路知何極，離腸有所思。登艫望城遠，搖櫓過江遲。
> 斷岸煙中失，長天水際垂。此心非橘柚，不爲兩鄉移。

又如《送寫眞成處士入京》一詩：

　　　　傳神蹤迹本來高，澤畔形容愧彩毫。京邑功臣多佇望，
　　凌煙閣上莫辭勞。〔註150〕

「此心非橘柚，不爲兩鄉移」，表白自己的信念終不因遭際而改遷；
「傳神蹤迹本來高，澤畔形容愧彩毫」，仍舊以屈原行吟澤畔自比。
這些詩句當然是一種修辭，但修辭的背後，顯見是貶謫情境讓徐鉉
對屈原及其作品有了重新認識和體味。就像禪宗說法不孤生、仗境
方生；〔註151〕天台宗說境觀不二、境觀相資，即所觀之境與能觀之
心相融不二，妙觀藉由妙境而顯現，妙境藉由妙觀而成就。境者，
心與感官所感覺或思惟之對象，詩人要獲得對詩歌的妙悟，同樣要
經由「境」的顯現。對屈賦之境的重新體認正是徐鉉貶謫生涯在詩
歌上的最大收穫，它讓徐鉉的詩煥發了新的活力。

　　泰州之貶是徐鉉首度捲入黨爭，在之前的南唐黨爭中，徐鉉其實
並未眞正置身其中。儘管他與江文蔚、高越、韓熙載等人聲氣相求，
過從密切，在黨爭中傾向於他們的立場，當他們在黨爭中遭到挫折時
也有詩歌寄贈酬答，對之表示同情和支持，但是自己直到被貶泰州以
前，徐鉉仍然只是處在黨爭的邊緣位置。寄贈韓熙載等人的詩作表達
的仍然是身在其外的同情、對友人的思念，這種情感體驗雖然較他早
年的經歷爲複雜，但與泰州時期相比仍然是相對單純的。保大七年，
徐鉉與其弟徐鍇因爲指謫殷崇義書檄援引不當，爲殷崇義所譖，遭到
殷崇義和宋齊丘的共同構陷而被貶，此爲徐鉉全面捲入黨爭之始。親
歷黨爭使得他此時的情感體驗是多面的、複雜的，既有信念的砥礪，
對親情、友情的渴求，也有對前途的迷惘之感。黨爭、貶謫、戰事等
因素的交織錯綜帶來情感體驗的複雜化，使得徐鉉泰州時期的七律創
作進入了一個新的階段，其中的佳作達到了感慨深摯、跌宕頓挫的境
界。

〔註150〕並見《徐公文集》卷3。
〔註151〕石佛忠《相生頌》云：「法不孤生仗境生。」見（宋）智昭編《人
　　　　天眼目》卷4，《大正藏》第四十八冊。

此期七律佳作如《聞查建州陷賊寄鍾郎中（原注：謨即查從事也）》：

> 聞道將軍輕壯圖，螺江城下委犀渠。旌旗零落沉荒服，
> 簪履蕭條返故居。皓首應全蘇武節，故人誰得李陵書。自
> 憐放逐無長策，空使盧諶淚滿裾。〔註152〕

此詩爲保大八年（950）徐鉉在泰州得知福州之役南唐大敗後所作。福州之役始自保大四年，當時李弘義在建州之役後保據福州，名義上隸屬南唐，實際上自爲割據。保大四年六月，陳覺受宋齊丘舉薦，往說李弘義入朝，李弘義不從，陳覺遂矯詔徵發建、汀、撫、信等州兵馬，以馮延魯爲將，進攻福州。魏岑爭功，也發兵響應。李璟聞之震怒，但迫於形勢只好派兵出戰。李弘義則向吳越乞師。此後南唐軍連連敗退，福州爲吳越所控制，留從效、留從願兄弟又控制了泉、漳二州，南唐與吳越的關係也因福州之役惡化。保大八年，吳越布下伏兵，誘騙永安軍留後查文徽入福州，南唐士卒死傷萬人，查本人也墮馬被擒。徐鉉該詩即作於此時。

詩的前二句委婉點出查文徽的輕率貪功導致了福州之敗，次聯分寫戰敗的景況以及鍾謨的放還故居，兩句皆想像之詞而能具有現場感。頸聯則用蘇武、李陵之典，分別比鍾謨和查文徽。鍾謨和查文徽，一放歸一陷敵，用蘇武李陵之典正十分恰切。上句說鍾謨像蘇武一樣終不變節，而下句以李陵比查文徽，也是對查文徽的陷敵表示感喟。末聯則將查文徽、鍾謨比作陷於匈奴的劉琨，又痛切於自己因爲放逐在外，無力襄助。題目標明此詩是寄給鍾謨的，詩中既有對鍾謨的寬慰，但此詩又不僅僅是爲鍾謨而寫，也是爲查文徽以及福州之敗這個更大的背景而作。查文徽本屬宋齊丘黨，被目爲「五鬼」之一，徐鉉與宋黨有隙，同情韓熙載、江文蔚等人，被貶泰州又是由於宋齊丘黨人構陷，但從此詩看來，徐鉉與查文徽顯然還有故舊之誼。查文徽與福州之敗有莫大干係，同時他又是徐鉉的故人，徐鉉並沒有因爲在黨

〔註152〕《徐公文集》卷3。

爭中的立場不同而與之決裂，何況此時查又處於戰敗陷敵的命運中。徐鉉詩中既對他導致的失敗有指責，也有對其陷敵的同情。多種感慨的交織使得此詩包含的情感力量十分豐富飽滿，有沉鬱頓挫之致。此時徐鉉自己也處於貶竄之中，但他仍對國運關心有加，此詩的基調便是對南唐福州之敗的深深歎惋。徐鉉此期常以屈原自況，此詩表現的關心國運的情懷顯然與這種自況是一致的。

　　這首七律具有跌宕頓挫的效果，不僅來自其家國情懷，也來自其情感的深沉和複雜。徐鉉此期七律的佳作幾乎都表現出這個共同特點，即情感體驗的相對激烈、複雜和深刻。作者自身情感體驗的複雜和深刻進入詩歌，就成為詩情的濃鬱深厚，即便不加過多醞釀，這種緣情之作也可以立刻表現出動人的力量。他的《陳覺放還至泰州以詩見寄作此答之》一詩也作於泰州貶所，與前引《聞查建州陷賊寄鍾郎中》的寫作時間前後相去不遠：

　　　　朱雲曾為漢家憂，不怕交親作世仇。壯氣未平空咄咄，狂言無驗信悠悠。今朝我作傷弓鳥，卻羨君為不繫舟。勞寄新詩平宿憾，此生心氣貫清秋。〔註153〕

陳覺也是宋齊丘黨，保大四年進攻福州之役即由其矯詔興兵發動，卻以連連敗退告終，保大五年，徐鉉與韓熙載曾同上書彈宋齊丘、馮延巳、陳覺、馮延魯。由於宋齊丘、馮延巳的力救，陳覺最後得以免死貶往蘄州，不久再次起復。此時陳覺因故放還泰州，首先寄詩徐鉉，以期平復宿憾。徐鉉此詩即為答贈之作。此詩起首二句回顧自己昔日與陳覺交惡的緣由，表明自己當日的彈奏對方是為國家計。這兩句以氣勝，自比漢代著名直臣朱雲，質直不回，同時也將公理與私誼區分開，為此時釋去前嫌張本。頷聯略過對方的經歷而仍然回顧自己的過去，追敘自己當年的主張並未見採，其實仍舊是委婉表示自己現在並未放棄當年的看法，此時與陳覺的平釋宿憾並非以對從前的自我否定為前提。頸聯方轉入當下情境，自己身處貶謫之中，對方卸官放還，

當年的敵對彷彿已不存在，自己作為直臣而遭貶，此時反而羨慕對方的無所牽絆。此聯上下兩句主體「……我作（傷弓）鳥」、「……君為（不繫）舟」具備大致對仗的結構，但全聯並非最精嚴的對仗句，這在七律中並不多見。雖然這種寫法缺少了正統七律的精嚴整麗，但它帶來了一種參差感和流動感，這未必是有意為之，卻體現出徐鉉一貫的下筆迅捷、不重雕琢的特點。末聯表示酬答陳覺主動寄詩平憾之意，末句沒有指明主語，究竟「此生心氣貫清秋」是稱讚對方還是自我表白，這種含混有可能是有意造成的，原因在於徐鉉正要以此再次強調宿憾可平、交親依舊，而政治立場的對立則因為自己的心氣不會改易而一如過往。

　　泰州時期的詩作由於交織著黨爭、貶謫、戰事、友情諸多紛繁的事件和複雜情感，因而呈現出了前所未有的深沉頓挫。這種深沉頓挫的風格在他的七律中體現得最為充分，這與七律這一詩型本身的體式有關，尤其七律中二聯對句，具有高度自足的表現功能，易於統納複雜跌宕的情感。徐鉉此時經歷和情感的複雜，以七律來加以表現，實際將七律這一詩型的潛能較充分地激發出來。詩型的選擇不一定是詩人明確意識到的過程，但在潛意識層次上甚至可以說是詩人與詩型的相互選擇、彼此成就。這對此時的徐鉉來說尤其恰切，造成此時其七律整體上深沉跌宕的風貌。加之徐鉉原本富於才學，其歷來的詩歌就具有優美典雅的特點，於是造成沉鬱典麗的風格。儘管徐鉉此時七律中的深沉頓挫不能和杜甫相比，並且也由於徐鉉在藝術上崇尚隨性自然、不過多經營安排，導致其藝術成就也不能和杜甫並列，但是這種新的面貌不僅是徐鉉對自身從前詩歌的超越，也對五代十國局面狹小的詩歌整體面貌有所突破。

　　徐鉉泰州之貶的詩歌在藝術上達到了他以前未有的境界，這不僅表現為七律的長足進展，也表現在他此期的長篇歌行超越了以往的水平。作於保大八年（950）正月的《亞元舍人不替深知猥貽佳作三篇清絕不敢輕酬因為長歌聊以為報未竟復得子喬校書示問故兼寄陳君

庶資一笑耳》為徐鉉集中僅存的三首歌行之一，也是其藝術水平最高的歌行：

> 海陵城裏春正月，海畔朝陽照殘雪。城中有客獨登樓，
> 遙望天邊白銀闕。白銀闕下何英英，雕鞍繡轂趨承明。闔
> 門曉闢旌旗影，玉墀風細佩環聲。此處追飛皆俊彥，當年
> 何事容疵賤。懷鉛畫坐紫微宮，焚香夜直明光殿。王言簡
> 靜官司閒，朋好殷勤多往還。新亭風景如東洛，邛嶺林泉
> 似北山。光陰暗度杯盂裏，職業未妨談笑間。有時邀賓復
> 攜妓，造門不問都非是。酣歌叫笑驚四鄰，賦筆縱橫動千
> 字。任他銀箭轉更籌，不怕金吾司夜吏。可憐諸貴賢且才，
> 時情物望兩無猜。伊余獨稟狂狷性，褊量多言仍薄命。吞
> 舟可漏豈無恩，負乘自貽非不幸。一朝削迹為遷客，旦暮
> 青雲千里隔。離鴻別雁各分飛，折柳攀花兩無色。盧龍渡
> 口問迷津，瓜步山前送暮春。白沙江上曾行路，青林花落
> 何紛紛。漢皇昔幸回中道，極目牛羊臥芳草。舊宅重遊盡
> 陳荒，故人相見多衰老。禪智寺，山光橋，風瑟瑟兮雨蕭
> 蕭。行杯已醒殘夢斷，征途未極離魂消。海陵郡中陶太守，
> 相逢本是隨行舊。乍申拜起已開眉，卻問辛勤還執手。精
> 廬水榭最清幽，一稅徵車聊駐留。閉門思過謝來客，知恩
> 省分寬離憂。郡齋勝境有後池，山亭菌閣互參差。有時虛
> 左來相召，舉白飛觴任所為。多才太守能撾鼓，醉送金船
> 間歌舞。酒酣耳熱眼生花，暫似京華歡會處。歸來旅館還
> 端居，清風朗月夜窗虛。駸駸流景歲云暮，天涯望斷故人
> 書。春來憑檻方歎息，仰頭忽見南來翼。足繫紅箋墮我前，
> 引頸長鳴如有言。開緘試讀相思字，乃是多情喬亞元。短
> 韻三篇皆麗絕，小梅寄意情偏切（原注：亞元詩云『借問
> 小梅應得信，春風新月海邊來』）。金蘭投分一何堅，銀鈎
> 置袖終難滅。醉後狂言何足奇，感君知己不相遺。長卿曾
> 作美人賦，玄成今有責躬詩（原注：鉉去春醉中贈妓長歌，
> 酷為喬君所賞，來篇所引，故以謝之）。報章欲託還京信，
> 筆拙紙窮情未盡。珍重芸香陳子喬，亦解貽書遠相問。寧

須買藥療羈愁，只恨無書消鄙吝。遊處當時靡不同，歡娛
今日兩成空。天子尚應憐賈誼，時人未要嘲揚雄。曲終筆
閣緘封已，翩翩驛騎行塵起。寄向中朝謝故人，爲説相思
意如此。〔註154〕

若將此詩與前文所引作於保大三年的《月眞歌》作一比較，便可以看
出，《月眞歌》爲酒筵冶遊而作，逞才情、助妖嬈，作者對之並無深
沉感慨。以旁觀者身份敍寫別人的情事並非不可，且歷來不乏佳構，
如白居易《長恨歌》、《琵琶行》、杜牧《杜秋詩》等，但是其中必須
有作者自身情感的注入、進而與詩中人物產生強烈的共鳴，才能達到
深切動人的效果。《月眞歌》雖然也敍寫了一段友人殷崇義與歌伎月
眞的離合情事，但這段情事原本庸常無奇，更由於作者徐鉉沒有自身
情感的貫注、投射或寄託，不能從庸常的情事中萃取不平庸的因素，
因而只能流於爲了敍寫情事而敍寫情事，最後也只能簡單歸結到良辰
美景、及時行樂的平平之談。且從藝術手法上看，《月眞歌》的敍事
按照時間的自然流程簡單排列，從過去到現在一一寫來，平鋪直敍，
缺乏跌宕生姿的婉轉靈動。而這首作於保大八年的《亞元舍人不
替……》一詩則以自己的經歷爲表現對象，因爲包含了作者自身的全
部經歷和深刻體驗，這種自述式的題材顯然要比一個自己並沒有同感
的題材容易把握。且此詩以友情貫串始終，先從自己貶謫中的情懷寫
起，身在貶所回憶起在朝時與友朋往還談笑遊宴賦詩的快意，再轉入
去年自己遭貶、途徑廣陵之事，又插入一段昇元間扈駕東遊的回憶，
兩層回憶構成三重時間的對照。經由敍寫時間的穿插安排，情感體驗
不但積蓄醞釀至於飽滿濃稠，其複雜和細膩也表現得更爲徹底，同時
今昔之感在這種層層對照中不斷加深。最後再轉回當下在泰州的情
景，敍寫自己到達泰州貶所後陶太守的殷勤好客、自己對故人的思念
以及接到故人書信的欣喜。較之《月眞歌》，此詩在情感體驗的深切、
結構的安排上都有超越，可以說，《月眞歌》未能如《長恨歌》一般

〔註154〕《徐公文集》卷3。

引起讀者對至誠深情的普遍共鳴，《亞元舍人不替……》卻部分地與《琵琶行》相似，同出於貶謫中的孤寂、期許和慰藉之情，只是在寫法上，徐鉉詩不是像白居易一樣借敘事以言情、且所敘之事純粹單一，而是更接近於初唐歌行敘景以抒情、且鋪排雜多的筆法，主觀性顯得更突出和強烈。

就歌行的寫作而言，徐鉉在保大年間很可能作過一些有意的嘗試，除了此詩以及保大三年的《月眞歌》以外，根據《亞元舍人不替……》詩中「玄成今有責躬詩」一句下的原注：「鉉去春醉中贈妓長歌，酷爲喬君所賞……」，在保大七年春，徐鉉也有過以歌兒舞女爲主題的歌行，應當是與《月眞歌》相類似的作品。可見，徐鉉的歌行現存雖少，但應該多作於保大前期金陵的歌席酒筵之中，以歌妓和情愛爲主題。這種題材和體式某種程度上可以視爲是對初唐四傑的學習，他也確曾表達過對四傑的傾慕：他在給王祐文集所作序文中稱讚對方的詩文「麗而有氣，富而體要，學深而不僻，調律而不浮。尋既反覆，如四子復生矣」；又作序稱讚廖生「文詞則得四傑之體」。〔註155〕這裡表現出他對四傑文詞富贍的注重。儘管這兩篇序文都作於宋端拱初年，當時徐鉉已入晚年，不見得完全代表他在保大年間的詩學主張，但他的歌行對四傑有一定的取法則是事實。歌行盛陳繁華是從初唐四傑逐漸開始的傳統，如盧照鄰《長安古意》、駱賓王《帝京篇》、王勃《臨高臺》等，但它們往往只是以妓家爲描寫對象之一、而不是全部內容，他們詩篇的整體是以整個帝京世俗生活的繁華爲中心主題，妓家的歡愛只是帝京繁華的表現之一，在詩中是作爲一個籠統的整體存在的；他們很少會去細緻刻畫某位特定妓女、某段具體情愛，因爲他們盛陳繁華的用意只是爲了要將它的短暫與宇宙時間的永恒相對照，激發出盛衰無常的哀傷之感。但徐鉉此類歌行的興趣不在於盛陳繁華、再以空無作結，而正在於描繪某位特定的妓女和

〔註155〕《故兵部侍郎王公集序》、《進士廖生集序》，並見《徐公文集》卷 23。

當下某段具體的情愛，這造成其主題的庸常、缺乏超越性。同時由於描寫上也乏善可陳，這使得《月眞歌》不能算是傑作，也說明保大前期徐鉉在歌行的詩藝上沒有顯著成績。

但是保大八年作於泰州貶所的《亞元舍人不替……》一詩則超越了《月眞歌》等同類之作，貶謫生活使他放棄了以往對繁華都市中徵歌逐舞主題的描寫，而回歸到表現自身此時最迫切的情緒——貶謫中對友情的分外渴望，他不再是沒有情感承擔的旁觀者，也不再僅僅對庸常情事作平淺的敘述。情感體驗的深摯和詩歌手法上的迴環頓挫，使得這首長篇歌行成爲徐鉉集中最好的作品之一。但它也有缺點，就是鋪排有餘而粹煉不足，稍乏警策動人的力量。

（2）被貶舒州及避難東歸時期

保大九年（951）春，徐鉉從泰州貶所被召回京，復本官主客員外郎，仍知制誥；但保大十一年（953）底，徐鉉因爲奉詔察訪楚州、常州等地屯田，將非理遷奪的民田還歸本戶，再次觸怒宋齊丘黨，《徐公行狀》載徐鉉在罷屯田之後，「協比眾惡之徒譖以擅作威福，徵還私第待罪。蒼蠅貝錦，膠固組織，詰難問狀，不容自理，鍛鍊深刻，將置大辟」，最終因「年齡方壯，文學甚優，特屈彝章，宜從流放」，改爲長流舒州。

從泰州貶所徵還不到三年，就遭遇再次貶謫，且此番遘禍之初，險有性命之虞，這種經歷使得徐鉉此時的情感又較其在泰州時期不同。此時詩中表達的情感不像泰州之作那樣多與黨爭或戰事相聯繫，「騷客之情」——即貶謫中的悲鬱以及對清潔高遠之本心的表白，成爲他此時詩歌表現的中心。《徐公文集》中賦作極少，而卷一的《木蘭賦並序》便作於此時，他在序中寫道：「頃歲，鉉左宦江陵（按，江陵當爲海陵之誤），官舍數畝，委之而去。庭木蘭因移植於宗兄家。及鉉徵還，席不暇暖，又竄於舒庸。吾兄感春物之載華，擬古詩而見寄。吟玩感歎，謹賦以和焉。雖不足繼體物之作，庶幾申騷客之情爾。」

〔註 156〕正是由於騷客之情鬱結於懷，託於外物，發而爲賦。在舒州貶所，徐鉉與韓熙載、高越、張佖等人多有贈答酬唱，七律仍然是這一時期唱和採用的主要詩型。迭遭貶謫的騷客之情以七律的形式發抒出來，使得此時的七律較貶泰州時期更爲深沉蒼涼。

《徐公文集》卷 3 所載《和張先輩見寄二首》之二最能代表此時徐鉉的詩風和成就：

> 清時淪放在山州，邛竹紗巾處處遊。野日蒼茫悲鵩舍，
> 水風陰濕弊貂裘。雞鳴候旦寧辭晦，松節凌霜幾換秋。兩
> 首新詩千里道，感君情分獨知丘。

首聯便塑造出自己勉力以遊覽排遣貶謫寂寥的士大夫形象。頷聯情緒急遽轉折，通過謫居環境蒼茫陰冷的情調表現出自己悲鬱晦暗的心境，並且因爲這一情境喚起與賈誼的共鳴。上句用語典「鵩舍」引起較爲抽象和一般的情懷，下句「水風陰濕弊貂裘」雖然暗用蘇秦之典卻很具象化，似乎成爲對上句的補充描述。頷聯上下兩句由於在情感指向上協調一致，同時遠景近景交錯、闊大與細微互補，造成一種跌宕頓挫的效果。頸聯上句又從頷聯蒼茫晦暗的情緒超拔而出，表現出堅定執著的操守；下句則一邊接續上句中所表達的堅持的信念，一邊也通過「幾換秋」三字傳達出長罹嚴酷的悲鬱之情。此詩對貶謫心態的表現較成功，是徐鉉在舒州時期抒寫騷客之情的代表作之一。

在舒州貶所約三年後，徐鉉於保大十四年（956）春量移饒州，尚未登途，而後周軍隊已向舒州進攻，於是徐鉉匆忙攜家乘小舟避難池陽，尋歸金陵。此次親歷戰火，徐鉉的心態又較從前南唐對閩、楚的戰事大不相同。保大前期，在對閩、楚的征伐中南唐是進攻的一方，處於強勢，即便由於戰事導致國力消耗，畢竟出於成就霸業的動機，多少還有戰績可言。況且由於戰場距南唐本土較遠，南唐人往往將其視爲邊地的戰爭，即便關心，也並不認爲它與國運休戚相關。但後周自保大十三年十一月開始出兵南唐，連奪數州，深入南唐腹地淮南。

〔註156〕徐鉉《木蘭賦並序》，《徐公文集》卷 1。

徐鉉當時正在舒州貶所，幾乎是完整地目睹了後周軍隊的迅速推進，並由於兵鋒所迫，不得不輾轉避難，倉惶東歸。這一經歷遠非從前在金陵對遙遠的閩楚「邊地」的戰事高談闊論所能比擬，它對詩人心理衝擊的強烈也爲從前所未有，這一切反映到詩中，成就爲此時最沉痛的作品。

　　面臨這場似乎全無徵兆、突然而起的戰爭，徐鉉在情感和心態上也有一個逐漸變化的過程。最初表現在詩中是對國家捲入戰爭的憂患之感，得到量移饒州的消息後所作的《移饒州別周使君》一詩，其中有「四年去國身將老，百郡征兵主尚憂」〔註157〕之句，所謂「主憂」實際上也是他自己在擔憂，這種爲國家的憂患還與去國貶竄的自傷結合在一起，兼身世與家國的雙重哀感，但此詩最後仍舊落到自身的漂泊命運上——「更向鄱陽湖上去，青衫憔悴淚交流。」量移饒州是即將開始的又一次貶謫生涯，徐鉉爲此格外哀愁，詞氣也較從前初貶泰州時的剛直不回大不相同。此時他還沒有預料到國家前途的動蕩，以及隨之而來的自身命運的蹇澀。但是，當他還沒有踏上前往饒州的路途，後周已經向舒州進攻，徐鉉不得不倉猝離舒，往池陽避難。從舒州避難池陽的途中寫下詩句「一夜黃星照官渡，本初何面見田豐」〔註158〕，《徐公行狀》稱「其情發於中，不顧言之太直如此」。此詩全篇已不存，僅從這兩句看，徐鉉以田豐自比，而將中主比作不能納諫、最終招致官渡慘敗的袁紹，雖是用典，而語氣質直，怨而近於怒，爲徐鉉詩中所僅見。在隨後避難東歸的途中，所見所聞引發了他超出於個人命運的感慨，表現出對無辜平民的同情，《避難東歸依韻和黃秀才見寄》一詩：

> 戚戚逢人問所之，東流相送向京畿。自甘逐客紉蘭佩，不料平民著戰衣。樹帶荒村春冷落，江澄霽色霧霏微。時危道喪無才術，空手徘徊不忍歸。〔註159〕

〔註157〕《徐公文集》卷3。
〔註158〕《徐公行狀》引，《徐公文集》所附。
〔註159〕徐鉉《避難東歸依韻和黃秀才見寄》，《徐公文集》卷3。

頷聯表達了徐鉉放逐之中又遭罹戰亂的複雜況味：儘管他甘心忍受自己忠直卻遭貶逐的命運，但對於被捲入這場戰爭的無辜百姓卻懷抱著更高的同情。末聯則表達自己在此危難時刻卻救世乏術、空手而歸的內疚自責。

戰亂中更多的士人志向才能不得施展，反而因為戰爭不得不漂泊零落，徐鉉有數首詩便是給這類友朋的贈答送行之作：

> 舊族知名士，朱衣宰楚城。所嗟吾道薄，豈是主恩輕。戰鼓何時息，儒冠獨自行。此心多感激，相送若為情。(《送劉山陽》)

> 封疆多難正經綸，臺閣如何不用君。江上又勞為小邑，篋中徒自有雄文。書生膽氣人誰信，遠俗歌謠主不聞。一首新詩無限意，再三吟味向秋雲。(《送黃梅江明府》)

> 世亂離情苦，家貧色養難。水雲孤棹去，風雨暮春寒。幕府才方急，騷人淚未乾。何時王道泰，萬里看鵬摶。(《送黃秀才姑孰辟命》)

> 海內兵方起，離筵淚易垂。憐君負米去，惜此落花時。相憶看來信，相寬指後期。殷勤手中柳，此是向南枝。(《送王四十五歸東都》)〔註160〕

這些詩皆為贈答之作，但在寄贈之作中將自己的感慨投射於其中，別人的境遇往往就成為徐鉉自身感喟的出發點，而在敘說別人的遭際時能夠兼關對方和自身共同或相通的情感，讓人感到他與贈答對象之間有著深切的共鳴。因此即便是贈答之作，也往往能夠擺脫浮泛的應酬，同時也成為其自我抒情之作。以上寫於避難東歸時的數首贈答詩也體現出這種特點。這些詩中除了亂離的悲傷，還對對方的沉淪下僚寄予同情，而戰亂與士不遇之悲這兩種情感皆是對方與徐鉉自己感慨特深之處。對於劉山陽以舊族名士出宰楚城而遭遇戰亂獨自宦遊、國家多難之際江明府（直木）經綸之才卻不得重用，徐鉉表示自己「此

〔註160〕四詩並見《徐公文集》卷3。

心多感激」，在諸如「所嗟吾道薄，豈是主恩輕」、「戰鼓何時息，儒冠獨自行」、「封疆多難正經綸，臺閣如何不用君」、「江上又勞爲小邑，篋中徒自有雄文」、「書生膽氣人誰信，遠俗歌謠主不聞」等詩句中，都包含了徐鉉自己的悲鬱。正是由於這種與他人情感的深沉共鳴、將自己的感受投射於他人的命運和遭際中，使得徐鉉的這些詩作別有寄託、意味深長。比較之下，徐鉉在泰州和舒州貶所時期的詩歌情感指向主要爲單向的，此時避難東歸途中的詩歌情感指向體現出更多雙向的特點，既將自己的情感投注於對方的遭際上，同時對方的境遇和情感也反映出自身的命運，將描寫對方的每一詩句變成也是同時描寫自己的詩句，而在發抒自己感慨的詩句中也讓讀者覺得它同時也是對方的感慨，情感表現達到迴環往復、你我無間的效果，應該說，這也是贈答詩最高的境界。

　　徐鉉此時的這類贈答詩多採用五七律，基本沒有絕句和歌行，古體也很少採用。選擇五七律能夠將對戰亂的厭薄和對士不遇的感慨加以精練表現，同時由於對照的結構使二者間形成相互加強之勢。徐鉉充分利用了律詩結構上的對稱，往往在一聯的上句和下句之間構成反向的對比，如《送劉山陽》的前三聯每一聯上下句之間都有這個特點：首聯上句寫劉的家世背景，下句寫其沉淪下僚，並不置一字評論，而不遇之悲從兩相對照中自然流出；頷聯上句爲對這種遭際的反躬自責，下句反爲國君開脫責任，這裡的自責而不怨懟是儒家詩教的溫厚本色，但一自責一開脫之間愈加突出了不遇的感慨；頸聯上句正面寫戰亂，下句寫士人的寂寞宦途，此二句幾乎可定格爲戰亂中士人遭際的普遍形象，同樣是利用了對句的反差造成背景與前景的對照。《送黃梅江明府》一詩的對照意味更爲明顯，「如何」、「又」、「徒自」等虛詞直接表達了前詩中對朝廷還很隱諱溫厚的批評，且前兩聯幾爲同一意思的重複申說，而皆採用上下句的反向對照來達成：首聯上句寫時危世亂的背景，下句寫對方的不爲重用；頷聯則是上句再次具體寫對方如何不得志，下句則轉而爲對方的才華被忽視抱不平；頸聯的上

下兩句之間轉爲同向的加強，而每一句的內部則分別自成一組對照，並且由於將「書生膽氣」、「遠俗歌謠」前置，這種對照的效果得到加強。有前兩聯兩組上下句對照作爲充分鋪墊，第三聯的每句內部形成對照、兩句之間又同向加強和遞進，全詩至此達到高潮。這種對照方式的成功運用，使得徐鉉此時律詩的跌宕頓挫的風格較泰州時期爲突出。

避難東歸以後，徐鉉在金陵度過了一個較短暫的閒居時期，按照《徐公行狀》所述，他在次年即授太子左諭德，不久復知制誥，進中書舍人，頗得重用，南唐與後周、宋的往復章表，多出其手。從此徐鉉的仕途穩順，隨後，南唐與後周的戰事也因爲江北之地盡入後周、南唐甘心稱臣而得到較長時期的平靜，以往徐鉉的詩歌在貶謫、戰亂中曾經取得的成就再沒有出現過，他的創作高潮此後逐漸消退。雖然後主時代徐鉉的位望更爲崇隆，學識也更得並世推尊，但其詩思卻逐漸近於枯槁，這體現出徐鉉較多爲環境左右，其詩歌對現實的表現是比較被動的，一旦個人的環境較爲優越，即使國家皆步步走向沒落，他的詩中對其也無更多的感慨和反映。徐鉉的個人經歷之於其詩歌的這種影響，說明徐鉉本人在思想上仍然未能完全出離平庸，因此儘管他是南唐最優秀的詩人之一，卻沒能超出其處境和思想的局限，站到更傑出的詩人之列。

二、徐鉉的詩學觀及其背景

中主在位後期，徐鉉的詩學思想也已經完全成熟，這一時期所作的《江簡公集序》、《蕭庶子詩序》、《文獻太子詩集序》中已經有較爲集中和完整的表述，尤其是約作於後周顯德六年（959）的《文獻太子詩集序》可以作爲徐鉉此時詩學思想集中的體現：

> 夫機神肇於天性，感發由於自然。被之管絃，故音韻
> 不可不和；形於蹈屬，故章句不可不節。取譬小而其指大，
> 故禽魚草木無所遺；連類近而及物遠，故容貌俯仰無所隱。

怨刺可戒，讚美不誣，斯實仁者之愛人，智士之博物。……若乃簡練調暢，則高視前古，神氣淳薄，則存乎其人，亦何必以苦調爲高奇，以背俗爲雅正者也。……唯奮藻而摛華，則緣情而致意。……理必造於玄微，詞必關於教化；或寓言而取適，終持正於攸歸。〔註 161〕

概括而言，徐鉉的詩學觀十分強調自然，認爲詩歌是出於自然感發，「夫機神肇於天性，感發由於自然」。這種自然感發說其實就是詩緣情的另一種表述。更完整地提到「緣情」這一詩歌發生機制的是《蕭庶子詩集序》：「人之所以靈者，情也；情之所以通者，言也。其或情之深、思之遠，鬱積乎中，不可以言盡者，則發爲詩。」〔註 162〕徐鉉所說的自然首先是情感的眞摯深厚、思慮的深遠，只有當內心的這種自然情感蓄積到一定程度以至於不得不尋求宣泄途徑時，才能產生好的詩歌。這是從詩歌的發生機制以及表現對象而言的自然，但他所謂的自然不止是認爲詩歌應該出於眞實情感的自然流露，而是同時指稱詩歌的表現對象和表現方式兩個方面。對情意這一詩歌的表現對象層面而言，自然的要求是絕對的，不存在修飾的可能；但對於表現方式這一層面而言，自然並不排斥修飾，甚至要求在一定程度上講求形式，要求音韻和諧，言辭簡練。可以說，徐鉉是要求詩歌在質和文兩方面都達到自然的標準。同時強調詩歌緣情而發的產生機制和表現方式兩方面的自然，這表明徐鉉的文質觀是雙向的：表現對象層面的「質」存在於先，表達層面的「文」才能達到自然；而表達層面對「文」的講求達到自然的要求，才能讓情感志意得到充分恰當的表現，即「唯奮藻而摛華，則緣情而致意」。相反，「何必以苦調爲高奇，以背俗爲雅正者也」則表現了徐鉉對當時普遍流行的一種苦吟僻澀詩風的批評，其出發點也是認爲這種刻意的苦吟和背俗違背了感發出於自然、表現方式也應當自然的原則。如果說詩緣情的表述在詩學中實在是一

〔註 161〕徐鉉《文獻太子詩集序》，《徐公文集》卷 18。
〔註 162〕徐鉉《蕭庶子詩集序》，《徐公文集》卷 18。

個古老的命題，徐鉉詩論中這方面的內容並非首創，但他對於「文」關乎「質」能否得到完全和恰當傳達的表述在當時則很有必要。因為五代十國的詩風普遍流於淺弱卑陋，不僅是由於詩人情感的卑弱、詩歌表現對象範圍的狹小，同時也是由於詩歌形式層面的淺俗、詩人對形式缺少關注或關注不夠所導致。

其實徐鉉主要的詩學觀點早在昇元二年（938）所作的《成氏詩集序》中已經初步顯現：

> 詩之旨遠矣，詩之用大矣，先王所以通政教察風俗，故有采詩之官、陳詩之職，物情上達，王澤下流，及斯道之不行也，猶足以吟詠情性，黼藻其身，非苟而已矣。若夫嘉言麗句，音韻天成，非徒積學所能，蓋有神助者也。〔註163〕

此時徐鉉還沒有將詩歌的情感本質和表現對象納入考慮，也還沒有提出自然的觀念，但已經指出詩歌語言形式之美需要天分、不是單憑積學所能達到的，這主要是從表現形式層面強調了自然的重要性。到《蕭庶子詩序》中，他說：「精誠中感，靡由於外獎，英華挺發，必自於天成。」這裡的「精誠」便是詩歌得以產生的情感本質，「英華」則是詩歌的外在表達形式，此時他已經將文質兩方面結合起來。到了《文獻太子詩集序》，徐鉉才對其強調自然的詩學觀加以了全面的總結。這種詩學觀也體現在徐鉉本人的詩文寫作態度中。李昉在《徐公墓誌》中提到徐鉉「為文智思敏速，或求其文，不樂豫作」，還記載徐鉉曾說「速則意思壯敏，緩則體勢疏慢」〔註164〕。這種率意而成的態度並不是否棄構思和修辭，甚至也不完全如他自己所說是出於體勢的考慮，很重要的原因在於他將詩文視為情感的自然流露，只要情意的醞釀足夠，加之才學的儲備豐富，寫作的時候就有可能援筆立就。

〔註163〕徐鉉《成氏詩集序》，《徐公文集》卷18。
〔註164〕李昉《大宋故靜難軍節度行軍司馬檢校工部尚書東海徐公墓誌銘》，《徐公文集》附。

　　徐鉉強調自然的詩學觀並不是孤立的現象，同樣在中主後期，徐
鍇的文學觀也已經形成。保大十四年（956），徐鍇為陳致庸《曲臺奏
議集》作序：

> 三代之文既遠，兩漢之風不振。懷芬敷者聯袂，韻音
> 響者比肩。《子虛》文麗用寡，而末世學者，以為稱首。《兩
> 京》文過其心，後之才士，企而望之。嗟夫！為文而造情，
> 污準而粉頰。若夫有斐君子，含章可正，和順積中，而英
> 華發外。周旋俯仰，金石之度彰。摛簡下筆，鸞鳳之文奮。
> 必有其質，乃為之文。其積習歟，何其寡也。有能一日用
> 其本者，文遠乎哉！我欲仁，斯仁至矣。〔註165〕

徐鍇表明自己的文學思想：要求質內文外，反對文過其質、為文造情。
「和順積中」、「英華發外」的表述正與徐鉉所說的「精誠中感」、「英
華發外」十分相似。儘管《曲臺奏議集》並非文學之文，而是實用之
文，徐鍇此序所持的文學思想也不能完全等同於他的詩論，但其中「必
有其質，乃為之文」的思想仍有徐鍇整體文學觀的背景，並可以視為
保大年間南唐文學思想的總結之一。

　　儘管比較而言，徐鉉所謂的「唯奮藻而摛華，則緣情而致意」還
同時體現出儒家「言之無文，行而不遠」、以及「文質彬彬然後君子」
等觀念的影響，徐鍇的觀念則稍側重在質先於文這一點，但他與徐鉉
二人的文學思想在根本上是一致的，大體上都可以表述為重視自然、
強調有質有文而質更重於文。徐氏兄弟的這種文學主張更多地是來自
道家思想。較之儒家的重文，道家更重視質，道家的核心思想之一便
是去除外在的雕飾、達到返璞歸真的自然境界。不但徐鍇講「必有其
質，乃為之文」，徐鉉甚至認為「嘉言麗句」也是出於自然天成。徐
鉉的個性同樣具有重質、崇尚自然的特點，史載徐鉉「性簡淡寡欲，
質直無矯飾」〔註166〕，文如其人，在徐鉉這裡，個性、文學風格及
其文學觀正是統一的整體。

〔註165〕徐鍇《曲臺奏議集序》，《全唐文》卷888，第9279頁。
〔註166〕《宋史》卷441徐鉉傳，第13046頁。

　　徐鉉思想中所受道家影響還不止在文學觀方面，他的治國爲政思想也是道家式的。在保大十四年所作《送德林郎中學士赴東府詩序》中他告勉鍾蒨：「理大國若烹小鮮，言不可撓之也，況亂後乎。德林當本仁守信，體寬務斷。大兵之後，民各思義，聽其自理，任其自營，爲之上者，導其蒙，遏其淫而已。示之以聰明，則民益迷；拘之以禁令，則民重困；棄仁則吏暴，失信則眾惑，急則民傷，不斷則民懈。愼此四者，何往而不臧。」〔註167〕其中心意思便是要採用清靜無爲的方式治理地方，爲政以簡，這正是典型的老子思想。當時南唐正處在與後周的戰爭中，儘管揚州等地失而復得，但國力嚴重受創，鍾蒨恰於此時被派往東都任職，徐鉉認爲整個國家都亟需採用老子的無爲而治。在戰亂危難時刻，徐鉉向道家尋求治國安民之策，體現了他思想深處的信仰。徐鉉自己爲政治民同樣遵循這一宗旨。保大十一年，田敬洙、馮延巳、李德明等人請修白水塘並闢土屯田，官吏因緣侵奪民田，大興力役，李璟命徐鉉按視此事，徐鉉便將所奪民田又悉數歸還原主。此番罷白水塘之役、力反侵擾民田民力，從爲政方略看，也正是清靜無爲之治的體現。因爲此事徐鉉才受到宋齊丘黨人的譖毀，最後被流放舒州。〔註168〕即便如此，徐鉉仍在返回金陵不久便再次對鍾蒨提出不可撓民的告誡，可見在他的心目中道家思想作爲治國根本的地位並未動搖。正因爲服膺道家思想，徐鉉一生不曾信佛，即便後來李煜時代佞佛成爲南唐舉國風會、甚至是部分臣下諂媚固寵的手段，徐鉉也沒有改變自己的信仰。《楊文公談苑》記載了一則軼事，徐鉉酷好鬼神之說，不通佛理，後主一定要借給他一冊佛經讓他回家研讀，結果徐鉉第二天就把佛經還給了後主，說自己一頁也讀不下去。〔註169〕這一方面是徐鉉耿直個性的表現，另一方面也體現了徐鉉對道家思想的始終不

〔註167〕徐鉉《送德林郎中學士赴東府詩序》，《徐公文集》卷4。
〔註168〕《徐公文集·徐公行狀》。
〔註169〕《楊文公談苑·徐鉉信鬼神條》，《宋元筆記小說大觀》（一），第552頁。

渝。徐鉉臨終前，還曾手書「道者，天地之母」，書訖而卒。〔註170〕

　　徐氏兄弟的思想深受道家影響，是有其歷史背景的，這就是先主李昇、中主李璟皆信奉道教。唐末五代道教諸派中發展最突出的茅山宗的本山就位於南唐治內的丹陽，在地緣上為南唐信奉道教提供了便利。李昇信奉道教，很大程度是出於對煉丹長生上仙的企望，他本人就是死於餌食丹藥，〔註171〕但李昇崇道並不只是為長生考慮。茅山宗一向以與帝王階層往來密切、并向其提供治國參謀為特點，〔註172〕李昇也曾期望從茅山宗得到治理國家的指點，他曾經將茅山宗第十九代宗師王棲霞召至金陵玄真觀，向其訪問治道。〔註173〕儘管由於李昇臨終前以切身教訓相告誡，李璟不再信奉丹藥，但對道教仍然是尊奉的，他也禮重王棲霞，又為李昇夫婦建造紫陽觀、重新禁止茅山樵採。〔註174〕在這樣的氛圍和環境下，徐氏兄弟不僅在思想上受到道家的陶冶，在行迹上也沾染了道教、尤其是茅山宗的影響。徐鉉曾為王棲霞作碑文，文中稱自己「夙承教義」〔註175〕，表明他平素與王棲霞便有過從，且承其教義講說；徐鉉文集中還有贈王棲霞的《贈王貞素先生》詩。〔註176〕徐鍇也稱「雖晚聞道，昔嘗逮奉貞素伏申之敬」〔註177〕，並有茅山題名篆書自稱弟子。〔註178〕徐鉉還曾在詩歌

〔註170〕《宋史》卷441徐鉉傳，第13046頁。

〔註171〕陸游《南唐書》卷17史守沖潘宸傳。

〔註172〕參葛曉音《從「方外十友」看道教對初唐山水詩的影響》，《詩國高潮與盛唐文化》，北京：北京大學出版社，1998年，第65～67頁。

〔註173〕徐鉉《唐故道門威儀玄博大師貞素先生王君之碑》，《徐公文集》卷12。

〔註174〕徐鉉《茅山紫陽宮碑銘》，《徐公文集》卷12。

〔註175〕徐鉉《唐故道門威儀玄博大師貞素先生王君之碑》，《徐公文集》卷12。

〔註176〕徐鉉《送德林郎中學士赴東府詩序》，《徐公文集》卷1。

〔註177〕徐鍇《茅山道門威儀鄧先生傳》，《全唐文》卷888，第9282～9284頁。

〔註178〕（宋）陳思《寶刻叢編》卷15引《復齋碑錄》，《十萬卷樓叢書》本。

中多次表達過對道教仙山的嚮往，他曾在茅山居住過一段時間，並有數首相關的詩作留存。從其《宿茅山寄舍弟》詩「當年各自勉，雲洞鎮長春」來看，二人早年曾相約隱居茅山修道；《白鶴廟》一詩則剖白自己「平生心事向玄關，一入仙鄉似舊山」的心意。〔註179〕總之，徐氏兄弟對道家的信奉與南唐前中期茅山宗的影響較大是有關係的，並且道家的政治理想、美學觀念都滲透在徐氏兄弟、尤其是徐鉉的詩歌中。

　　概言之，中主在位的保大年間，徐鉉的詩藝達到頂峰，保大前期，他的詩歌還主要是以風華流麗的絕句形式取勝，可以《柳枝辭》為代表，其中已經開始有所興寄；保大後期，徐鉉由於黨爭而先後經歷了泰州、舒州兩次貶謫，詩歌的表現內容得到拓展，律詩與歌行皆有較大發展；南唐與後周的戰事頻起，徐鉉放逐之中又遭戰亂，其贈答之作融入了傷時與不遇之感，成為他此時最優秀的作品；律詩則是他這一時期成就最高的詩體。隨著徐鉉重回金陵、仕途歸於平穩以及南唐對後周的局勢進入因妥協達成的和平時期，他的詩歌題材重新收縮，呈現出較平庸的面目，他在保大時期的詩歌創作高峰至此基本結束。在詩學思想方面，徐鉉在中主後期也有較為全面的總結，這主要體現在《文獻太子詩集序》等序文中，強調詩歌緣情的本質，重視自然和質勝於文，類似的主張在徐鍇那裡也有表述，二人的詩學思想成為中主時期南唐詩人文學觀念自覺的總結。他們的這些詩學主張部分是受到道家思想的影響。

第四節　廬山詩壇

　　南唐詩人最為集中的區域，金陵以外，就是廬山。賈晉華《唐末五代廬山詩人群考論》對此已有研究，她將唐末以來廬山的詩人分為前後兩期：唐末至五代前期的廬山詩人群包括修睦、齊己、李咸用、

〔註179〕徐鉉《宿茅山寄舍弟》、《題白鶴廟》，並見《徐公文集》卷4。

處默、棲隱、張凝、孫晟、陳沆、虛中、黃損和熊皦十一人，後期盧山詩人群約當南唐時，包括陳貺、江爲、劉洞、夏寶松、楊徽之、孟貫、伍喬、李中、劉鈞、左偓、孟歸唐、相里宗、史虛白、譚峭、許堅等人，其中大多數人曾進入盧山國學學習，他們彼此因師生關係、同學關係和詩友關係相互聯繫在一起。〔註 180〕這種按照時間所作出的兩期劃分是合理的，但在具體組成成員上還需要進一步辨析。此外，本文所要討論的盧山詩壇相當於她所說的後期盧山詩人群，但在她的研究基礎上期望進一步解決以下兩個問題：就盧山詩壇內部來看，其成員的身份及創作個性如何；整體來看，盧山詩壇相對於金陵詩壇具有什麼樣的意義。

一、盧山詩壇的構成

　　較之於金陵詩壇主要由南唐高層文官組成，盧山詩壇則主要由僧道、處士以及一些求學盧山的士子構成。

　　首先看僧道詩人。盧山蔚爲佛教名山，寺院眾多，其中尤以東林寺、西林寺爲著，不少高僧如齊己、修睦、匡白等人先後駐錫於此，不僅弘傳佛法，對於詩歌也相當留意。一些南唐詩人存有與他們往來酬唱的詩作。齊己、修睦年輩略早，主要活動在唐末及五代前期，南唐時期，盧山較著名的詩僧則是匡白等人。

　　僧匡白約當楊吳末年已爲盧山僧正，《全唐文》收其《江州德化東林寺白氏文集記》一文，〔註 181〕是爲當時楊吳德化王楊洫在東林寺重置《白氏文集》而作，文末署大和六年甲午，爲公元 934 年。匡白本人能詩，齊己有《寄懷東林寺匡白監寺》詩，稱其「開搜好句題紅葉」〔註 182〕；左偓《寄盧山白上人》詩云：「仍聞有新作，懶寄入長安」；〔註 183〕李中《碧雲集》卷上有《贈東林白大師》、《寄盧山白

〔註 180〕貫晉華《唐代集會總集與詩人群體研究》，第 519～537 頁。
〔註 181〕匡白《江州德化東林寺白氏文集記》，《全唐文》卷 919，第 9577 頁。
〔註 182〕齊己《寄懷東林寺匡白監寺》，《全唐詩》卷 844，第 9547 頁。
〔註 183〕左偓《寄盧山白上人》，《全唐詩》卷 740，第 8443 頁。

大師》，前詩云：「虎溪久駐靈蹤，禪外詩魔尚濃。卷宿吟銷永日，移床坐對千峰」，後詩云：「一秋同看月，無夜不論詩」，〔註184〕皆可見出匡白頗耽吟詠。《崇文總目》著錄《僧康白詩集》十卷，康白即匡白，後因避宋諱改，《宋秘書省續編到四庫闕書目》則著錄《僧匡白詩集》一卷。〔註185〕這兩種詩集皆久佚。其詩現僅存《題東林》2首，五七律各一，風格類似隱士詩：

> 東林佳景一何長，蘭蕙生多地亦香。堪歎世人來不得，
> 便隨雲樹老何妨。倚天蒼翠晴當户，落〔石〕潺湲夜繞廊。
> 到此只除重結社，自餘閒事莫思量。

> 東林繼四絕，物象更清幽。社客去不返，鐘峰雲也秋。
> 松枯群狖散，溪大盡槎流。待卜歸休計，重來臥石樓。〔註186〕

廬山詩僧還有若虛：「若虛，南唐僧，隱廬山石室，李主累徵不就。」〔註187〕現存詩3首，皆七律。從其《懷廬山舊隱》「一枝筇竹遊江北，不見爐峰二十年」的詩句來看，他曾在廬山隱居，又北遊多年，廬山其他詩人現存詩作中也沒有見到與他過從的痕迹。從若虛現存的三首詩來看，風格要較匡白、李中等人淺俗，偈語痕迹較濃。

李中曾經在廬山國學學習，並與廬山僧道多有過從，匡白以外，從他的詩歌中還可以發現與以下廬山僧人的唱酬往來：令圖（《送劉恭遊廬山兼寄令上人》、《宿山店書懷寄東林令圖上人》、《送圖上人歸廬山》）、鑒上人（《寄廬山鑒上人》、《懷廬嶽舊遊寄劉鈞因感鑒上

〔註184〕 李中《贈東林白大師》、《寄廬山白大師》，李中《碧雲集》卷上，《四部叢刊》本。

〔註185〕 分見《崇文總目》卷5，《叢書集成初編》本，第四冊，第364頁；《宋秘書省續編到四庫闕書目》卷1，《觀古堂書目叢刊》本，清光緒二十九年（1903）刻。

〔註186〕 《全唐詩補編·續拾》卷43據宋陳舜俞《廬山記》補入，第1365頁。石，《廬山記》原缺，韓國藏《永樂大典》卷8782作「日」（據張忱石《〈永樂大典〉續印本印象記》引）。

〔註187〕 《全唐詩》卷825若虛小傳，第9300頁。

人》）、智謙（《依韻和智謙上人送李相公赴昭武軍》、《訪龍光智謙上人》、《依韻酬智謙上人見寄》）。從李中《訪龍光智謙上人》「相留看山雪，盡日論風騷」詩句看，智謙尤喜吟詠，但並無詩歌留存。

　　廬山的方外詩人以詩僧為主，道士留心於吟詠的則較少。仍以李中詩為例，雖然他有《宿廬山白雲峰重道者院》、《贈重安寂道者》、《思簡寂觀舊遊寄重道者》、《懷王道者》、《贈鍾尊師遊茅山》等贈道士的詩，但基本是李中一方的寄贈，從中看不出他們相互曾就詩歌有更多交流。

　　僧道之外，廬山詩人另一類成員是處士，主要有史虛白、左偓、許堅、陳貺等人。

　　史虛白，本與韓熙載一起投奔南唐烈祖，但為宋齊丘所沮：

　　　　世儒學，與韓熙載友善。唐晉之間，中原多事，遂因
　　　　熙載渡淮。聞宋齊丘總相府事，虛白放言曰：彼可代而相
　　　　矣。齊丘欲窮其伎，因宴僚屬，而致虛白。酒數行，出詩
　　　　百詠，俾賡焉。恣女奴玩肆，多方撓之。虛白談笑獻酬，
　　　　筆不停綴，眾方大驚。〔註188〕

後來史虛白謝病南遊，隱居廬山落星灣，以詩酒自娛：

　　　　先校書意薄簪組，心許泉石，每乘雙犢板轅車，車後
　　　　掛酒壺，山童三五人，例各總角，負瓢並席具以自隨。遇
　　　　境物勝概，則取酒徑醉，或為歌詩，自號釣磯閒客。〔註189〕

中主李璟末年遷都南昌時，史虛白曾獻有《漁父》詩一聯：「風雨掇卻屋，全家醉不知。」〔註190〕史虛白的詩今雖不存，但《南唐近事》稱其書啟表章、詩賦碑頌「雖不精絕，然詞采磊落，旨趣流暢」〔註191〕。伍喬有《寄落星史虛白處士》詩稱「白雲峰下古溪頭，曾與提壺爛熳遊」，「句妙多容隔歲酬」〔註192〕。孟歸《贈史虛白》

〔註188〕馬令《南唐書》卷14史虛白傳。
〔註189〕《釣磯立談》序，《全宋筆記》第一編（四），第215頁。
〔註190〕馬令《南唐書》卷14史虛白傳。
〔註191〕《南唐近事》卷1，《全宋筆記》第一編（二），第210頁。
〔註192〕《全唐詩》卷744，第8461頁。

句云：「詩酒獨遊寺，琴書多寄僧。」〔註193〕李中《贈史虛白》：「明月過溪吟釣艇，落花堆席睡僧軒。」〔註194〕可見史虛白在廬山時於當地的遊觀唱酬多有參與，尤其與廬山詩僧交往較多。

　　左偓，曾隱居廬山，與匡白、李中、鑒上人等有唱和，後至金陵，曾以詩干謁韓熙載和徐鉉。據說有詩千餘首，頗爲韓熙載所推許。〔註195〕《宋史‧藝文志》著錄其《鍾山集》一卷，〔註196〕今已佚。其詩今存 10 首。徐鉉稱其「負磊落之氣，畜清麗之才」〔註197〕。李中詩中多有贈左偓之作，《碧雲集》卷上《寄左偓》詩云：「每病風騷路，荒涼人莫遊。惟君還似我，成癖未能休。」《秋夜吟寄左偓》又云：「與君詩興素來狂。」稱左偓與自己同負詩癖，是風騷之路的同道。左偓現存詩句斷句如「路遙滄海內，人隔此生中」（《懷海上故人》）、「千家簾幕春空在，幾處樓臺月自明」（《落花》），〔註198〕完整的詩如：

　　　　潦倒門前客，閒眠歲又殘。連天數峰雪，終日與誰看。萬丈高松古，千尋落水寒。仍聞有新作，懶寄入長安。（《寄廬山白上人》）

　　　　倚笻聊一望，何處是秦川？草色初晴路，鴻聲欲暮天。（《秋晚野望》）

　　　　歸鳥入平野，寒雲在遠村。徒令睇望久，不復見王孫。（《郊原晚望懷李秘書》）

　　　　寒雲淡淡天無際，片帆落處沙鷗起。水闊風高日復斜，扁舟獨宿蘆花裏。（《江上晚泊》）〔註199〕

〔註193〕《詩話總龜》前集卷 46 神仙門上引《雅言雜載》，第 444 頁。
〔註194〕李中《碧雲集》卷上，《四部叢刊》本。
〔註195〕《詩話總龜》前集卷 4 稱賞門引《雅言雜錄》，第 42 頁。
〔註196〕《宋史》卷 208 藝文志七，第 5359 頁。
〔註197〕徐鉉《寄左偓處士書》，《徐公文集》卷 20。
〔註198〕陳尚君輯《全唐詩續拾》卷 44 據《吟窗雜錄》補入，見《全唐詩補編》，第 1385 頁。其中後一聯《全唐詩》卷 740 誤收作孟賓于詩。
〔註199〕《全唐詩》卷 740，第 8443、8444 頁。

皆體現出擅於以清詞麗句抒寫羈旅與士不遇的憂愁，雖然一生爲處士，而下語並不枯槁寒儉，這種婉麗秀雅的語言風格與金陵詩壇的主流詩風是接近的，所以當時頗得韓熙載和徐鉉的稱賞。

許堅，早年曾「以時事干江南李氏，人訝其狂戇，以爲風恙，莫與之禮」〔註200〕，後寓居廬山白鹿洞，常與僧道往來：「不知其家世，或曰晉長史穆之裔，形陋而怪，或寓廬阜白鹿洞桑門道館，行吟自若……後或居茅山，或入九華，適意往返，人不能測。」〔註201〕其詩今存10首。〔註202〕與左偃相比，許堅詩風稍近於淺俗。

廬山的這些處士詩人並非隱逸不出，他們也曾有過待時而出的舉動，像史虛白是先有入世之心而後徹底隱逸，左偃和許堅則是先隱逸、後至金陵求仕，左偃曾以詩干謁韓熙載和徐鉉，許堅也曾以時事和詩歌先後干謁中主李璟和徐鉉，都表現出他們雖然是隱逸詩人，但與完全不問世事、一味吟詠山林生活的僧道隱逸是有區別的。他們的詩歌內容也並非完全不涉世事。史虛白上李璟的「風雨摵卻屋，全家醉不知」一聯詩是直接對時事的諷喻，左偃、許堅現存詩中也皆有干謁之作：

> 謀身謀隱兩無成，拙計深慚負耦耕。漸老可堪懷故國，多愁翻覺厭浮生。言詩幸遇明公許，守樸甘遭俗者輕。今日況聞搜草澤，獨悲憔悴臥昇平。（左偃《上韓侍郎》）〔註203〕

> 幾宵煙月鎖樓臺，欲寄侯門薦襭才。滿面塵埃人不識，謾隨流水出山來。（許堅《上徐舍人鉉》）〔註204〕

雖是干謁之作，但也同時表現出他們在出處之間的徘徊、進退失據的處境，這是他們並不徹底的隱逸在心態上的流露和詩歌中的表現，不

〔註200〕 《詩話總龜》前集卷46引《雅言雜載》，第439頁。
〔註201〕 馬令《南唐書》卷15許堅傳。
〔註202〕 見全唐詩卷757、卷861、《全唐詩補逸》卷16、《全唐詩續補遺》卷11、《全唐詩續拾》卷44。
〔註203〕 《全唐詩》卷740，第8443頁。
〔註204〕 《全唐詩》卷861，第9734頁。

僅區別於僧道隱逸，而且也不同於志在出仕的廬山士子，金陵詩人筆下更是鮮見這種心態的表露。

另一位隱居廬山的處士陳貺則是徹底的隱逸詩人。《江南野史》載：

> 處士陳貺者，閩中人，少孤貧好學，遊廬山，刻苦進修，詩書蓄數千卷。有詩名，聞於四方，慵於取仕，隱於山麓，歲時伏臘，慶弔人事，都不暫往。時輩多師事之。有季父爲桑門，每賴其給。有詩數百首，務強骨鯁，超出常態，頗有閬仙之致，膾炙人口。其《詠景陽臺懷古》有云：景陽六朝地，運極自依依。一會皆同是，到頭誰論非。酒濃沉遠慮，花好失前機。見此尤宜戒，正當家國肥。嗣主聞之，以幣帛徵之，乃襆巾絛帶布裘鹿鞹引見，宴語，因授以官。貺苦辭不受。〔註205〕

陳貺規模賈島，詩名遠播，江爲、劉洞等人皆其弟子。儘管陳貺並不謀求出仕，但他所存的這首《景陽臺懷古》諷喻中主不可沉湎享樂、應當吸取前朝教訓，他作爲一個較徹底的隱士，仍然表現出對時事的敏銳和關切。較之史虛白的質直譏刺，陳貺此詩深沉含蓄得多，可以見出他在詩藝上的確有過苦心鑽研。其詩風較爲樸野。在當時廬山詩壇，陳貺是年輕一輩詩人的詩學典範，中主末年陳貺去世時，他的弟子也紛紛散去，先後離開廬山，奔赴金陵尋求仕進。

陳貺之叔即陳沆，前引《江南野史》稱其爲桑門不一定準確，但他至少也是廬山的隱逸詩人。陳沆約當唐末已在廬山讀書，後梁開平二年（908）登進士及第後返回廬山隱居，其詩曾爲黃損、熊皦、虛中所師法。〔註206〕從時代上看，陳沆屬於賈晉華《唐末五代廬山詩人群考論》所劃分的廬山前期詩人群。陳貺則屬於後期詩人群，但他與陳沆之間不僅是血緣近親，時地密邇，又同爲廬山隱逸詩人，在詩

〔註205〕《江南野史》卷6陳貺條，《全宋筆記》第一編（三），第195～196頁。
〔註206〕參賈晉華、傅璇琮著《唐五代文學編年史・五代卷》後梁開平二年下考證，第65～66頁。

風上可能受到了陳沆的影響。從僅存的幾首詩作和斷句來看，陳沆、陳貺二人詩風都有樸野的一面，但陳沆詩風似更僻澀一些。

　　廬山詩壇的第三類成員是求學廬山的士子，其中有的是廬山國學的生徒，有的則是跟從私人講授學習，前者如李中、劉鈞、楊徽之及其堂弟楊參、孟貫、劉式、劉元亨、伍喬、盧絳、蒯鼇、諸葛濤、何晝、殷鵠、王儼、李寅、孟歸唐等十六人，後者則可以江爲、劉洞、夏寶松等遞相跟從陳貺學詩爲典型。〔註 207〕無論是國學生還是從私相授受者，他們在廬山的學習往往有著明確的功利目的，大多希望能夠通過上書言事、貢舉或別的方式踏上仕途。尤其是南唐保大十年（952）開設貢舉以後，詩賦策論成爲取士的依據，進入廬山國學學習往往是爲了踏上貢舉之途，其中詩歌又是科舉進身的重要手段，廬山國學的士子們常常以推敲、苦吟的態度去創作詩歌。另外，除了這些士子彼此間的詩藝切磋以外，他們與之贈答酬唱、過從最多的便是廬山的僧道、處士，如李中、伍喬與匡白、左偓、史虛白等人寄贈唱和，江爲、劉洞等人更直接跟從陳貺學詩。因此，他們的詩風也受到僧道和處士的影響，容易偏好清苦僻澀一路。就苦吟的寫作態度以及詩歌的表現對象和風格而言，這些士子跟廬山的僧道、處士是相當一致的。較之於廬山僧道詩中幾乎不表現現實社會、處士詩人對現實不乏關切諷喻或者還有出仕之心，廬山士子的功名心通常更強烈，對現實關注度更高，但他們對南唐政局和社會現實的看法並不都樂觀，至少部分士子對南唐的認同感並不強烈，他們紛紛各謀前程：楊徽之間道投奔中朝，孟貫向周世宗獻詩而得功名，江爲也打算投奔吳越。

　　這些士子中留存的詩歌或記載稍多的包括楊徽之、孟貫、伍喬、孟歸唐、江爲、劉洞、夏寶松數人。

　　楊徽之（921～1000），本爲建州人，關於他早年向江文蔚、江爲學詩及求學廬山國學的經歷，宋初楊億爲其所作行狀中有記載：

〔註 207〕關於廬山國學學生和從私人講授學習的學生的考辨，參李全德《廬山國學師生考》一文，載《文獻》2003 年第 2 期，第 79～90 頁。

> 邑人江文蔚善賦、江爲能詩，公皆延於客館之中，伸
> 以師事之禮，曾未期歲，與之齊名。潯陽盧山學舍甚盛，
> 四方髦俊，輻輳其間。公既終二親之喪，即與從父弟參驥
> 屬擔簦，不遠千里，亦既至止，名聲藹然，先生鉅儒，咸
> 共歎伏。凡再罹寒暑，其業大成。〔註208〕

從盧山國學卒業後，楊徽之潛行北上，於後周顯德二年、即南唐保大十三年（955）中進士。楊徽之詩今存很少，僅就其備受讚賞的十來聯斷句看，他雖師從江爲，但七言要較江爲工整，五言則不及江爲的雕琢煆煉和風雅清麗之度，最接近江爲的是「新霜染楓葉，皓月借蘆花」〔註209〕一聯，仍然傳承了江爲塑造清麗意境的偏好。入宋以後，楊徽之的詩爲宋太宗賞愛，其中十聯被選題於屏風。李昉、徐鉉等人編《文苑英華》時，楊徽之又因爲精於風雅，被委任編選其中的詩歌部分。從這些事實來看，楊徽之對宋初詩歌是頗有影響的，從他的求學經歷和師承考慮，這種影響也有來自南唐的間接功勞。

孟貫也是建陽人，少好學，出遊盧山，與楊徽之同學友善，楊徽之集中多有贈孟貫詩。〔註210〕孟貫詩今存 31 首，皆爲五律，多送別寄懷之作，以及描寫山林隱逸生活，多用類名概括式地描述，較少作細緻的描摹刻畫，但也偶有細膩清新的描繪，如「海雲添晚景，山瘴滅（一作減）晴暉」（《送吳夢閭歸閭》）、「心源澄道靜，衣葛蘸泉涼」（《山中夏日》）、「躡雲雙屐冷，採藥一身香」（《寄山中高逸人》）、「掃葉林風后，拾薪山雨前」（《寄張山人》）等句，〔註211〕取材於切身的經驗，有較具象化的描寫，超出了普泛化和類型化的模式，能造成生動的印象。但從整體而言，孟貫的詩仍以類型化的表述居多，並大多採用五律形式。

〔註208〕楊億《楊公行狀》，《武夷新集》卷 11。
〔註209〕所引楊徽之詩句見《楊文公談苑》雍熙以來文士詩條，《宋元筆記小說大觀》（一），第 515 頁。
〔註210〕《江南野史》卷 8，《全宋筆記》第一編（三），第 211 頁。
〔註211〕並見《全唐詩》卷 758，第 8620～8625 頁。

　　孟歸唐爲孟賓于之子，史稱「孟賓于初歸江南，生子名歸唐，亦能詩。肄業廬山國學，嘗得《瀑布詩》云：練色有窮處，寒聲無斷時。鄰房生亦得此聯，遂交爭之。助教不能辨，訟於江州。各以全篇意格定之，而歸唐爲勝。」〔註212〕孟歸唐約生於保大十年（952）左右，他作爲當時名詩人之後，也選擇了廬山國學作爲修業之所，並在廬山國學著意於詩藝的錘鍊。不過孟歸唐後來是因孟賓于門蔭入仕，並非經由科舉及第，但他在廬山國學的「訟詩」一事顯然使其更爲知名。

　　孟蝦，《增修詩話總龜》前集卷44引《雅言雜載》：「孟蝦，連山人，性落魄，狂溺於歌酒賦詠，後（一作復）捷名，不欲止江左，士人頗奇之。贈史虛白云：詩酒獨遊寺，琴書多寄僧。聖朝奄有金陵，孟賓于先居連上，蝦興國中亦自吉水還故鄉，逾年卒。書生成務崇因言廬山與蝦有忘年之分，興國中見蝦，且言自連上來遊。江左時有詩送成務崇曰：同呼碧嶂前，已是十餘年。話別非容易，相逢不偶然。多爲詩酒役，早免利名牽。幸有歸眞路，何妨學上玄。務崇詢於連上，知交皆言蝦卒已十餘年矣。」從太平興國中上推十餘年，大約正當開寶中，即公元970年左右，當時孟蝦與成務崇皆在廬山，應該是同在廬山國學修業，並且與孟歸唐在廬山的時間相合。從同出連上、又皆姓孟、且差不多同時往廬山國學修習來看，孟蝦與孟賓于、孟歸唐至少是同族關係。從孟蝦贈成務崇的詩及本則軼事始末來看，孟蝦雖游學於廬山國學，但也致力於學道求仙，其詩風因此也更近於廬山的僧道、隱逸之流，他與史虛白的交遊也說明了這一點。不論與廬山國學生徒還是當地隱逸的交往，孟蝦與他們一個重要的興趣聯結點恐怕正在於詩，這也是他在兩首贈詩中都提到的關鍵字眼。至於孟蝦的忘年交成務崇，年紀應當與孟歸唐接近，大約都在二十歲上下，這與廬山國學生徒通常的年歲應該是相當的。

〔註212〕馬令《南唐書》卷23孟賓于傳附。

　　同時或先後在廬山國學的還有伍喬，陸游《南唐書》本傳稱其「居廬山國學數年，力於學，詩調寒苦，每有瘦童羸馬之歎。」他的《寄落星史虛白處士》詩云「句妙多容隔歲酬」〔註213〕，體現出典型的苦吟作詩態度。現存伍喬的詩歌皆爲七言近體，其中又以七律爲多。從其《聞杜牧赴闕》：「舊隱匡廬一草堂，今聞攜策謁吾皇。峽雲難捲從龍勢，古劍終騰出土光。開翅定期歸碧落，濯纓寧肯問滄浪。他時得意交知仰，莫忘裁詩寄釣鄉。」〔註214〕以及《廬山書堂送祝秀才還鄉》「莫使蹉跎戀疏野，男兒酬志在當年」等詩句，〔註215〕可以獲知一些當時廬山國學士子的生活與心態。他們在廬山過著類似隱士的生活，有時也回鄉小住，但終究又彼此勉勵不忘出仕的志向，數年苦讀後出山奔赴金陵，或者進言時事、或者參加貢舉，希圖一展抱負。這種表現個人功名心的詩歌在南唐是不多見的，金陵詩壇身居高位的文官詩中基本沒有這樣的內容，廬山的方外隱逸詩人也很少表現這種志向，在以僧道隱逸的樸野詩風爲主的廬山詩壇，伍喬等士子們的這類詩歌可算別開生面。

　　儘管廬山士子的詩歌有相當的共性，可以合觀，但還是有一些特例，這主要是從江爲和劉洞身上體現出來的。他們的詩能夠超出廬山詩人多表現山林隱逸、詩調多寒苦的普遍風氣，爲廬山詩壇增加了一些新的亮色。

　　江爲是楊徽之的福建同鄉前輩詩人，曾入廬山，向陳貺學過詩，酷好詩句二十餘年。中主時赴金陵試，因不善策論屢次落第。後還鄉，與人謀奔吳越，事發被殺。

　　　　江爲者，宋世淹之後，先祖仕於建陽，因家焉，世習
　　　　儒業。少游廬山白鹿洞，師事處士陳貺，酷於詩句二十餘
　　　　年。有風雅清麗之度，時已誦之。時金陵初擬唐風，場屋
　　　　懸進士科，以羅英造。爲遂入求應，然獨能於篇什詞賦，

〔註213〕《全唐詩》卷744，第8461頁。
〔註214〕《全唐詩》卷744，第8462頁。
〔註215〕《全唐詩》卷744，第8463頁。

策論一辭不措，屢爲有司黜。爲因是怏怏不能自己，乃還
鄉里，與同黨數十家結連，欲叛入錢塘，會其同謀上告郡
縣，按捕得其逆狀，盡誅之。將死，猶能吟詩，以貽行刃
者。初，嗣主南幸落星灣，遂遊白鹿國庠，見壁上題一聯
云：「吟登蕭寺旍檀閣，醉倚王家玳瑁筵。」乃顧左右曰：
「吟此詩者大是貴族矣。」於是爲時輩慕重，因此傲縱，
謂可俯拾青紫矣。〔註216〕

江爲在當時文名甚著，詩句得到過李璟的賞識，只是因爲不善策論而
落第。他在廬山居住二十多年，向陳貺學過詩，又向夏寶松等人傳授
過詩法。〔註217〕可以說，江爲是陳貺之後廬山詩壇影響最大的詩人
之一，並且爲時不短。但是，曾向他學過詩的楊徽之已經在後周顯德
二年（955）進士及第，孟貫大約也在後周顯德五年（958）獻詩周世
宗而得官，伍喬也於保大末年在金陵進士及第，而江爲在中主南遷南
昌的宋建隆二年（961）尚無功名。大概正是這一點讓他鋌而走險，
導致最終因叛逃的罪名被殺。江爲等人的叛逃顯露出南唐此時因爲國
勢走向衰頹不再對眾多士子具有強烈的吸引力，江爲的被殺也使得廬
山詩壇受到較大打擊。

　　就詩歌而言，江爲的影響在南唐以及宋代初年都是很深遠的。江
爲原本有集一卷，已佚，今所存詩中以五律居多，多描寫羈旅鄉關之
情，擅長塑造清麗之境。五律頷聯多寫景，善於煅煉，如「月寒花露
重，江晚水煙微」（《江行》），「春潮平島嶼，殘雨隔虹霓」（《登潤州
城》），「晚葉紅殘楚，秋江碧入吳」（《岳陽樓》），「天形圍澤國，秋色
露人家」（《送客》）。〔註218〕常常描寫江景，不同景致之間富於大小
闊細的鮮明對照：從月下花上的露珠到江面的煙霧，從樹葉到秋江，
又從潮水和島嶼到殘雨和虹霓，從天與水到秋色中的人家，種種的對
照造成詩境朦朧、細膩但又不失闊大。江爲詩追求用字的妥帖，「春

〔註216〕《江南野史》卷8，《全宋筆記》第一編（三），第211頁。
〔註217〕《唐才子傳校箋》卷10，第502頁。
〔註218〕並見《全唐詩》卷741，第8447～8448頁。

潮平島嶼，殘雨隔虹霓」之「平」與「隔」新穎而貼切；句法上也相當講求，如「晚葉紅殘楚，秋江碧入吳」一聯將顏色字「紅」、「碧」分別與「殘」、「入」連用，再接以地理名詞「楚」、「吳」，立刻產生一種綿延不斷的動感效果，並將細微與廣大連接起來，下句對無窮的暗示承接上句對生命力將要衰頹的描述，詩境也相當開闊和高遠。

　　江為的五律不僅寫景精彩，而且情意貫通其間，非為寫景而寫景，因而能夠形成高度和諧統一的意境，尤其律詩的末聯，如果作者的詩情不夠充足飽滿，很容易流為敷衍，江為卻毫無這樣的疵病。

　　　　越信隔年稀，孤舟幾夢歸。月寒花露重，江晚水煙微。
峰直帆相望，沙空鳥自飛。何時洞庭上，春雨滿蓑衣。(《江行》)

　　　　倚樓高望極，展轉念前途。晚葉紅殘楚，秋江碧入吳。
雲中來雁急，天末去帆孤。明月誰同我，悠悠上帝都。(《岳陽樓》) 〔註219〕

《江行》末聯仍以意象語言作結，卻由「何時」領起，使得這一聯雖然是推論語言、卻主要由對景象的描繪構成，極富形象感，同時表達了自己的期待與惆悵之情，含蓄搖曳，娓娓不盡。《岳陽樓》末聯仍以想像之詞出之，關合目前而不限於目前，以景語作結，又非完全的景語，景語中有全詩意脈的向前推進，所以仍然滿足首末聯所需要的推論語言的要求。我們看到，這兩首詩的結句都有相似的模式結構，皆以問句和意象語言作結，避免了五律末聯常見的枯索、力竭的毛病，達到言盡意不盡的效果，也顯示江為對意象語言的嫺熟使用以及對五律筆法的探索。

　　江為得到李璟的賞識最初是由於「吟登蕭寺旃檀閣，醉倚王家玳瑁筵」這一聯詩：「時金陵初復唐制，以進士取人，為有《題白鹿寺》詩云……元宗南遷駐於寺，見其詩稱善久之。」〔註220〕這一聯詩豪

〔註219〕《全唐詩》卷741，第8447頁。
〔註220〕馬令《南唐書》卷 14 江為傳載此詩為《題白鹿寺》，《江南野史》
　　　　卷 8 則稱題寫在白鹿國庠的牆壁上。

奢中透出灑脫，與廬山詩人往往脫不出山林蔬筍之氣的詩風已大不相
類，頗有清貴之氣。看來，江爲雖然師從陳貺，但就詩風而言，則二
人顯然並非一路，江爲的詩風在其到廬山跟從陳貺學習之前已大致形
成，因此與陳貺的樸野詩風很不相同。前引楊億爲楊徽之所作行狀稱
邑人江爲有詩名，也可以證明江爲的詩風在入廬山之前已經比較成
熟。儘管江爲的詩在廬山乃至整個南唐都可稱翹楚，但他以及曾從其
學詩、受他影響的楊徽之，詩風都不是廬山隱逸詩人通常的清苦僻澀
一路，他們風雅清麗的詩風毋寧說與金陵詩壇的徐鉉等人更爲接近。
這也是廬山的士子詩人較普遍的情形。因此，江爲的詩歌享有時譽並
受到李璟的歎賞並不是偶然的，也是金陵詩壇清麗詩風占主導的一種
表現。雖然江爲最後未能經由科舉取得功名，這並不代表他的詩歌沒
有得到金陵詩壇的承認。

　　劉洞（？～975）在廬山士子中也以詩見稱，他從早年便入廬山，
跟從陳貺學詩：

　　　　劉洞世居建陽，少游學入廬山，師事陳貺，學詩精究其
　　術。貺卒而洞猶居二十年。長於五言。後主立，以詩百篇因
　　左右獻之。後主素聞其名，喜而覽之。其首篇爲《石城懷古》
　　云：石城古岸頭，一望思悠悠。幾許六朝事，不禁江水流。
　　後主掩卷爲之改容遂不復讀其餘者。洞羈旅二年，俟召對不
　　報，遂南還廬陵。與同門夏寶松相善，爲唱和儔侶。然洞之
　　詩格清而意古，語新而理粹，嘗自謂得閬仙之遺態，但恨不
　　與同時言詩也。……時金陵將危。乃爲七言詩大榜路傍云：
　　千里長江皆渡馬，十年養士得何人。又云：翻憶潘卿章奏內，
　　陰陰日暮好沾巾。蓋潘祐表有云：家國陰陰如日將暮也。開
　　寶中卒吉陽山。其遺集行於世。〔註221〕

實際上陳貺卒後劉洞在廬山居住不到二十年，但仍停留了數年，直到
後主即位，他才到金陵獻詩。劉洞今所存詩極少，最著名的除了獻給
後主的《石城懷古》外，還有「劉夜坐」得名的《夜坐》詩「百骸同

〔註221〕　《江南野史》卷9，《全宋筆記》第一編（三），第214～215頁。

草木，萬象入心靈」一聯〔註222〕。從這些殘存詩句以及他多年師從陳貺的經歷推測，他早年的詩風應該與陳貺比較接近，內容多指向隱逸生活，尤其「百骸」一聯的確將獨坐冥想的經驗表達得淋漓而充沛。不過到後主末年、金陵被攻破的前後，劉洞的詩風發生了較大改變，「千里長江皆渡馬，十年養士得何人」、「翻憶潘卿章奏內，陰陰日暮好沾巾」等句，直指國事時政，題材與風格上都是對於前期詩的突破。兩相比較，他早年的《夜坐》和《石城懷古》仍然是典型的廬山隱逸詩風，即便《石城懷古》略有現實的影射，也主要還是較爲空泛的懷古。

　　夏寶松曾向江爲學詩：

　　　　夏寶松，廬陵吉陽人也，少學詩於建陽江爲。爲羈旅臥病，寶松躬嘗藥餌，夜不解帶，爲德之，與處數年，終就其業。與詩人劉洞俱顯名於當世。百勝軍節度使陳德誠以詩美之曰：建水舊傳劉夜坐，螺川新有夏江城。……晚進儒生，求爲師事者多齎金帛，不遠數百里輻輳其門。寶松黷貨，每授弟子，未嘗會講，唯貲帛稍厚者背眾與議，而給曰：詩之旨訣，我有一葫蘆兒，授之將待價。由是多私賂焉。〔註223〕

夏寶松詩今僅有三聯斷句：

　　　　孤猿叫落中岩月，野客吟殘半夜燈。

　　　　雁飛南浦砧初斷（一作鍾初動），月滿西樓酒半醒。

　　　　曉來羸駒依前去，目斷遙山數點青。（《宿江城》）〔註224〕

後二聯皆出自其《宿江城》一詩，當時與劉洞《夜坐》並稱警策。就其多以山林隱逸和行役爲題材以及清苦風格來看，仍然與陳貺、劉洞等人相承，反而較少體現江爲詩含蓄清麗的特點，這也可以從反面說明江爲在廬山詩壇較爲特出，並不代表一般的詩風。夏寶松的課徒論

〔註222〕《全唐詩》卷741，第8446頁。

〔註223〕馬令《南唐書》卷14夏寶松傳。

〔註224〕《全唐詩》卷795，第8951頁。

詩，教授所謂詩訣，弟子輻輳，可見當地士子學習詩歌的熱情，當然這是和詩歌作爲貢舉考試內容之一有關的。

盧山詩壇主要便由僧道、處士以及國學或私學的生徒三類詩人構成，他們在詩歌表現對象、作詩態度、詩風方面都呈現出較多一致性，而與金陵詩壇相區別；他們彼此之間也有密切的過從酬答，有的在詩學上還有授受傳承關係，這也與金陵詩壇詩人有異。但是，盧山詩壇並不就與金陵詩壇隔絕、毫無交集，而是彼此之間也有交相影響，這表現爲，金陵詩壇的詩人因故居留於盧山附近時，常常會與盧山的詩人有唱和贈答，如李建勳與李中、智謙等人的酬唱；〔註225〕有的盧山詩人也作過進入金陵詩壇的嘗試，這包括左偓、許堅等處士謀求出仕時的以詩作爲干謁之具，更包括盧山士子錘鍊詩藝、希望籍之進入仕途的努力，其中最典型地體現了盧山士子詩學及生命軌迹的則是詩人李中。

二、李中：從盧山國學到踏上仕途與遭遇戰亂

李中，具體生卒年不詳，字有中，九江人，昇元六年（942）左右曾與劉鈞共讀於盧山國學。〔註226〕南唐中主時仕於下蔡，顯德六年（959）以親老歸家。後主時任吉水縣尉，宋乾德二年（964）罷。後歷任晉陵、新喻、安福、淦陽縣令。李中工詩，開寶六年癸酉歲（973）編集，孟賓于爲其作序，稱其「緣情入妙，麗則可知」。

李中不曾成爲金陵詩壇的一員，也並非純粹的盧山隱逸詩人；他曾經在盧山國學學習，希望通過貢舉或別的方式進入仕途。《碧雲集》

〔註225〕 李中《依韻和智謙上人送李相公赴昭武軍》，《碧雲集》卷上，《四部叢刊》本。

〔註226〕 李中生平事迹見孟賓于《碧雲集序》、《唐才子傳》卷10。其《壬申歲承命之任淦陽再過盧山國學感舊寄劉鈞明府》詩云：「三十年前共苦心，囊螢曾寄此煙岑。」（《碧雲集》卷下）壬申爲宋開寶五年（972），三十年前約當南唐昇元末，盧山國學始建於南唐昇元四年（940），可知李中在盧山國學建立後不久即入學。其生年應該在後梁末、後唐初。

卷下所載《送相里秀才之匡山國子監》一詩是李中給一位將往廬山國學讀書人的告誡：

> 氣秀情閒杳莫群，廬山遊去志求文。已能探虎窮騷雅，又欲囊螢就典墳。目豁乍窺千里浪，夢寒初宿五峰雲。業成早赴春闈約，要使嘉名海內聞。

李中對相里秀才去廬山的目的和最終志向都有清楚的敘述，即在廬山潛心經典，將來早赴舉場。此詩難以確切繫年，但從詩中表現出的對廬山國學的熟悉，可能作於李中本人已有在廬山國學學習的經歷之後。

1、在廬山與回憶廬山

我們僅僅知道李中於昇元六年（942）左右曾就讀於廬山國學，但他此後很長一段時間的經歷並不見於記載，連他自己的詩歌中也沒有涉及。直到保大後期，李中詩集中才出現任職海州時的詩作。那麼，從昇元六年到保大後期十餘年的時間，李中是否一直在廬山國學？他是否如他所期望於相里秀才的那樣業成赴舉、名聞海內？從現存有關南唐登科的零碎史料中沒有見到有李中及第的記載，這可能是史料的缺失，但也很有可能是李中本人並未參加貢舉考試、而是通過別的途徑入仕。一般認為南唐正式開設貢舉從中主保大十年（952）才開始，〔註227〕但先主昇元年間以及中主保大十年之前其實有過斷續的開科。〔註228〕聯繫到廬山國學對於士子的巨大吸引力，很有可能在開設之初便已經有一條功名之途為士子敞開，這不僅是上書言事拜官、也應當包括不定期開設的科考。此外，徐鍇在昇元中恥於以經義法律入仕的記載也可從反面說明，即便在昇元年間，文學也曾經一度是南唐取士的重要標準。因此，儘管沒有李中曾經及第的記載，但我們有

〔註227〕《資治通鑑》卷290後周廣順二年二月條、《續資治通鑑長編》卷16宋開寶八年二月條都以保大十年（952）南唐始開貢舉。

〔註228〕南唐約在昇元末、保大初都開設過貢舉，皆有文獻可徵。詳細考證請參周臘生《南唐貢舉考略（修訂稿）》，見《孝感職業技術學院學報》2000年第3期，第59～64頁。

理由推測，李中是懷抱著和相里秀才一樣「業成早赴春闈約，要使嘉名海內聞」的期望入廬山國學的，也是懷抱著這樣的期望在廬山學習與寫詩的。不過，數載苦讀、一朝登第只是理想的道路，實行起來並不順遂。儘管李中生活的中主時代是南唐中興、國力較爲強盛的時代，國學的建立、貢舉的開設看似爲士子們的未來鋪設了坦途，但這只是未獲保證的希望，而南唐當時的強盛相當短暫，黨爭和戰亂很快如影隨形。相當多的士子和李中一樣，未必能夠及第，及第的也並非都能高官顯宦。大多數人往往顛沛輾轉於卑微的官職任上，既離開了當年廬山那種半隱居式的適性逐意的生活，又並未以這樣的代價換來仕途的榮顯。在輾轉顛沛的人生中，廬山反而成了他們一再回望的棲息地，他們的詩歌從表現內容到詩風都打上了廬山詩壇的烙印，以李中現存詩歌中有關廬山的作品之多，可以格外明顯地看出這一點。

　　李中在廬山國學的時間不見得有十餘年那麼久，他有可能在南唐正式開設貢舉的保大十年以前已經離開廬山，不過這期間仍有數年的時間逗留在廬山。此時李中與智謙、匡白、令圖、鑒上人、重道者等廬山僧道以及左偓、史虛白等處士過從甚多。這段生活在李中詩歌中的反映，大致可以有這樣兩類，一類是還在廬山國學時的對當下生活的描寫，如《宿廬山白雲峰重道者院》：

　　　　絕頂松堂喜暫遊，一宵玄論接浮丘。雲開碧落星河近，
　　月出滄溟世界秋。塵裏年光何急急，夢中強弱自悠悠。他
　　時書劍酬恩了，願逐鸞車看十洲。〔註229〕

頷聯對於廬山峰頂夜色和氛圍的描寫切近而不拘礙，既有寫實之筆，也有高視闊步的胸襟氣度。後兩聯裏李中既聲稱自己在道教玄論的世界觀下已然將塵世功業勘破、表示尋仙訪道是自己的最終理想，同時又並不放棄塵世功名的追求，強調尋仙訪道將是在「書劍酬恩」以後的選擇。流連於廬山的自然景色以外，作詩活動本身也成爲李中的詩歌一再表現的對象，如與智謙「相留看山雪，盡日論風騷」（《訪龍光

〔註229〕《碧雲集》卷上。

智謙上人》)。與其說他與盧山僧道的交往建立在宗教義理的交流溝通基礎上，毋寧說是以詩歌唱和、詩藝切磋爲基礎更爲恰當，因爲李中詩歌中凡涉及這些僧道的，幾乎無一不談到詩，但除開他們僧道的身份，李中更像是在寫一般的隱士，關乎佛道義理的內容卻微乎其微：

虎溪久駐靈蹤，禪外詩魔尚濃。卷宿吟銷永日，移床坐對千峰。蒼苔冷鎖幽徑，微風閒坐古松。自說年來老病，出門漸覺疏慵。(《贈東林白大師》)〔註230〕

後一類是對盧山生活的回憶，主要體現在寄贈送行詩中，如《送劉恭遊盧山兼寄令上人》、《寄盧嶽鑒上人》等詩。儘管李中後來在金陵也干謁過不少達官貴人，然而當年那些盧山的僧道隱逸似乎才是李中真正的知音，他不斷在詩歌中回憶當年在盧山冷寂清幽的風景中跟他們一起搜句裁詩的情形：

昔年盧嶽閒遊日，乘興因尋物外僧。寄宿愛聽松葉雨，論詩惟對竹窗燈。各拘片祿尋分別，高謝浮名竟未能。一念支公安可見，影堂何處暮雲凝。(《懷盧嶽舊遊寄劉鈞因感鑒上人》)〔註231〕

長憶尋師處，東林寓泊時。一秋同看月，無夜不論詩。泉美茶香異，堂深磬韻遲。鹿馴眠蘚徑，猿苦叫霜枝。別後音塵隔，年來鬢髮衰。趨名方汲汲，未果再遊期。(《寄東林白大師》)〔註232〕

真正備嘗了世路奔波、人生艱辛以後，李中不再如早年在盧山時將入仕看得那樣鄭重和理想化，此時他坦率地將奔波於仕途稱作「拘祿」和「趨名」。與當下的利祿功名相比，當年盧山閒遊論詩的情形在回憶裏更加充滿了自足和喜悅之情。與李中自己飄蓬不定的羈旅行役生涯比起來，那些盧山僧道的隱逸生活顯得更適情愜意、似乎代表一種較恒久的價值：

〔註230〕同前注。
〔註231〕同前注。
〔註232〕《碧雲集》卷上。

　　　　一宿山前店，旅情安可窮。猿聲鄉夢後，月影竹窗中。
　　南楚征途闊，東吳舊業空。虎溪蓮社客，應笑此飄蓬。（《宿
　　山店書懷寄東林令圖上人》）〔註233〕

再如「俗緣未斷歸浮世，空望林泉意欲狂」（《思簡寂觀舊遊寄重道者》）
〔註234〕一聯，語近直白，表達的也是同樣的情緒。就是在這些追懷
廬山的詩作中，我們看到詩人對自己生活道路的內省與反思。

2、仕途與戰亂

　　離開廬山後，李中曾在金陵有過停留。從其詩歌看，他在金陵干
謁過韓熙載、喬匡舜、張泊、湯悅（殷崇義）等達官。此時李中很可
能寄居於侯門，其《哭故主人陳太師》云：「十年孤迹寄侯門，入室
升堂忝厚恩。」藉此可知李中曾在金陵有過若干年奔走權倖之門、干
謁請託的經歷，他後來的得官也可能與此有關。離開金陵之後，李中
在海州任職頗久。顯德五年（958），後周陷海州，李中降於後周，任
職下蔡。孟賓于《碧雲集序》云：「公負勤苦，值干戈，從軍之後，
受命以來，上表中朝，乞歸故國，以同氣歿世，二親在堂，棄一宰於
淮西，獲安家於都邑，公之忠孝彰矣。」顯德六年（959）李中以親
老爲由向後周辭官，歸家侍養。這段戰亂中的經歷在李中的詩歌裏有
較爲獨特的表現，既不同於金陵高層文官，也與他自己前此的詩歌有
所不同。

　　行役思鄉越來越成爲李中詩歌裏最重要的主題，即便當他滯留下
蔡、出任後周官職時，這一重要的主題也沒有改變。思鄉的情感超過
懷念故國的情感，甚至可以說後者在李中的詩歌裏很少有表現。這可
能和李中作爲下級官僚的身份有關，身爲普通文士，在戰爭中幾乎無
足輕重，戰爭造成的最直接後果可能只是使得他的歸鄉更爲艱難、思
鄉之情也更濃烈。李中在下蔡時所作《下蔡春暮旅懷》一詩與他原來
在南唐治下的海州任職時所作《海上春夕旅懷寄左偓》十分相似：

〔註233〕同前注。
〔註234〕同前注。

柳過清明絮亂飛，感時懷舊思淒淒。月生樓閣雲初散，
家在汀洲夢去迷。髮白每慚清鑒啓，酒醒長怯子規啼。北
山高臥風騷客，安得同吟復杖藜。(《海上春夕旅懷寄左偓》)

柳過春霖絮亂飛，旅中懷抱獨淒淒。月生淮上雲初散，
家在江南夢去迷。髮白每慚清鑒啓，心孤長怯子規啼。拜
恩爲養慈親急，願向明朝捧紫泥。(《下蔡春暮旅懷》)〔註235〕

兩詩抒發的都是春日思鄉之情，儘管是在不同地方和境遇下所寫，表
述上卻極爲接近，前三聯字句甚至基本是一樣的。這種在主題和表達
上的高度相似從一方面看是詩人對以往的重複，但另一方面恰好可以
說明即便在陷於南唐敵國的處境下，李中的心態也並沒有發生大的改
變，羈宦思鄉的感情仍然佔據主導，甚至愈發強烈。戰亂往往引發人
的痛苦思考和取捨，人們此時往往不得不抉擇何者爲最重要的事物，
李中正是如此。就在目睹之前發生的戰亂，讓親情與思鄉之情顯得格
外珍貴和緊迫，人們覺悟到，在無法由普通人掌控的戰爭中，只有它
們才是個人所能把握之物。功名、財物、個人的生命乃至整個國家皆
可因戰爭而剎那煙銷，何況這種各地方割據政權之間的爭戰，義與不
義的界限既難分判、也並不重要。這一切在李中的詩歌中往往只簡化
爲「多難」二字，至於是非對錯成敗似皆不在他關心的範圍內，而親
情之愛卻在這種背景下凸現出來。當他在下蔡任職時，因兄弟歿世、
雙親失養，向後周請求辭職歸養，終於獲准返鄉。前文所引的《下蔡
春暮旅懷》以及下面《己未歲冬捧宣頭離下蔡》、《捧宣頭許歸侍養》
等詩即記錄了此事的經過。

泥書捧處聖恩新，許覲庭闈養二親。螻蟻至微寧足數，
未知何處答穹旻。(《捧宣頭許歸侍養》)

詔下如春煦，巢南志不違。空將感恩淚，滴盡冒寒衣。
覆載元容善，形骸果得歸。無心慚季路，負米覲親闈。(《己
未歲冬捧宣頭離下蔡》)〔註236〕

〔註235〕《碧雲集》卷中。
〔註236〕《碧雲集》卷中。

下面這首七絕則是他的歸家途中的心情：

　　　　煙波涉歷指家林，欲到家林懼卻深。得信慈親病瘰

減，當時寬勉採蘭心。(《途中作（逢舊識聞老親所患不至加甚）》)

〔註237〕

他在趕往家中的路上萬分擔心老親的病情，離家愈近，心卻愈忐忑，深怕回家得到的是壞消息。在路上正好遇見舊時的熟人，告訴自己母親病情已經好轉，擔心才頓時消除。此詩與宋之問《渡漢江》中所寫「近鄉情更怯，不敢問來人」有相似之處，但李中詩的前半相當於宋之問此聯的上句，下一半則恰與宋之問在「不敢問」便戛然而止不同，李中的筆勢順接直下，將自己詢問的結果和得知確切消息後的心情也一併寫出。就意味的深長而言，李中詩不如宋之問詩，但李中將另一種人情之常和盤托出，也能得到較廣泛的共鳴。

　　李中在返歸南唐以後，又出任過數任地方官。期間的詩歌，思鄉的主題基本消失，贈答唱和、描寫官居生活的寂寥和歸隱之思成為其詩歌的主要表現對象。南唐國事此時正走向危急，但他的詩歌中對之並無反映。從前的戰亂主要通過他的思鄉詩表現出來，一旦抽離於戰亂環境之外，哪怕是暫時抽離，他的詩中本來就稀薄的時事背景也就完全消失了。李中正可以代表南唐地位較低下的文士較為普遍的心態，他們的悲喜仍然沒有超出個人狹小的範圍，只有在大的時局直接衝擊到個人的生存狀態時才會在作品中有所反映，時代背景在他們的詩歌中顯得頗為模糊。但是，這種對時事較為普遍的漠然態度，其實也反映了在一個正發生變化的時代中普通人的日常生活與情感。

3、李中的詩歌藝術與詩歌觀

　　《碧雲集》的完好使得李中現存詩歌達三百餘首，從體裁看，李中所作幾乎全為近體，又屢次自我表白作詩的態度是苦吟。他的詩風大體上是延續賈島、姚合等人，清奇而加以平易。總體來看，李中在表現方式上更長於抒情而非寫物。雪、月、風、花等往往是作為詩中

─────────────────────

〔註237〕同前注。

情緒的背景而不是直接描寫的對象出現，即使直接寫物的詩作，重點
也常常在於塑造意境、或是比興爲多，而不在於細緻地刻畫事物形態。
絕句短小，不長於刻畫事物而長於塑造情境，李中詩那些予人印象較深
的表現瞬間的情緒、場景之作，常常是七言絕句。譬如《離家》一詩：

> 送別人歸春日斜，獨鞭羸馬向天涯。月生江上鄉心動，
> 投宿匆忙近酒家。〔註238〕

將孤獨旅途中的常人的一點鄉情以直白、不加渲染的筆墨敘寫出來，
不假外求而立刻達到自然動人的效果。李中的七言絕句一再體現出他
善於體貼世俗人情而又筆墨平實的特點，再如《酒醒》：

> 睡覺花陰芳草軟，不知明月出牆東。杯盤狼籍人何處，
> 聚散空驚似夢中。〔註239〕

描寫醉酒的朦朧與愜意、酒醒人散的惆悵與失意，也頗貼近人情之
常。應當說，李中的長處正在於寫出常人習見的情緒而不在於刻意塑
造清麗優美的意境，他的詩作也往往以這一類捕捉瞬間感受的篇什爲
最出色。

李中詩以五七律爲多，題材上較多行役和投贈之作。孟賓于《碧
雲集序》中所稱引的李中名句有不少出自五律，較突出者如「半夜風
雷過，一天星斗寒」（《江行夜泊》），寫出江行半夜遇雷雨的情景。七
律名句如「螢影夜攢疑燒起，茶煙朝出認雲歸」（《題柴司徒亭假山》）
構思精巧，將細小的景物用想像放大。大體而言，五律多寫景，七律
時有抒情言志之作，《海上從事秋日書懷》是李中七律寫意較好的作
品，較開闊：

> 悠悠旅宦役塵埃，舊業那堪信未回。千里夢隨殘月斷，
> 一聲蟬送早秋來。壺傾濁酒終難醉，匣鎖青萍久不開。唯
> 有搜吟遣懷抱，涼風時復上高臺。〔註240〕

除敘寫的外物，李中詩對詩歌和作詩本身也有所表現，譬如他幾乎總

〔註238〕《碧雲集》卷中。
〔註239〕《碧雲集》卷下。
〔註240〕《碧雲集》卷上。

是以「雅道」、「風騷」、「騷雅」、「雅」等字眼指稱詩，如：「不是將雅道，何處謝知音」（《春日途中作》），「每病風騷路，荒涼人莫遊」（《寄左偓》），「不是憑騷雅，相思寫亦難」（《寒江暮泊寄左偓》），「如今歸建業，雅道喜重論」（《清溪逢張惟貞秀才》）；《敘吟二首》甚至明確宣稱「成癖成魔二雅中」，「欲把風騷繼古風」，這說明在他的詩歌審美理想中，「雅」是相當重要的要求。李中要求詩歌繼承風雅、騷雅，同時是抒情的工具，即所謂「若無騷雅分，何計達相思」（《離亭前思有寄》），只有憑藉詩歌、不悖離雅道才能夠抒情達意。不過，李中所說的「騷雅」其實偏重在雅，至於失意不平的騷情，在他的詩中是少見的。他的詩中少有言及志向、抱負之作，即使偶有怨刺也比較溫和，如「道在唯求己，明時豈陸沉」（《書小齋壁》）、「明代搜揚切，升沉莫問龜」（《勉同志》）。孟賓于《碧雲集序》稱李中詩「緣情入妙，麗則可知」，可以大體概括李中詩的特點。「緣情」是南唐乃至整個五代十國詩歌的共同特性，「麗則」是對詩歌語言風格等形式要素的要求，正是後者使得李中的詩歌不至流入淺俗，同時這也是廬山詩人和金陵詩人在風格上的共同追求。

　　本章考察了中主時期的南唐詩及其文化背景，廬山與金陵分別成爲當時南唐的兩個詩歌創作中心，但廬山詩壇又與金陵詩壇有較大的區別，這首先體現在成員組成上，較之金陵詩壇的以高層文官爲主，廬山詩壇主要由僧道、隱士、以及一些求學廬山的士子構成。其次，在詩歌表現對象和詩風方面，廬山與金陵也有較大區別，廬山詩壇的詩人主要描寫山林隱逸生活，講求苦吟，甚至這種詩歌苦吟生涯本身也成爲他們詩歌的表現對象之一；廬山的詩風好尚也與金陵不同，金陵重視清奇、清麗，廬山則因詩歌表現對象以及苦吟的方式而偏向清苦詩風。但是廬山詩壇並非與金陵隔絕不通，而是也與金陵詩壇有某種關聯互動，這主要表現爲廬山的青年士子到金陵參加貢舉，也有廬山的隱士到金陵謀求仕進，而從金陵詩人一旦貶謫到廬山附近，也往往與廬山詩人有唱和酬答，兩地詩壇因此形成一定的詩風上的交流。